Kate Swenson
[美国] 凯特·斯温森 —— 著
汪畅 —— 译

FOREVER BOY

寻找库珀的声音

A Mother's Memoir of Autism and Finding Joy

一位妈妈关于自闭症儿子的回忆

译林出版社

图书在版编目（CIP）数据

寻找库珀的声音：一位妈妈关于自闭症儿子的回忆 /
（美）凯特·斯温森（Kate Swenson）著；汪畅译.
—南京：译林出版社，2024. 5
书名原文：Forever Boy : A Mother's Memoir of Autism and Finding Joy
ISBN 978-7-5753-0086-5

Ⅰ.①寻… Ⅱ.①凯… ②汪… Ⅲ.①回忆录－美国－现代
Ⅳ.①I712.55

中国国家版本馆 CIP 数据核字（2024）第053750号

著作权合同登记号 图字: 10-2023-12号

寻找库珀的声音：一位妈妈关于自闭症儿子的回忆 [美国] 凯特·斯温森 / 著 汪 畅 / 译

责任编辑 王瑞琪
装帧设计 韦 枫
校　　对 施雨嘉
责任印制 董 虎

原文出版 Park Row, 2024
出版发行 译林出版社
地　　址 南京市湖南路 1 号 A 楼
邮　　箱 yilin@yilin.com
网　　址 www.yilin.com
市场热线 025-86633278
排　　版 南京展望文化发展有限公司
印　　刷 江苏凤凰通达印刷有限公司
开　　本 880 毫米 × 1240 毫米 1/32
印　　张 13.625
插　　页 2
版　　次 2024 年 5 月第 1 版
印　　次 2024 年 5 月第 1 次印刷
书　　号 ISBN 978-7-5753-0086-5
定　　价 78.00 元

目 录

引　言

走在希望的路上

我从小就梦想着成为一位母亲。当一些小女孩做着成为芭蕾舞演员和总统的美梦时，我只想拥有自己的家庭。直到我十一二岁，我还常常在与芭比娃娃、小布娃娃一起过家家时幻想家庭。

当我和未婚夫搬进我们的第一个家时，我的妈妈捎来了很多桶我童年时代的物品，放在了我的厨房里。她似乎把一切都收藏了起来。在第一个桶里，我翻出了一些自己戴着厚镜片、留着锅盖头的尴尬照片（我妈妈把那个时期的我叫作多萝西·哈蜜尔，还说很可爱……但我一点儿也不觉得），早已褪色的小学田径运动会第二和第三名绶带，亲笔写给朋友的便条，还有数不清的上着小锁的日记本……它们都是我生活的秘密。

“我就要和布罗迪结婚了，生五个孩子，养狗养马，住在一个又大又漂亮的房子里。我们会有三个女儿和两个儿子。我会成为一名兽医，他会打职业篮球，我们会永远相爱。我们的生活会是完美的。”

写下这段话的时候，我才七岁。显而易见，我一早就规划好了整个人生。但我从来没有设想过，我的一个孩子可能会患上一种严重的疾病，一种甚至连最基本的需求都无法表达的疾病。也许，孩子的身体会成长，但他对安全与独立的理解力不会增长。没人能料到这种事会发生在自己的孩子身上。

但在诊断结果出来后，一个想法多年来一直困扰着我：倘若我能早点知道呢？如果当初有人能用水晶球预言，在我怀孕期间悄声在我的耳边透露未来的秘密，一切是否会有转机呢？

“你和你的孩子注定要前往一个不同于大多数人的世界。你会叫他‘库珀’，但世人则会称他为‘残障人士’。开头会很难，你会经历痛苦、挣扎和悲伤，但你会一一克服，最终瞥见他为你的世界带来的不可思议的快乐。你会逐渐明白，你其实是一个幸运的人。但是，开始时你几乎会陷入崩溃。”

如果有人提醒我关注自闭症，那么一切都会有改变的机会。我会哭着跑开吗？还是笑出声来？我想，我永远也不会知道答案。我只知道，焦虑和担忧将会在未来的岁月里笼罩我大部分的生活，而我对此毫无准备。我真的不知道还能做些什么。这是我必须亲身经历的事情。

也许，你在读了这本书的前几章后，会认为这是一个悲伤的故事。不妨继续读下去，你会发现事实并非如此。

也许，你会认为这是一个关于自闭症男孩的故事。没错，库珀当然是这个故事的主角。不过，这本书也是一个母亲的故事，讲述了我在一条意想不到的道路上找出方向的历程。

这个故事关乎错误和胜利，也关乎梦想的改变与痛苦的希望。

这是一个关于婚姻妥协、手足之争，以及倡导视角转变的故事，因为我不屈不挠地寻找着新方法，努力让我那无法使用语言的儿子在这个世界上发出自己的声音。

最终，我发现了自己到底应该成为一个什么样的人。

这一切都归功于我的儿子。

第一章

欢迎你，库珀

大学毕业后，我在一家大银行实习时认识了杰米。我压根不愿在银行里工作，但我也想先进入某个行业，赚一笔钱。在迈向成年的过程中，与同事们共度时光似乎是顺理成章的下一步。

那时的我刚刚结束一段感情，不想再和其他人谈恋爱。作为一个一直有男朋友的女人，我有生以来第一次获得了自由，可以随时做我想做的事情。整个夏天，我一边打着两份工，一边和朋友们一起玩耍。

后来，我遇到了杰米。他比我大五岁，对我来说太严肃了。他正在努力从银行职员晋升为分行经理，没有时间注意到我。事实上，他在多年后告诉我，他当时给我起了个绰号——“穿荷叶边短裙的实习生”，还曾因为我午餐时间过长向老板告状。我们处在人生的不同阶段（至少当时的我是这么认为的）。在夏天过半的时候，银行组织全体员工去看一场垒球比赛，但其他的同事都在最后一刻爽了约。于是，我和他决定充分享用这个机会，在酒吧的露台上点了一大瓶啤酒。

杰米不仅跟我聊起了他未来的计划、他的梦想（拥有一所小房子和一艘渔船），还谈到了他和家人们的亲密关系。过了一会儿，当他起身为垒球队接球时，我已经完全为他神魂颠倒了。我不清楚到底是因为他穿着合身的白色棒球裤，还是因为他比我以前约会过的所有男性都更成熟（也许，两者兼有）。我整晚都在幻想着我和杰米的未来。

一年后，在一个美丽的秋夜，他单膝跪地，向我求婚。我还没等他问完“你愿意嫁给我吗”，就抢着答应了他。第二年飞逝而过。我们在明尼苏达州苏必利尔湖畔的小城图哈伯斯买了一套两居室的房子，那里夏天的平均最高气温还不到16℃。我们俩在当地都没有认识的朋友，但杰米已被提拔，要去管理北岸的两家小银行，所以我们决定去那里安顿下来。我在发现直销的压力如此之大后，就告别了在银行的职业生涯，担任了一家疗养院的市场协调员。我们过着相当朴实的生活。刚开始工作的时候，我们都没挣到多少钱，但我们也不知道有了钱的生活会有什么不同。我们买下了杰米第一次约会时告诉我的那艘旧渔船，在户外度过了大部分的时间，修缮我们的老房子，还计划了婚礼。

在这段时光里，我非常清楚地记得周末我们在相中的教堂里进行了婚前咨询。一对牧师夫妇负责讲课，课程的内容围绕夫妇在婚姻中可能遇到的问题展开。这样的安排似乎完全没有必要，因为我们正疯狂地相恋着。我们的关系可以应对任何状况，因此我们当然不需要咨询师的辅导。

我们围坐在桌子旁，吃着饼干，喝着潘趣酒，而牧师们则讲述着不同的情形：你会如何面对一个有毒瘾的伴侣？一个撒谎成性的伴侣？一个沉迷赌博的伴侣？

他们讲的故事听起来都很荒谬。其中一个故事中的妻子偷偷累积了几十万美元的信用卡债务。另一个故事中的丈夫每天晚上下班开车回家的时候都会喝上一箱啤酒，结果却告诉妻子自己滴酒未沾。有些故事引得我们哈哈大笑，还有些故事则让我们嗤之以鼻。我们花了很多时间遐想和筹划我们的蜜月旅行。

我们并不是在粗鲁无礼地对待这样的课程，只是不相信自己会落得如此下场。我们是最好的朋友，年轻又相爱。我24岁，他29岁。我们一起计划人生，追求完全一致的目标：一所满是孩子的房子、乡村生活、事业上的成功，以及退休后养老的湖边小屋。就这么简单。我们都计划好了，所以一定会实现。这就是二十几岁年轻人的傲慢。

日子慢慢地过去了。我还记得在婚前咨询结束之前，牧师提出了最后一个问题："你们俩会如何抚养有特殊需求的孩子？"直到今天，我都能记起他当时的穿着。他怎么能问得那么漫不经心，却又那么实事求是，好像这是一件稀松平常的事情一样。这个问题依旧在我的脑海里燃烧，我始终无法忘却这一伏笔。

当时我心想，这是多么愚蠢的问题啊！这永远也不会发生在我们的头上。接着，那位牧师简要地谈到了养育孩子的压力，以及有特殊需求的孩子会如何加剧这种压力。我记得我一点儿也没有被这个问题吓到，因为我们无比健康，所向披靡，绝对不会生出一个需要特殊照顾的孩子。事实上，我甚至一个有特殊需求的人都不认识。我更不会在怀孕期间吸毒和喝酒，所以我们的孩子显然会很完美，不会有任何问题。

我还记得，我和杰米在纸上写下了我们会像爱其他孩子一样爱这个孩子，因为每个人都会这么回答的，对吧？我们都是心地善良的好人。仅此而已。婚前咨询结束后，我们开始了童话般的生活。直到很久以后，“特殊需求”的想法才再次浮现在我们的脑海中。

2008年9月13日是北岸有史以来最潮湿的一天，我和杰米在河边的一个小教堂里举行了婚礼。早上6点，阳光明媚，军乐队奏响，这一天开始了。小夜曲和那天的雨一样让人意外。那天早上碰巧是一年一度的轮滑马拉松，于是我们一边跟着“蚂蚁行军”的节奏舞动，一边吃早餐，假装这一切都是特别为我们准备的。

几个小时后，大雨倾盆而下。我站在教堂的窗口，看着宾客们打着巨大的雨伞冲了进来。大家以为我会沮丧，但我不仅没有这样的感觉，甚至丝毫不介意。

为无法控制的小事情操心并非我的性格。我不在乎我的某个亲戚从我做的卡片篮子里偷了钱，也不在乎某个人在婚礼仪式结束前昏倒在地，更不在乎我的新郎在去教堂的路上撞到了一只臭鼬，全身闻起来有点臭烘烘的。

我唯一关心的是我要嫁给我最好的朋友了。这个男人能让我笑得无比灿烂。我们一边喝鸡尾酒，一边一季又一季地追看电视剧《24小时》，他会在一旁给我揉脚。虽然杰米和我是完全不同类型的人（我的爱情配对测试的结果可以证明这一点），但我们有一个共同点：选择简单和快乐。

我们的婚礼非常成功。我爱这一过程中的每一秒。我们和朋友、家人一起跳了一晚上的舞。直到凌晨两点，我才幸福地上床睡觉。第二天一早，朋友和家人已经离去，我和杰米独自坐在客厅里。我看着周围满满当当的礼物，突然哭了起来。我的新婚丈夫不知道该怎么办才好。我感到沮丧，而非快乐。从仪式到大雨，我们持续不断地计划了这么多，忽然就结束了。我觉得我生命的一整个阶段就这样告终了。

我坐在原地，回想起这些年来和妈妈一起度过的假期和经历过的重大活动：每到结束后，她总会哭泣，而我一直不明白到底是为什么。此时此刻，我才终于领悟：妈妈原来和我一样，热衷于期待、计划和筹备。

婚礼结束后，我把激动的情绪一股脑儿地转移到了孩子的事情上。早在一个月之前，我们就停止了避孕的措施。谁也无法预料受孕会以多快的速度发生。大约在婚后的第一个月，我们在第一次尝试后就成功怀孕了。受孕竟然如此轻而易举，这让我们都大吃一惊。8周后，我们在医院里看到了宝宝的心跳在屏幕上微微地扑闪着。我们立即通知了所有人，并且在社交媒体上宣布了这个好消息。

第13周的时候，我开始感觉有点不对劲。那是一个感恩节的星期天，也是医生面诊和超声检查的前一天。我们在我父亲家度过了一天。我的精神涣散，感觉有些不似往常，但又说不上来具体的原因，只是觉得自己不再有怀孕的感觉了。一位朋友告诉我，这很正常，症状会在怀孕的中期消失。然而，我在网上的查询结果却告诉我，真的没有那么正常，甚至出现了一个我从未想过的词——流产。

当天晚上，我和杰米带着我们的狗在树林里散步。这是我们这个小家庭每日的晚间消遣活动。走到一半的时候，我崩溃了，哭了起来。我向丈夫倾诉了我的恐惧，我很肯定孩子出了什么问题。但杰米安慰我不会有事的。对他来说，一切都会没事的。他的信心是坚不可摧的。

第二天早上，我们挤在妇产科的一个小房间里，做第12周（晚做了一周）的超声检查。这次的预约检查意义重大，因此杰米头一次陪我走进超声室。我穿着皱巴巴的长袍，双脚固定在脚蹬上；杰米站在我旁边，握着我的手。医生先是把黏糊糊的凝胶涂抹在我的肚皮上，然后用仪器慢慢地在我的肚子上画圆。

仅仅过了一秒钟，医生就把屏幕从我们身边转开，说了声“对不起”，离开了房间。她不在的时候，杰米和我静静地等候着，一言不发。几分钟后，她回来了，说我需要做一次阴道超声检查。只见她拔出了一根“大魔杖”，接着在上面戴上了一层类似避孕套一样的保护膜。杰米突然大笑着问道：“这是要闹哪一出？”我很感激他当时的幽默。

过了一会儿，医生又离开了房间。在那一瞬间，我预感到大事不妙。我在前一天晚上已经浏览了太多太多的恐怖故事，知晓接下来的剧情。我们的医生好像过了很久才回来，说胎儿已经没有心跳了。孩子就这样不翼而飞了，没有任何具体的原因。医生没说细节，没绕弯子，直截了当地证实了我的担忧。我想，我有了答案。

医生也将这次事故称为“流产”，并且努力安慰我：身体是在警告我们的孩子出了问题，因为身体会主动丢弃无法存活的受精卵。“你不是特例。10%到20%的怀孕都会以流产告终。这其实是很常见的。”这番话是否能让我感觉自己并没有那么不幸？答案显然是否定的。

接着，医生在处方笺上草草画了一张图。当他将图转过来时，我们只能看出几个龙飞凤舞的圆圈：两个大圆圈并排紧挨在一起；每个大圆圈里都有一个大小不一的小圆圈，其中一个明显要大一些。杰米和我至今仍会谈论起那张图。

“看，”医生指着更小的圆圈，讲解道，“你的宝宝长得像这个，但12周后的宝宝应该像另一个大圆圈。”

我眼泪汪汪，压根看不清那张图。我立刻想到了电视剧《老友记》中的一集：詹妮弗·安妮斯顿饰演的瑞秋在超声检查中没有看到自己的孩子，但还是不停地点头表示同意。医生就像教练鼓励他的球员一样，拍了拍我的肩膀，告诉我们几个月后可以再试一次。他还说我们会拥有画中的健康宝宝。

但这还不是那天最糟糕的记忆。杰米不得不离开，因为他必须亲自去他管理的一家银行做贷款结算。虽然不能留下来并不是他的错，但我彻底崩溃了。我只能独自等待，安排手术预约，准备看着医生将我渴望已久的孩子从我的身体内取出来。

我和护士坐在一起，讨论什么是“刮宫术”以及这项手术过程中的各个环节。我滚烫的热泪止不住地往下流。护士告诉我，第二天早上5点去手术中心报到，还让我在当天午夜之后千万不要进食。

我猛地抬起头来，说道：“等等！什么？明天一早吗？我们难道不应该再等等看这是不是一次误诊吗？”

一切都发生得太快了。我不应该再听听其他人的意见吗？如果日期错了，怎么办？

她什么也没说，只是轻轻地叹了一口气，然后递给我一张写着预约日期和时间的卡片。她的表情说明了一切。

我只能一个人开车回家。我给老板和妈妈各留了一条泣不成声的语音信息后，就关掉了手机。我不想再从别人的嘴里听到“流产很常见”，也不想再听到“几个月后可以再试一次”。我只想沉浸在悲伤之中。那一天剩下的时间里，我都在思考我到底该怎么告诉人们我终止怀孕了，同时又对自己这么早宣布怀孕感到恼怒。每一个情景都让我感到悲痛和难堪。

晚上，杰米下班回来时，发现我蜷缩在沙发上。他重复了医生的话：“我们可以再试一次。这不是一件坏事。我们的孩子肯定出了什么问题，下次一定会是完美的。”

我们在第二天早上5点抵达医院。手术很快就完成了。我在监护室中苏醒，麻醉剂仍然让我昏昏沉沉。我问护士我的孩子是不是就这样走了。在她回答我之前，我又陷入了麻醉后的迷糊状态，但我确实记得她大声地说（也许是对另一个护士说），这是她在术后听到的最悲伤的问题之一。

失去孩子后，我哭了好几个星期。我第一次感到自己丧失了对生活的控制权。我开始节食和运动（以跑步为主），同时想弄清楚我的身体为什么辜负了我。我深入研究，阅读了其他女性遭受流产的故事。我需要自我教育；但更重要的是，我需要与那些理解我经历的人建立联系。我在流产后相识的那些女性后来都成了我终生的朋友。这种丧失感让我们更加亲密无间。找到能够理解你的人会改变你的生活。

杰米不像我那样悲伤。我在和其他女性聊天后，发现流产对丈夫来说可能是一件十分正常的事情。我的身体遭遇了重大的变故，我想谈论这件事，但他不以为然。这让我很生气，因为他对于失去我们的孩子显然没有流露出足够的悲伤之情，我想他甚至在内心里觉得我太过情绪化了。结婚的第一年，我们几乎没有吵过架；但失去孩子后，我们经常为此激烈争吵。

再次受孕成了我的心头大事，我几乎将其当成了一份事业。但是，有计划的性生活一点儿也不好玩。我会在公司的厕所里使用验孕棒检测。每次没得到怀孕的结果，我都会大哭一场。一位同事建议我："去旅行吧，享受时光。很快，你就会有孩子了。"她的话虽说不无道理，但她那无所顾忌的态度激怒了我。

几个月后，我已经戏剧性地说服自己：我们永远不会有孩子了。突然有一天，我看到了阳性的验孕结果。不过，我感到的不是兴奋，而是恐惧，因为我不想再爱上一个孩子后失去他。我将验孕棒留在了浴室的洗手台上，然后来到地下室的跑步机上跑起了步。杰米回家后不久，我故意让他去浴室帮我拿一条发带。他拿着验孕棒，走下楼来，脸上挂着灿烂的笑容，兴奋地问道："这是真的吗？"直到孕期的第20周，我们才对所有人宣布这一消息，甚至我们的父母都一直不知情。

大约第6个月时，我终于平静了下来，让自己享受孕育的过程。我发现一旦放松下来，我就爱上了这种状态。杰米也很兴奋，甚至已经为他的第一个儿子提前网购了棒球棍和手套。我拆开快递的那一刻，情不自禁地哭了，因为我了解杰米和他爸爸的亲情远远好于我见过的其他父子关系：他们是最好的朋友，每天都会通电话；他的父亲在体育方面指导了他很多年，也是他最忠实的粉丝。我毫不怀疑杰米会和我们的儿子建立同样美好的关系。

我在经历了漫长的孕期之后，库珀终于在12月6日出生了。当你的孩子被诊断为有特殊需求的儿童时，你将永远会被追问怀孕和分娩的情况。每个治疗中心，每所学校，甚至你居住的县区都想知道这9个月内发生的事情。我一直认为在学校的表格上勾选“顺产”等选项是对我的一种冒犯。况且，我每次给出的答案都是一样的。除了体重增加太快之外，我的怀孕过程几乎是完美的，没有一丁点儿问题。

尽管对于见到库珀和成为母亲的兴奋几乎让我难以控制，但分娩的开始阶段是相当平静和缓慢的。考虑到胎儿的潜在大小，以及我在已经接近第40周时没有锻炼身体的事实，我的医生决定为我安排催产。杰米和我在周日的晚上抵达了医院，整个催产过程首先从塞入催产药开始。之后没有一点儿进展。第二天早上，我被注射了催产素。之后还是没有一点儿进展。我在走廊里来回走了好几个小时后，终于有了一点儿进展。但这还远远不够。当我们早已准备好迎接我们的孩子时，他还没有准备好与我们见面。我们似乎要按他的时间线来；要我说，这是一个绝妙的伏笔。他不会为我们任何人妥协的。

在医院待满24小时后，终于到了该发力的时候了。护士把床布置好，调暗灯光，并指示我的丈夫抓住我的一条腿，我感到十分激动。他往下看的时候，脸色变得惨白。我想，如果杰米当时有机会逃走的话，那他很有可能选择临阵脱逃，因为他对如此近距离的亲身体验还没有做好心理准备。

在有关分娩的生育课上，我愚蠢地以为分娩对第一次做妈妈的人来说如同本能一般，是一件自然而然的事。但我的亲身经历完全推翻了我先前的设想。在分娩时，我感到自己暴露无遗、手足无措。整个过程就像一次难堪的排泄，我的丈夫虽然在口头上安慰我这没什么，却在事后取笑了我好几年。他的做法让我感到灰心丧气。

两个小时后，我们取得了一些进展。婴儿的头已经露出来了，但他的身子却被卡住了。我早已经疲惫不堪，不知道自己还能坚持多久。我在付出了这么多努力后，很害怕“剖宫产”这个词会从医生的嘴巴中说出。所幸的是，他给出的是“外阴切开术”的建议。这招奏效了，我立刻感到如释重负。

几秒钟后，库珀出生了。

我以为接下来会像我看的电影那样：医生立刻将婴儿放在我的胸前，这样我就可以马上和他系上感情的纽带。但相反，医生直接将他转交给了等候在一旁的护士，甚至都没有看我一眼。几秒钟内，许多人围住了他。

我一直在等待孩子的哭啼声。每个人都曾谈论过第一声啼哭是如何穿透整个产房的。但我们的产房里静悄悄的，只有那群围在库珀四周的人发出一阵阵窃窃私语。

医生不停地重复着："他没事。"但我在想，他是怎么知道的？他一直在忙着医治我，为我缝合伤口，甚至还没有来得及看他身后桌子上的婴儿。我想到了老式飞机上的空乘人员：当你乘坐的飞机经历气流时，在空乘人员陷入恐慌之前，你都没有恐慌的必要。如果他们坐下来系上安全带，那你也安静地等待吧。现在，医生就是我的空乘人员，他并没有惊慌失措。

我不停地扭动着屁股，想看看护士们到底在做什么。医生让我不要动，但我忍不住。最后，我听到护士们低声说了几句话："把管子插进去。呼吸不正常。快点，宝贝。呼吸。"

我就像经历了一辈子，但实际上可能仅仅过了几分钟而已。"我想要我的孩子。我想要我的妈妈。杰米，叫我的妈妈来这儿。"

随后，一声愤怒的哭声刺穿了整个产房。是库珀。他来了。只是来晚了一点儿。我这才放心地瘫倒在床上，刚才支撑的手臂早已没了力气，我呼出了自己都不知道憋了多久的一口气。

护士将婴儿放进我的怀里，说道："恭喜你成为一位妈妈啦！孩子很漂亮，个头也很大！你现在有一个9磅重的大宝贝了。"

我低下头，终于看到了我的孩子。我在付出了那么多的努力，经历了那么多的恐惧后，终于拥有了他。我不愿意再放手。我的一个女性朋友曾告诉我，当你把孩子抱在怀里的那一刻，分娩的痛苦就一瞬间消失了。她当时给我讲了她生女儿的美妙故事，说她生完女儿后一点也不疼。但我恰恰相反。当我生下他的那一刻，我感到了每一丝痛楚。他让我遭受了极大的折磨。但我不在乎。这已经不重要了。我从未如此爱过什么。

护士告诉我们，他的"阿普加"评分[1]非常低，但他似乎正在恢复，医生们会密切监测他的身体状况，因此他不必被送往新生儿重症监护室。他看起来确实有点儿像从地狱里走过了一遭：圆锥形的头上瘀青片片，金色的头发被血浆黏在一起。但我印象最深的还是他的眼睛。我一直以为刚出生的婴儿都会是一副睡眼惺忪的模样，但我们的库珀并非如此：他看起来非常清醒，眼睛

---

1 Apgar，用于评估新生儿出生时的情况。——译者注

瞪得大大的，环顾着整个产房。那两个眼珠子在四处转动，看起来就像在努力理解刚刚发生的事情似的。他看起来很困惑，也很迷茫。

最后，产房里的人都走了，当护士把门关上后，我听到了妈妈的声音："一切都好吗？"护士回答说："都很好，他们还需要一点儿时间。"她说得没错，我们的确需要。

产房里鸦雀无声。杰米和我终于对视了一下。

"你害怕吗？天呐，我好害怕。"

"还好，我就知道不会有事的。"

杰米的镇定又一次让我大吃一惊。他看起来一点儿也不惊慌失措，甚至对刚刚发生的事情泰然自若。而我还在止不住地颤抖。

我又低下头，解开怀里婴儿的毯子。我们数了数他的手指和脚趾。他那柔软的肌肤让我咯咯地笑了起来。杰米跪在床边，把手指放进儿子的小手里。

"嘿，库珀，这是你的妈妈和爸爸！"突然之间，我感到了内心的平静。我有了孩子，我一下子就爱上了他，我已经为他心动不已。棒球比赛和小男孩第一次钓到鱼的画面在我的眼前闪现。

当我意识到我的孩子有些不一样时，人们总是对我问东问西。通常情况下，这些问题都是妈妈们提出的，她们为正蹒跚学步的孩子的成长而担忧，想要确保自己的孩子状态良好，没有患自闭症。我提醒她们，每个故事都是独一无二的，从没有两个故事是相同的。

一些父母表示他们的孩子起初是一个发育完美的婴儿，但在第12个月时，孩子就像被按下了开关，光线便暗淡了下来。还有一些父母表示，刚刚学步的孩子本来还可以说出完整的句子，但在一夜之间就不再说话了。家长们与我分享了数不清的视频录像，蹒跚学步的小孩们在屏幕上说着“妈妈”“卡车”“球”。父母们为无法回到的过去伤心欲绝。一些父母声称他们从第一天起就知道自己的孩子患有自闭症，但还有一些父母从未料想过这一点。

就我个人而言，我一直都知情。我可能还不知道“自闭症”这个词的定义，也不知道诊断的严重性，但回想起来，从我把我的孩子抱在怀里的那一刻起，尽管他才出生几分钟，我就已经知道他患有自闭症。自闭症就像在他身上编织的一床工艺复杂的棉被，而这床棉被已经与他合二为一，难分难解。在未来的岁月里，我曾绝望地祈祷病症远离我的孩子。我一直试着区分哪些部分是我的小男孩，哪些部分是自闭症。直到最后，我才意识到他们是一体的，无法分离。消除自闭症意味着消除他的一切。这个现实我花了很多年才接受。

曾经，杰米和我觉得抚养一个有特殊需求的孩子是难以想象的，甚至是异想天开的。然而，我们就这样被推进了一种毫无准备的生活，一种带来重重挑战的生活，一种将改变我们作为夫妻和父母的身份的生活。

棕裤子，牛仔衫，牧师就是这么穿的。

第二章

与众不同的孩子

大多数父母都会为孩子的健康祈祷，而我认识一位可爱的母亲，她告诉我，她和她的丈夫祈祷他们的儿子患的是唐氏综合征。我遇见她的时候，我的孩子已经患有自闭症很多年了，但我还没有完全接受这一事实。她浑身洋溢着喜悦，我被她的活力吸引。我给她讲了库珀的故事，她也给我讲了她儿子的故事。

在她进行第34周的妇产科面诊时，医生注意到她的肚子过大了，并立即为她做了超声检查。她说，在40岁的时候接受超声检查是悲喜交加的，因为虽然她万分期待提前看到孩子，但她又对高龄产妇所面临的问题感到焦虑。医生说她怀了一个男孩，然后解释了胎儿的异常情况。

二级超声检查证实，这名婴儿的大脑畸形；如果出生的话，他很有可能会无法走路、说话、移动或呼吸。但医生补充道，还存在另一种可能性：孩子可能天生就患有唐氏综合征。突然之间，她和丈夫获得了一线希望。一周后，一个满头红发的婴儿出生了。他患有唐氏综合征和一些并发症，但在其他方面都很健康。夫妻俩非常激动。她说，他们从朋友、家人，以及医学界获得的帮助都是及时的。他们在怀孕期间就开始了解这种综合征，因此他们的儿子在出生后肯定会得到更好的照顾。

杰米和我的情况并不是这样的。相反，我们花了3年时间来寻找答案，而大多数的答案却催生了更多的问题。起初，世界否认了库珀的与众不同。我有时在想，倘若我们明确地了解到我们的儿子将终生患有自闭症，对我们来说会不会有所不同？也许，如果第20周的超声检查探测到了异常情况，那么当护士第一次把库珀放在我怀里时，我们就早已知情，也就能理解为什么他似乎出生在一个他不了解的世界里。

但自闭症的诊断并不是这样直接明了的。常见的物理标记和血液测试通通派不上用场。自闭症的迹象不仅因人而异，还会以不同的方式呈现。诊断可能需要数年之久，而父母和家人接受诊断结果的时间甚至会更长。至于那位母亲提到的帮助——好吧，我们在接下来的很多年里都没有找到。

我们有9个月的时间为库珀的到来做好准备，但第1周的混乱让我措手不及。尤其是我从小就在为家庭和孩子计划，所以准备时间就更长了。我和杰米在孩子出生前的几个月里都很亢奋。我们都迫不及待地想为人父母，花了很多个晚上想象他会成为什么样的人。他会像我一样有创造力吗？会像杰米一样喜欢运动吗？我们有很多东西想要教他，比如如何钓鱼、打棒球、骑自行车……杰米甚至翻出了他童年的照片。他在给我展示一张健壮的金发男孩正在骑自行车的照片时，面带笑意。我的眼前仿佛出现了我未来的儿子。

“我的这辆自行车属于施文牌的掠夺者系列。天啊，它可是我的心头肉。太酷了。我爸和我已经商量好为库珀修好它了。”

当我进入怀孕的后期，我从“怀孕时应该期待什么”的网站上打印了一张清单，确保自己勾选了每一个选项。我用蓝色的帆船装饰了育婴室，在尿布台上摆放了尿布和连体衣。我和杰米拜访了儿科医生，参观了无数的托儿所，还买了一个娃娃来帮助我们的两只小狗提前适应新环境。我们举办了不止一次，而是三次美妙的宝宝派对。我们在预约接生的医院里参加了胎教课。胎教课包括一次医院参观和每周四次的一小时课程。我们详细了解了分娩的过程、剖腹产与顺产、可能的医疗干预措施、母乳喂养的挑战性，以及婴儿睡眠的重要性。我最担心的是分娩的痛苦。除此之外，我一点儿也不害怕。我的很多朋友最近都生了孩子，她们似乎都没有为做母亲而挣扎，所以我相信我也会安然无事。

课程结束后，他们为我们颁发了一个证书。杰米还给自己起了个正式头衔：认证分娩教练。他开玩笑说，他想穿着一件印有他职业头衔的T恤衫或戴着这样的帽子进产房。我建议他先别急着将这项人生成就列入自己的简历里。随着12月的来临，我们已经一一核对了生孩子的所有事项，并且做好了充足的准备。

我相信大多数刚出生的婴儿都拥有生存的本能，他们知道该做什么。我之所以知道这一点，是因为在库珀之后，我又有了两个孩子，他们都毫不费力地适应了生活，似乎完全明白如何吃饭、睡觉和成长。但是漂亮的库珀似乎对他的新生活有点儿迷茫。新生儿的生活对他来说似乎并不是一件自然而然的事情。

库珀出生几小时后，我尝试了给他喂奶。一位和蔼的护士长之前教过我如何使用不同的姿势抱他，如何不躬着腰把他抱到我的身边，如何手呈C字型围住乳房，还有如何轻轻拨下他的下唇来帮助他确定喝奶的位置。然而，最后这个技巧压根没有像预期的那样派上用场。他似乎不懂如何控制自己的嘴巴，也不知道如何在吸奶时闭紧双唇。我想我按了十几次呼叫按钮。我越来越沮丧，库珀也是如此。在最初的几天里，我流下了数不清的眼泪，绞尽脑汁地思考如何才能用母乳喂养我的孩子。我坚决拒绝放弃。我可不是个轻言放弃的人。

我在拜访了3次哺乳专家后，发现库珀的体重已经轻了一磅多。我转而使用了泵奶器。看着他一口气喝下一整瓶母乳后，我顿时松了一口气。我知道我做出了一个正确的决定。

睡眠对库珀来说也不是一件自然而然的事情。我在网上查询到新生儿应该每天睡满18个小时，我的婆婆也这么认为。然而，我的新生儿的睡眠情况却截然不同：他在24小时内仅仅睡了8个小时。他看起来就像是在医院里提前储备了所有需要的睡眠，而且决定一旦回家，就不再睡觉了。在其余的时间里，他都醒着，时而睁大眼睛东张西望，时而大声哭泣。我试过和他紧紧依偎在一起，也试过和他一起洗热水澡，但我始终不明白为什么我的抚摸似乎不能让他感到舒适。我在过去接触过的婴儿都喜欢趴在我的脖子边，发出轻微的“吱吱”声。但我的孩子喜欢挺直身子，看向外面的世界。他还喜欢看电视上的光亮和画面。大多数父母都有新生儿熟睡的照片……我也有杰米睡在躺椅上的照片，他的头歪向一侧，嘴巴张着，还有一个睁大眼睛的婴儿，完全清醒，全神贯注地研究着吊扇。

在第1周结束时，我告诉我的丈夫，他们一定是给错了孩子。一定是搞错了，因为我妈妈说我小时候一直都在睡觉。而且，杰米的妈妈也是这么说杰米的。我们开玩笑说，要去婴儿用品商店申请退换。在最初的日子里，我表现出诸事完美的样子，心中却承受着巨大的压力。不管有没有自闭症，初为人母的压力可都不是闹着玩儿的。

在库珀出生之前，我家的窗帘总是拉开的。我喜欢阳光和光线，喜欢大自然的声音，还喜欢我那古怪的老房子里炉子的“哼唧”声和地板的“嘎吱”声。我常常在家里播放乡村广播和家庭与园艺频道。我丈夫也承认我的话很多。我们常常在家里接待客人，有顺道过来喝一杯的朋友，还有从外地赶来拜访的亲人。我们的家在过去充满了活力。

但在库珀出生后的第1周，一切都发生了翻天覆地的变化。自从我们意识到睡眠的重大意义后，让宝宝睡觉就立刻成了我们唯一关注的生活目标。即使在白天，我们也会拉上客厅的窗帘，让室内密不透光。我们关掉了音乐和手机的铃声，按下了电视的静音键，压低声音交谈，播放起了白噪音。生活变成了一个无休止的循环，我分不清早晚，觉得自己就像是一具丧尸。

令我惊讶的是，杰米在这一方面比我应对得好得多。要知道，他根本没有带孩子的经验。也许，这是因为他每晚仅仅需要6个小时左右的睡眠时间，而我需要整整9个小时。此外，他也不需要让早已破皮的乳头每3小时就吸一次奶。他很快就学会了如何裹出一个牢固的襁褓，如何更换尿不湿，如何加热奶瓶，以及如何安抚过度情绪化的我。他和我轮流在地板上踱步，分别在那张蓝色的旧躺椅上休息。他甚至在地板上贴上胶带，提醒我踩在哪一块地板上不会发出“嘎吱”声。他也主动做饭和打扫卫生。多年后，杰米告诉我，他对最初几周的唯一记忆就是他在地下室里度过的时光：库珀在他怀里号啕大哭，而他在冰冷的水泥地上踱步，为的只是能让我睡上一觉。如果没有他，我早就走投无路了。照顾库珀需要两个人齐心协力，但他的陪产假就快结束了，马上需要回去工作，这让我很害怕。

杰米要回去工作的前一天晚上，我站在厨房里，穿着袒胸露乳的喂奶背心，把圣诞饼干一块接一块地塞进嘴里。泪水从我的脸上滚滚而下，就好像有人拧开了我身上的阀门。杰米走进来，看到我丢了魂似的，说道："我觉得你应该给你的妈妈或者我的妈妈打个电话。"

他的建议反而让我哭得更厉害了。我一直哭，怎么也止不住眼泪。这种感觉很奇怪，因为我在成为母亲之前，明明是一个不太爱哭的人。我疯狂地嘲笑自己无缘无故的哭泣，想要以此来克制自己。

"我不是难过，杰米。我只是太累了，有点被压垮了。这和难过不一样。"

我从未设想过做母亲的第一步会很容易，但我也没料到这一步竟然如此艰难。如今的情况完全超出我的想象，我不知道如何才能帮助我的孩子。这让我觉得自己很失败。

杰米按下号码，把电话递给了我。我妈妈在听完孩子的情况后，我能听出她声音里的担忧。在那次谈话中，我头一次袒露："我觉得出了问题。"但我指的不是我儿子，而是我自己。"我想不明白，妈妈。他不睡觉。"

妈妈告诉我，我没有什么问题，只是产后的轻微症状。她让我把孩子交给杰米，洗个热水澡，让自己休息一下。我心里明白她是对的。当天晚上，我为自己打气，暗示自己这些反应完全正常。初为人母是很难的，但这种感觉不会永远这么持续下去。我会挺过去的，我们会挺过去的。

第二天，我向库珀的儿科医生提出了我的忧虑——库珀从不睡觉。我在近乎耳语般地谈到这有多艰难时，感觉自己就像一个叛徒。但医生坚持称这是很正常的情况："凯特，有些新生儿就是不爱睡觉。有些婴儿只是比其他婴儿更难养育而已。他们会生气，会难过，这都很正常。你无法挑选自己的孩子。而且，亲爱的，你只是得到了一个难带的孩子。对自己宽容一些吧，你是第一次当妈妈，你总会想出解决办法的。"

我接着问道："可他为什么哭得那么厉害呢？他好像一直在生气。"她回答我，可能是因为肠绞痛，并且建议我可以试着从饮食中去掉某些食物，希望这样能有所帮助。比如不食用咖啡、奶制品、辛辣的食物，以及任何含番茄的食物，甚至可以改用配方奶。

医生询问是否有人帮助我，还问我是否有自杀的念头。我分别给出了"是"和"否"的回答，但我觉得自己被彻底推翻了，就像我摸不着方向一样。

“这和我想象的太不一样了……”我的声音越来越低沉。

我说话的时候，她把库珀从头到脚看了一遍，称他是完美的。接着，她拥抱了我，低声说：“你已经做得很好了，新手妈妈。坚持住。”她走出门之前给了我一条建议：“带他去兜兜风。这一招对我的3个孩子都很奏效。”

第二个星期，我的一个朋友邀请我去德卢斯的一家书店参加“妈妈与我”的课程，那里离我们家仅有30分钟的车程。我想起了医生说过的话：“带他去兜兜风。这一招对我的3个孩子都很奏效。”所以，我没多想就答应了朋友。而且，我迫切需要社交。但从我把库珀安置在安全座椅上的那一刻起，他就开始尖叫。直到半小时后，我把车开进商场的停车场后，他才消停了下来。在开车的过程中，我感到压力倍增，身心俱疲，手指紧紧地攥着方向盘，就连指关节都变白了。他的叫声让我非常担心，中途我把车停在高速公路的一边，爬向后座去看他。当卡车呼啸而过时，我想看看他有没有缩成一团或瑟瑟发抖。也许，他太冷了，或者太热了。他看上去没什么问题，却痛苦不堪。我试着给他奶瓶和奶嘴，但他两样都不想要。在家和商场之间，我需要做出一个抉择。我本可以回头，但我选择了继续前行。就算要了我的命，我也要享受成为妈妈后的第一次出行。

走进书店后，我的感觉很好。库珀终于精疲力尽，在他的婴儿车里睡着了。我看到了很多友好的面孔。讲师请我们每个人拿一块方毯，和我们的孩子一起坐下来。一些宝宝和我的库珀一般大，还有一些刚学会走路的宝宝正在摆动着四肢。讲师播放了轻柔的音乐，建议我们闭上眼睛，跟着音乐和孩子一起摇摆。我很犹豫要不要叫醒我熟睡的儿子，但还是采纳了讲师的建议。我轻轻地把库珀从背带里抱出来，和其他妈妈们坐在一起，开始摇晃身体。库珀猛地睁开眼睛，他不喜欢大多数新生儿都习惯的半睡半醒的状态。我看得出来，他不会像大多数新生儿那样一觉酣睡过去。接着，他开始激烈地扭动，我越是摇晃，他扭动得就越用力。我感到汗水开始在我的背上和脖子上聚集。我在心里为自己打气："加油，你能行的。"当我和库珀还处在他人生的新鲜期时，我已经对他有了足够的了解，知道他真的要开始尖叫了。我的内心开始恐慌。我并不是害怕有哪位妈妈会在乎我有个哭闹的孩子，而是我觉得自己很失败，因为我无法理解自己的孩子。而其他的婴儿都没有哭。

当摇晃变成婴儿按摩时，库珀哭得越来越厉害，我不得不站起来，和他一起在房间里走了一圈。我试着轻拍他，喂他，帮他打嗝……我做了所有我能做的事，但他依旧哭个不停。其他母亲都在想办法让他平静下来，但纷纷以失败告终。我最终离开了书店。我不喜欢那种失控感。但更重要的是，我不喜欢别人认为我的孩子有问题的那种感觉。

一上车，库珀立刻就昏睡了过去，因为我们在现实世界的冒险让他精疲力竭。我系好安全带后，眼泪默默地流了下来。在回家的路上，我努力说服自己：我所感受到的只是产后的悲伤，我并不是最糟糕的母亲。

在库珀即将第12周大的时候，我也快要回去工作了。我在某种程度上松了一口气。产假和我最初设想的完全不一样。我原本的假期计划是在社交软件上上传几组房屋的相片，去杰米的办公室吃午饭，最后去威斯康星州探望父母和朋友。但这些计划没有一个被落实。如果我又熬过了一天，如果我能在下午6点前洗个澡，如果我能把晚餐端上桌，我就心满意足了。库珀和我从来没有养成规律睡觉的习惯。虽然大多数婴儿在3个月大的时候就习惯了午睡，但库珀没有。我仍然花了很多时间努力让他每次的睡眠时间超过45分钟。

在我回去工作之前，我还需要去做一次产后体检。

检查的目的是确保母亲在身体上和情感上都适应了有孩子的生活。医生问了我一些关于身体的问题（比如我还会感到疼痛吗？），还问了我一些关于情绪的问题（比如我还会感到悲伤吗？母乳喂养得怎么样？）。我如实回答了每一个问题。当医生问到避孕的方法时，我不禁大笑起来，震惊地反问道："难道其他人已经恢复性生活了？"

在过去的3个月里，我没有一点儿那方面的想法。而且，即使我和杰米愿意的话，我也想不出有哪一天是可以的。亲密关系需要婴儿在熟睡中。

在我的医生检查完所有的项目后，他对我说："你的状态好到可以再跑1万英里。"我当然希望他是对的，因为我丝毫没有这种感觉。虽然我的身体已经痊愈，但我从来没有想过成为一位母亲会让我如此心力交瘁。我觉得我已经不再认识自己是谁了。

不得不回去工作的那天早上，我很惊讶地发现我在怀孕前的工作裤都太大了，我再也撑不起它们了。于是，我拿出体重秤，上面显示的数字是135磅。难怪我认不出自己了。我十几岁时就没这么瘦过了。我最近没怎么照镜子了，镜子里的我颧骨下面凹陷，黑眼圈很重，看起来像一个鬼。我几乎认不出自己了。

这也是送库珀去托儿所的第一天。我们选择了一家小机构，老板是一位心地善良的女士，她自己也有一个女儿。毫不夸张地说，我忧心忡忡。库珀是托儿所里最小的孩子，我很担心她会如何满足他和其他六个孩子的需求。但她一点也不担心，和我在前门挥手告别，说她一直在照顾那些爱哭闹的婴儿。在上班的路上，我提心吊胆，给妈妈打了一个电话。“凯特，托儿所对婴儿来说是再好不过的了。孩子们会在那里更加规律地生活。这是一件好事。”我凌晨3点就醒了，所以“规律生活”听起来很有吸引力。

我毫不费力地重新投入工作之中。我热爱我的工作，并为我在一家专门从事家庭和儿童服务的大型非营利组织所担任的职位感到骄傲。我喜欢去上班，也喜欢主持会议和解决问题。这样的感觉会让我觉得自己像个成年人。我在前一天还精疲力尽，但在今天立刻恢复了活力。我在一天之中收到了很多短信，给我不断更新着一个快乐的婴儿享受第一天托儿所生活的好消息。我有点困惑，但如释重负。当我去接库珀时，我几乎是冲过去抱住他的。离开他一整天，我感觉自己的一部分消失不见了。老板告诉我，他睡的时间不算长（我听到这句咯咯笑了起来），但他光是看着其他孩子玩耍就很满足。他喜欢这种刺激。

一个夏天后，杰米和我似乎进入了为人父母的最佳状态。在我看来，养育库珀并非变得更容易了，而是我们都逐渐适应了他。我和杰米轮流睡觉、接班、陪儿子玩耍。我们明白自己的家庭生活和朋友们的家庭生活截然不同，但我们也知道这样的生活并不总是充满艰难险阻。我们花了很多时间用婴儿车推着他在社区里散步。只要我们在动，库珀就很高兴。他只有一条规则，那就是我们不能停下脚步。

我们一时心血来潮，决定把房子挂牌出售，重新在德卢斯找块地。当杰米和我谈起我们的未来时，故事里总是有野孩子在树林里游荡、爬树、建造堡垒的场景。我和他都是这样长大的，我们希望我们的孩子也能这样。此外，我们还想离我工作的城市更近一些。4周后，我们搬了家。我们的房子卖得实在太快了，而我们还没有在当地找到可以买的房子，只好暂时搬进离我们卖掉的房子几英里远的一处出租房里。与此同时，我们还在寻找一个适合安家的完美住所。

当我回顾过去时，在出租房里度过的时光是我生命中最黑暗的日子。600平方英尺的出租房让我感到很孤独。我尽了最大的努力在这里安家，但它始终没有家的模样。杰米也转到了德卢斯的银行工作，因为我们计划着搬到德卢斯，但现在这意味着更长的工作时间和通勤时间。他是家里的顶梁柱，工作任务也很繁重，因此在我不工作的时候，照顾库珀的担子基本上都落在了我一个人身上。我并没有在我们住的地方交到很多朋友，因为我工作的地方离家有30分钟的车程，而我长大的地方则离这里更远。我们两个人经常独自度过周末。我非常想去一些地方，就像我的朋友们带着他们的孩子去动物园、公园一样，但我们从来没有成功过。每次出门对库珀来说似乎都太惊心动魄了，于是我们常常只能早早地流着泪离开。所以我们不得不在家和社区的附近活动，在苏必利尔湖的岸边游玩。我会带上毯子和零食，和他静静地坐在一起，看着波浪涌来，就这样度过大部分的时光。在我的记忆里，库珀从来没有嘟囔过一句，他彻底被覆盖在湖岸边的彩色石头迷住了。他每次都会在仔细检查后，挑选两块石头，每只手各拿一块，紧紧攥在拳头里。当他凝视着自己的双手时，我会在一旁研究他，想知道他究竟在想什么。他全神贯注，丝毫不会走神。有很多次，其他的小孩手里拿着沙铲和桶，跑到他的身边，弯下腰，邀请他一起玩耍。但他甚至没有朝他们的方向看一眼。他只是摊开手掌，再合拢双手，紧紧盯着水面。

其他的家庭常常也会在我们的旁边铺好毯子，我可以近距离地观察别人家的小孩。我永远不会忘记自己最初发现库珀与众不同时的感觉。这些不同之处鬼鬼祟祟地冒出头来，让我后知后觉它们的存在。我就像大多数父母那样，会将自己的孩子和其他孩子做比较，看着他们把沙子铲进桶里，或者将小卡车穿过一堆沙子。我的大脑会记录所有的比较结果，但我的心会否认我所看到的一切。有时候，我会早早地收拾行囊，释然地远离这些差别，将它们留在湖岸边。

一些母亲说，从她们把孩子抱在怀里的那一刻起，她们就爱上了他们；还有一些母亲说，从她们看到验孕棒呈阳性的那一刻起，就爱上了自己的孩子；但也有一些母亲说，母爱需要一个互相了解的时间才能产生。对我来说，我第一眼看到库珀就爱上了他。而且，在那些孤独又迷茫的日子里，我对他的爱在两人的独处中与日俱增。我知道他是一个难带的孩子，我也知道他和其他同龄的孩子不一样。尽管我还没准备好大声承认我的孩子与众不同，但我并不是一个瞎子。正是因为与他建立联系极具挑战性，我才更努力地想要做好他的母亲。虽然我们之间没有言语，但我熟悉他的声音，他的表情，他的哭声。我很渴望语言的交流，但语言的缺乏反而将我们拉得更近。我成了他的依靠，他也成了我的宝贝。

第一次听到“自闭症”这个词的时候，我正在参加公司的午餐讲座，吃着火腿奶酪三明治。当时，库珀已经11个月大了。主持人谈到了这种疾病最常见的一些症状：不笑、固执、交际迟缓、重复性的行为、缺乏眼神交流和想象力。我在听她继续讲解的过程中，渐渐有了灵魂出窍的感觉。这就是自闭症吗？我在大学照料的一个男孩身上具有这个人描述的所有症状。但他的父母从未提过自闭症，所以他肯定没有被诊断出来。当时，我一直在追着他跑，阻止他杀死家里的狗。我在那年夏天瘦了7磅，可能连头发都白了不少。夏天结束时，我简直谢天谢地。但那个男孩和我的库珀完全不一样。当主持人继续谈到攻击性行为时，我突然感到一阵窒息，就像有一堵墙正在向我逼近。她口中的自闭症听起来非常可怕，也非常黑暗。有人注意到我了吗？他们发现了吗？我站了起来，但用力过猛，直接将椅子撞到了身后的墙上，屋子里的每个人都盯着我看。

一走出会议室，我就把身体靠在冰凉的墙上。我稍作镇定后，深吸了几口气，然后朝办公室走去。我关上门，把“自闭症”这个词输入浏览器。在下午剩余的时间里，我浏览了一切我能搜索到的关于这一疾病的资料。我读到的所有内容都在告诉我：婴儿在2岁之前，都不必担心，因为3岁以后才有可能确诊。

我在一张纸上草草写下不同的症状，然后在每种症状旁写下“是”或“否”。到3点半的时候，我已经确信我的孩子并没有自闭症。我的儿子没有咿呀学语，是的，这的确不可否认。但得了自闭症？那是不可能的。当我开车去托儿所接库珀时，我坚信一切都会好起来的。

当我将车驶入通往托儿所的车道时，我看见一群孩子在雪堆里蹦来蹦去。我笑了，因为我知道库珀有多喜欢雪。只是我在人群中没有看到他的淡金色头发和大红色帽子。我环顾院子，寻找我的儿子。当我看到他站在远处的角落里，靠在栅栏旁边，凝视着外面时，我的心猛地一沉。他看起来就像一个寻机越狱的小囚犯，将脸紧贴在金属栅栏上。他的老师很快走过来告诉我，他今天过得很煎熬，也不想玩游戏。我看得出她很难过。也许，她还很担心我可能会因此而生气。

我喊着库珀的名字，试着引起他的注意，可他根本没有回头看我一眼。与此同时，其他孩子的父母也纷纷到了，只见小女孩和小男孩叫着“爸爸”“妈妈”，张开双臂，朝他们的父母跑去。我走到院子的深处，先是紧紧地把他抱起来，再披上那件再熟悉不过的厚外套，把我们的与众不同跟其他人隔开。

在回家的路上，我给妈妈打了电话："妈妈，库珀现在应该知道我是他的妈妈了，对吧？但我有时觉得他不知道我是谁……""太离谱了，凯特。他当然知道你是他的妈妈。所有的婴儿都认识自己的母亲。"于是，我转移了话题，几乎为我的自我怀疑感到尴尬。我想她是对的，她肯定是对的。但如果她说错了呢？对我来说，库珀就像个难以捉摸的小幽灵。当然，我知道他人在那里，但他从来没有找过我，也似乎真的不在意我在房子里的什么地方。不仅如此，他会故意从一个房间跑到另一个房间，什么也不做。我能看见他，听见他，但就是很难接近他。我会跟在他的身后，试图吸引他，趁机拥抱和亲吻他。我非常想和他一起玩，极度想感受到他的爱。然而，他却更喜欢独处。

在给库珀做12个月儿童定期健康检查时，我本应该填完护士给出的评估表：家里是否有烟雾报警器和枪支，是否有足够的食物，是否担心你的孩子……过去的我会匆匆地完成所有的题目，因为库珀的每一项身体数据全都达标。他翻身、坐下、爬行、走路，一切都按标准进行。但这一次，我有了顾虑，只是因为我那蹒跚学步的孩子让我无法填完表格。候诊室让库珀变成了"塔斯马尼亚魔鬼”[1]。他会在房间里绕圈跑，扔蜡笔，爬上椅子。我跟着他，唯一的目标就是不让他从接待室的后门或前门溜走。滑稽的是，他唯一的目标似乎恰恰是离开。他一刻也没有停下来过，而且他跑得太快了。当时是在明尼苏达州最冷的冬季，我没有穿外套，甚至穿一件T恤衫就足够了。我盘起头发，追得满身是汗。一幕忙碌妈妈的戏码就此上演。

当我们终于到达诊断室时，我早已疲惫不堪了。我一边让库珀远离垃圾桶，一边阻止他撕下病床上的纸片。即便如此，我还是和医生倾诉了我的忧虑。在库珀把灯开了又关时，我解释道，他没有叽里咕噜，没有咿咿呀呀，没有用手指指点点，也没有挥手示意。他不会模仿，对玩具也不感兴趣。当我的汇报接近尾声时，我准备好接受即将到来的诊断结果。不过，医生看上去并不担心：“他的眼神交流很不错，凯特。迟早会张口说话的。男孩们都要懒一些。等他快2岁的时候再看看吧。”她给我颁发了一张不用担心的通行证。我很震惊，某种程度上松了一大口气。但我忍不住回想那次自闭症的午餐讲座。

1　Tasmanian Devil，美国DC漫画旗下超级英雄，能够变身为袋獾人，而这一超能力导致他的家庭很难接纳他。——译者注我问道："你觉得他有什么问题吗？"

接下来，她的回答完全不是我期望听到的，而且在接下来的几年里一直困扰着我。

"在这个年龄，我们一般会寻找智力发育迟滞的迹象。"我踉踉跄跄地往后退了几步，好像被人扇了一耳光一样。我知道我们生活在农村，在政治觉悟方面可能落后于时代，但"智力发育迟滞"这个词对我来说听起来绝对非常消极。我哑口无言，没有再问任何问题。在我离开之前，护士递给我一张清单，上面写着一个12个月大的婴儿"应该"会做的事情。我浏览了一遍，感到如释重负，因为我可以和他一起做表上的大部分事情。看来我的儿子并没有那么迟滞。我感到很有动力。

在这次面诊后不久，我为了增加和库珀在一起的时间，决心减少工作量。但做出这一决定让我很苦恼。我很想两全其美：既要事业有成，又要当年度最佳母亲。但身为母亲的直觉告诉我，库珀需要我更多的陪伴。我的收入至关重要，这不是一个容易的决定。但最终，我和杰米一致认为只要我们改变自己的生活方式，就一定能取得成功。这是帮助我们儿子的最佳方法。我知道不是每个人都能感同身受，但我的工作与我的自我认同紧密相连。即使失去几个小时的工作时间，我也会感到有点惭愧，甚至还有点愤懑。

最初的几年里，我在还没有得到答案之前，一直在内心里诊断着库珀。我沉溺于搜索引擎，花时间了解言语学习迟缓、发育迟缓、自闭症，以及它们的迹象和区别。我会通过记分的方式说服自己是或不是。我既疲惫不堪，又充满动力。我们长期处在一个不断寻找答案的状态，但多年来似乎都得不到一个答案。只有一些指向自闭症的蛛丝马迹。

最令我印象深刻的迹象之一是一只紫色恐龙。

库珀发现电视那天的情景如今依然历历在目。那是一个格外早的周六清晨，还不到6点，太阳才刚刚升起。当时，我们住在那间糟糕的出租房里，等待着耕耘我们购买的“业余农场”[1]。他穿着毛茸茸的白色分腿睡袋，上面印有鲜艳的星星。他的头发已经很长了，比我们想要的还要长得多。但他抗拒坐下来理发，我们也没有精力强迫他这么做。我一边看着当地的天气，一边大口地喝着咖啡（咖啡因对我的生活至关重要）。早上6点的时候，电视突然发出一声愚蠢的巨响，接着一只紫色的恐

1　Hobby Farm，一种主要为休闲娱乐而非商业投机的小规模农场。——译者注

龙在屏幕上跳起舞来。人们常常会谈起人生的决定性时刻，这一幕就是其中之一。

库珀猛地抬起头来，整个人都发生了变化，眼神里透露出生命的光芒。他向电视走去时，脸上慢慢绽开了微笑。接着，他爬起来，想离得更近一些。他甚至回头看了我一眼，确定我是否看到了他所看到的东西。我站在原地，张大了嘴，观察着他是如何面对这一切的。他高兴地尖叫起来，甚至拍起了手。那是我第一次看到儿子发自内心的快乐。

库珀的卡通朋友们一开始为他做了很多奇妙的事情。它们教他挥手、鼓掌和戳戳点点。他跟着它们的歌跳舞，学会辨认卡车、拖拉机和火车。卡通片也给了我和杰米休息的时间。过去的库珀不知道怎么打发时间，只能在屋子里焦躁地转来转去；现在，他终于有事可做了。起初，我们很欣慰他有了自己的新爱好。然而，这一爱好后来变成了一种痴迷。

库珀对动画片的需求控制了我和杰米，让我们如履薄冰。一旦他喜欢的动画片没有连续播放，我们中的一个人就不得不守在电视机前，快进或快退到他喜欢的节目。一旦我们从电视机前抱走他或者关掉电视，他就会怒不可遏。我们试着把遥控器藏起来，从墙上拔下电视的插头，甚至把电视从房间里搬了出来。虽然科技给他带来了生命，但似乎同时也把他从我们的世界里带走了。电视牢牢地攥住了库珀，这让我们有些窘迫。好心的朋友们和祖父母建议我们直接关掉电视，提醒我们，我们是父母，孩子们不需要一直看电视。虽然我们理解这一点，甚至同意这一点，但在这件事上，我们似乎别无选择。

我和杰米尝试了一些我们钟爱的户外活动，比如野餐、划船和徒步旅行，但都一一遭遇了库珀的尖叫和崩溃。他会剧烈地扭动身体，拒绝参与。尽管我们当初以为他只是一个难带的孩子，但人们从1英里之外就能看到他的固执，而这一点正是自闭症的迹象之一。所有的迹象都摆在那里，但没有人把它们拼在一起，告诉我们答案。

儿童大多在3岁时能被诊断出患有自闭症，但还有一些孩子（比如库珀）在更小的时候就能被诊断出来。现在回想起来，库珀的自闭症一目了然（或者用他们的话说，库珀患有典型的自闭症）。但就像我从其他父母那里听到的许多故事一样，这种担忧多年来一直没有受到重视，甚至遭到忽视，直到再也无法被否认为止。这一过程就像一种来回拉扯的复杂舞蹈。当一切尘埃落定之时，我们已经花了4年的时间才得到这个诊断结果。在我看来，宝贵的时间遭到了浪费。

许多人可能认为确诊会造成毁灭性的打击，但我的观点恰恰相反：不知情反而具有毁灭性，因为你会陷入进退两难的境地，始终担心着自己哪里做得不够，哪里又做得不对。得知结果会带来内心的平静，因为一旦你知道了，不仅可以开始接受结果，而且可以开始着手修复和帮助。

今天，我要告诉所有的父母：无论是自闭症、发育迟缓，还是语言障碍，都要尽自己所能地去追寻答案。保护自己的孩子免受如此沉重和终身的伤害是常见的第一反应，但父母们需要克服这一心理，因为诊断就像一张黄金门票，意味着帮助，也意味着维护。

我总是听到这样的故事：父母逃避诊断，不回电话，甚至在评估时撒谎。有一些祖父母、叔叔、阿姨，甚至是朋友们会为一个得不到他们帮助的孩子来找我，他们想知道自己是否该说点什么。每次我都会回避这个问题，因为我始终还记得自己不愿承认病情时的痛苦，以及人们当面指出库珀的不同之处时我的感受。

父母们，如果你的孩子患有自闭症，那么这一疾病将永远不会消失。无论你对照检查了多少个项目，你都无法逃避它，也无法隐藏它。自闭症会在孩子们的身上交织，成为他们的一部分。假装、撒谎和逃避只会给你带来痛苦，最终也会给你的孩子带来痛苦。记住，诊断不会改变你的孩子，更不会改变你对他们的爱。实际上，对我来说，诊断让我的爱更强烈了。

我曾经为我的网站采访过一位成年女性。她直到25岁左右才被诊断出患有自闭症，而且她就在接受采访的几天前还曾计划结束自己的生命。她表示自己从未被父母和同龄人接纳，在生命中的大部分时间里都感到十分伤心，还会因为自己的不同之处而自我厌恶。她给我的建议是："爱你的儿子，拥抱他，陪他度过最艰难的时刻。"她现在与自己的父母疏远了。她的原话是："我的诊断结果并不符合他们理想中的完美生活。"我不想让我儿子有这种感觉，永远都不想。

对我来说，意识到我儿子的与众不同先是一个缓慢的过程，最终是突然发生的，从头到脚吞噬了我。一开始，这种转变是如此微妙，以至于我周围的大多数人都对此毫无察觉。有时候，我甚至会满怀喜悦地陷入浑然不觉的中间状态，说服我自己：库珀只是以他美丽而固执的方式略有不同或稍稍落后而已。最终，随着他年龄的增长，我再也无法假装视而不见了。但有一件事从一开始便是绝对真实的：库珀就是他应该成为的那个人，而需要改变的那个人是我。

第三章

寻找真相

成为母亲就像进入了一个专属的俱乐部。如果说阳性的验孕结果或领养文件上干了的墨水能赋予你会员资格，那么在孩子成长和发展的过程中，我们的经历才能确保会员资格的长期有效。

这是我最想进入的俱乐部，没有之一。我确信我身边的每个人都了解这一点，我会和每一个愿意聆听的人分享我极具代表性的怀孕故事、痛苦的分娩，以及婴儿出生后几个月的疲惫时光。一开始，我和其他母亲诉说着相似的内容。我的故事与我认识的许多其他女性并没有多少不同。但后来的情况发生了变化。一开始很微妙。游戏小组演变为心理辅导课程，学前教育转向特殊教育。错过的成长里程碑变成了一个接一个的忧虑。每当我察觉到儿子的不同之处时，总会感到自己被一股不知名的力量拖出，甚至被赶出了这个专属俱乐部。

起初，我拼命地想融入我们的同龄人之中。也许，我融入的时间远远超过了正常的时间。我看到有的妈妈在公园里相约喝咖啡，有的妈妈趁着孩子们玩耍的时候围坐在一起，分享各自的故事。她们会为孩子做过或说过的最离谱的事情而欢笑。与此同时，我却一边追逐着我那蹒跚学步的孩子，满头大汗地爬上隧道、滑下滑梯，一边看着那些看似完美的母亲带着她们看似完美的孩子，渴望成为其中的一员。

当然，生活总不会诸事皆美。很多时候，母亲们也会对成为母亲的艰辛相互表达同情。但即便是她们的难处，我也无法感同身受。她们会对孩子的喋喋不休发牢骚，因为她们的孩子每天都会上百次地呼叫“妈妈”，还会没完没了地提出踢球和骑车的要求。我试着融入她们，我试着讲述我自己的故事。但每当我谈起那一个个错过的成长里程碑时，焦虑就像是在吞噬着我的生命。我能从她们的脸上看到困惑和不解。她们不知道如何回应我，只好保持沉默，或者淡化我的担忧，因为这是朋友间应该做的。我觉得自己就像个“假妈妈”，最终我为了能在这个团体中待得久一点，也只能保持沉默。

我不明白自己的感受，是愤怒、嫉妒、悲伤，还是渴望融入。我的意思是，这些女人是我的朋友，而且我们的孩子也年纪相仿。孩子们一起长大的梦想仍然时常浮现在我的脑海中。我和库珀从来没有被排斥在外，一次都没有；但我们也不一定被包括在内。

我在成为异类的情绪中循环往复。最后，我认识到我终究不是她们的一分子。她们并没有赶我走，只是我主动选择离开了。

几年后，我建立了自己的俱乐部。还有很多像我一样的母亲，她们看着自己的孩子在治疗候诊室里长大，每天早上都身披盔甲，准备战斗。这些母亲总是满怀希望。倘若剥去她们的衣服、皮肤和骨头，你会发现剩下的只有她们对孩子的爱。这些年来，她们无数次拯救了我，把我从地板上扶起来，擦干我的眼泪，提醒我与众不同并不等同于被判死刑。我们仍要继续生活。只不过，这是一种不同于我们当初设想的生活。

如果让我用一个词来形容库珀蹒跚学步的那段时光，那就是“孤独”。在生孩子之前，我不曾想到这个词竟然能和母亲联系在一起。我甚至为这种想法而感到内疚。

我会把这种感受分享给那些有了同龄孩子的女性朋

友，我们总能迅速产生共鸣。她们会告诉我，多么怀念没有孩子之前的生活、友情和乐趣。她们会不约而同地表示赞同，但我的感觉是不一样的。而我又太害怕了，不敢和她们坦白。

你在内心深处明知自己的孩子是不同的，却对此毫无改变的能力。孤独感便源于此。每到凌晨3点，这种孤独就会悄然袭来。之前你已经和一个一直尖叫的孩子一起清醒了几个小时，琢磨不透他为什么不肯入睡。虽然你和你的孩子身处同一个房间，但你知道自己无法与他交流。即使在一个挤满了同龄孩子的房间里，你也能亲眼辨别他们之间的差异。

我有个漂亮的儿子，我深爱着他，为他祈祷。我为我的儿子而感到孤独，而这一孤独感正在吞噬我。

在某种程度上，库珀对我来说像一个陌生人，就好像我不是他的母亲，而更像是一个照料他的人，或者是为他劳作的人。我做了所有母亲应该做的事情：换尿布、擦鼻子、买零食、给他洗澡……我一直在等待，等待翻开精彩的人生篇章。我等着他和我一起玩游戏，等着他欣喜若狂地向我展示卡车、飞机和火车玩具，等着他喊我“妈妈”，等着他的拥抱和亲吻。在等待的过程中，我对他灌注的爱足以支撑我们两个人。

在那段时间里，我很困惑。我熟知他身上每一颗痣的位置，胖脚趾的弧度，还有眼睛的淡褐色。我熟悉他的哭声和发出的每种声响，也了解他什么时候会崩溃。我觉得自己很像一座桥梁，连接着我们和他的两个世界，并且允许他尽力来到我们的世界。但除此之外的一切都是一个谜。我不知道为什么他喜欢在电视上看孩子们跳舞和玩耍，但他自己却从不跳舞和玩耍。我不知道他为什么用7条毯子把自己的身体裹成一团睡觉，也不知道当他沮丧地摸我的脸或撞自己的头时，他到底想告诉我什么。他没有邀请我进入他的世界。这与我想象的亲子生活大相径庭。我只能继续装模作样。

我们会和每个家庭一样，挑选一个好地方，度过漫长的周末，比如朋友家和公园。但我们的郊游计划从来没有成功过一次。库珀不仅会在往返的途中大声尖叫，还会拒绝坐在购物车和餐馆里。如果我想让他自己走路，他就会趴下以示抗议。如果我需要他坐下，他就会跑开。如果我想抱着他，他就会从我的怀里扭出来，顺着我的身体滑下去。于是，我们能去的地点越来越少。我甚至怀疑他是在成心破坏我们的郊游，但我只能继续找借口，告诉自己他正在长牙或者身体不舒服，因为我实在琢磨不明白为什么出门对他来说这么艰难。我想不通，就好像他不知道如何才能享受当下。每一种状况似乎都令他歇斯底里。

有一天，我的朋友在家里为她女儿庆祝2岁生日。我眼睁睁看着朋友们的孩子围在礼物和蛋糕周围，而库珀一个人坐在几英尺远的地方，盯着他那台必须跟着我们一起出门的10英寸电视机。他明明也快2周岁了。我看到了我们的孩子带着电视外出的荒唐之处。我试着让儿子加入派对，于是在播放生日歌的时候小心翼翼地关掉了电视。但他的尖叫声太大了，还将头撞在朋友家的木地板上。所有人都张着嘴盯着我们，直到那个暴躁的老爷爷吼道："把电视打开！我要好好为我孙女庆生！"我感到窘迫至极，找了个借口，提前离开了。我为发生的事感到羞愧，并发誓再也不去任何地方了。在开车回家的路上，愤怒在我的头脑中咆哮。一方面，我对那个糟老头很生气；另一方面，我还对甘愿忍受他的粗鲁的自己气愤不已。我甚至对自己的儿子怒火中烧，我想要知道这一切为什么会这么艰难。有那么一瞬间，我在心里埋怨了库珀。但我一想到自己竟然有了如此可怕的想法，一股内疚又涌上心头。

那一年，我花了很多时间浏览网页，还利用午休时间泡在当地图书馆里找寻答案。虽然我心里清楚库珀有些异于常人，但我还是不愿意和很多人谈论这件事。我很害怕一旦大声说出来，我的疑虑就会彻底成真。我有五味杂陈的情绪，有些是讲得通的（比如忧虑和困惑），还有一些甚至令我自己都摸不着头脑。我很生气，因为我的儿子如此难带。我很沮丧，因为我们的生活如此不同。我甚至嫉妒其他孩子的母亲。这种心理对我来说完全是陌生的，我希望我的儿子没事，就这么简单。如此看来，把所有的情绪都锁在心里是一件更加容易的事情。

在库珀出生的头2年里，我经常带他去看医生。我的“妈妈本能”告诉我，有些事情不对劲。他不睡觉，不玩耍，也不说话。我以为他病了，但又不知道到底是哪里出了问题，可是这些迹象和症状是存在的。他会把头撞在地上或高脚椅上，就好像他正在经历剧烈头痛似的。除此之外，他脾气暴躁，不停地哭嚷，长期流鼻涕，从不睡觉。

然而，每次的体检都障碍重重，因为库珀很少发烧，而这一症状是大多数疾病的必要条件之一。检查他就像检查一头熊一样，他不是一个好相处的病人，一被碰就会尖叫。如果有人靠近他，逃窜和拳打脚踢又在所难免。

唯一真正引起医生注意的是库珀的耳朵，因为无论她在何时检查，库珀的耳朵都是又红又热又肿。她很快就表示，这可能是他发脾气或耳部感染导致的，但她总是误以为这是简单的耳部感染。我想，医生一定是察觉到我急需睡眠和帮助，于是为库珀开了抗生素。但医生们似乎从未解决过这个问题。每过10天后，我们又会回到医院。

我一直在照顾生病的孩子，请假带孩子看医生，为有人听我说话而争取……我早已精疲力尽。我感觉自己站在一个房间里，尖叫着希望有人认真听我讲话，帮助我的孩子，但没有一个人听。我们所遭遇的一切都是不正常的。

在其他的时间里，当我真的气急败坏的时候，我会要求医生们解释库珀为什么不说话，也不玩耍，结果却一无所获。在2岁以下的儿童面诊中，医生在向求助的父母提出建议之前，会寻找某些危险的信号。孩子对他们的名字有反应和眼神交流吗？孩子会把物体排成一行或围成一个圈吗？库珀一直有眼神交流，他每次都对他的名字做出回应。虽然他不会把东西摆好，也不会围成圈，但我还是会告诉自己："他是个男孩""他只是有点慢热""等他到了2岁的时候再担心"。甚至有人告诉我，我只是由于第一次当妈妈，才会如此担心。人们问我：本该伸出援助之手的医生当初给我的那些建议是否冒犯了我？答案是否定的，因为我希望她是对的。我这辈子最大的希望就是她是对的。

库珀1岁生日后又过了几个月，我们终于搬进了德卢斯一个占地5英亩的休闲田园农场中。这所房子很破旧，仍然需要大规模的维修工作，但这里的环境足以弥补墙纸的丑陋和米色强化地板的裂缝。房源信息告诉我们，这块地种满了苹果树，附近还有池塘和小溪。一条简朴的小路绕过这片土地，通往3处不同的地方：狗窝、鸡笼和陈旧的木杆谷仓。这里无疑是一个适合探险的完美之地，也正是我们理想的住所。

一天晚上，在一场深夜的演出之后，杰米说服我敲定了这所房子。虽然我们需要费一番大功夫来修缮房屋，但房价在我们看来是相当实惠的。于是，我们在车上的时候就立刻出价了。在回家的路上，我们谈到休闲农场不仅是抚养男孩的完美之地，也将是我们永远的家。

搬家日定在30天后。一辆超大号的卡车停在我们出租房的前门，杰米、他的父母、我们的朋友和我把一件又一件东西搬了出来，装满了整个卡车。库珀一直站在原地，鼻子紧贴着电视，看着他的紫色恐龙朋友。我一直在等着他注意到房间里已经空无一物，甚至在等他注意到周围人的闲聊声。先搬走的是绿色沙发，然后是躺椅、餐桌和茶几。每件家具都直接从他的身边经过，接着从前门消失，但他竟然都毫无察觉。杰米的好朋友对我说："库珀真是个乖孩子！要是换成我的儿子，他早就会从前门冲出来，跳上那辆大卡车。"但这样的夸奖刺痛了我，因为他赞扬了不值得赞扬的事情。这是一个巨大的危险信号。

最后，房子被彻底搬空了，只剩下电视柜和那台大电视。小男孩仍然紧紧地盯着屏幕。我和其他大人们都聚在他的身后，为只剩最后一批家具而高兴。我们站在那里，聊着我们有多少东西，聊着库珀有多爱紫色恐龙"巴尼"。我的婆婆年轻时是一名护士，她怀疑库珀的听力出了问题。她听说了他可能患有慢性耳部感染，而且目睹了他对周遭环境的无视。她的怀疑并没有与事实不符，但我告诉她不必担心他的听力，因为他能听到3个县之外的火车汽笛声。

杰米拔掉了电视的插头，我端详着库珀的脸，等待着他对祖父母和空荡荡的房间做出一些回应，但他只是茫然地盯着我们。直到杰米和爷爷抬起电视，开始从前门搬出去，库珀才有了反应。他的尖叫声在整个空房子里回荡。

当我开车带库珀去我们的新家时，杰米开着卡车跟在我的后面，我突然意识到一个令人不寒而栗的事实。如果我们丢下库珀开车而去，将他一个人锁在旧房子里，他会有所察觉吗？或者说，他会在乎吗？

我们搬进新家的2个月后，我发现自己竟然再次怀孕了。倘若我的验孕结果不是呈阳性，我可能压根不会相信这件事。怀孕需要一个行为，但那是一个我很久都不记得做过的行为。库珀仍然不能安然入睡，有时一晚上醒来10次，甚至更多次。我们晚上清醒的时间比睡眠的时间还要多。杰米和我轮班工作，我们已经很久没有一起睡觉，一起醒来了。我们就像夜里碰不到面的两艘船。他没有时间开红酒，我也没时间换上性感的内衣。

我喘了口气，试着回忆我最后一次来月经是什么时候。我哭着给杰米打电话。我甚至不确定他是如何理解我说的话的，但“怀孕”这个词最终出现在了我们的对话里。我以为他会像我一样生气、伤心，甚至困惑，但他都没有，他表现得很兴奋。那天，他下班回家，给我带来了一束粉红色的花，他知道我想要个小女孩。在剩下的时间里，我们在讨论要不要第二个孩子。当时的我们已经忙得不可开交了。他让我先别急着说话，而是列出压在心头的所有恐惧："我们怎么负担得起两个孩子的托儿所费用？如果库珀永远不睡觉呢？如果库珀还是不说话呢？我既然都无法睡觉，还怎么怀孕呢？"

经常有人问我，在我们还没搞清楚库珀到底怎么了的时候，我害不害怕再生一个孩子。我的答案是否定的。在我看来，我只是生了一个难带的孩子，他最终会长大的。我想他有一天会醒来说话，我和杰米会一起嘲笑过去忧心忡忡的我们。

所以，我并不害怕我的第二个孩子会出什么问题。但我害怕自己做得不够，我早觉得自己已经分身乏术了。我在工作的时候很担心库珀；我和库珀在一起时，想到的又是工作和必须要完成的任务。过去的我甚至都无法为杰米留出时间，现在我的时间就更少了。

那天晚上，我一头扎进了焦虑的无底洞里。我的丈夫并没有和我一起焦虑——他从来不会——但他认真倾听了我的焦虑。杰米宽慰我，说库珀不会有什么问题，他会赶上进度的。他还向我保证，我们的儿子在孩子出生前一定会开始睡觉和说话的；我们会一起解决钱的问题。他告诉我，如果两个孩子年龄相仿，就可以一起玩，那真是太好了。

杰米的安慰让我放松下来。他是对的，孩子们是最好的，我原本想要六个紧紧挤在一起长大的小宝贝。这是迈向那个目标的第一步。我当时就说服了自己，相信一切都会好起来的。当我发现第二个孩子是个男孩时，我知道库珀会有一个一辈子的好朋友。我的朋友艾希莉向我保证，有两个孩子会是一件非常美好的事情，因为她自己的两个女儿总是在一起玩耍。

怀孕期间，我请库珀的儿科医生通过学区申请早期疗育服务。我在职场从一位女士那里了解到，早期疗育服务是很有帮助的，而且仅需主动申请即可。虽然我觉得我已经申请了将近2年的时间了，但我这次又申请了一次。医生同意了，同时建议为库珀植入耳管，并进行听力测试。医生指出，库珀在过去几个月耳部感染了7次，因此下一个合乎逻辑的步骤便是植入耳管。对我来说，这句话让我灵光乍现：耳部感染肯定是他无法入睡的原因。但医生很快告诉我，她不确定植入耳管是否有用，但对于无法交流的孩子来说，减轻他们可能遭受的任何痛苦都是非常必要的。她提到了“生活质量”这个词。在后来的岁月中，这个词反复出现了很多次。任何父母都不希望自己的孩子与这个词有任何的关联。

库珀这么小就要接受手术，这让我和杰米都很害怕。

但与此同时，我们也为之兴奋，因为孩子很可能会因此变得更快乐、更健康。耳鼻喉科的医生曾发表过一个夸张的声明：几乎所有的孩子都能在植入耳管后逐渐开始说话，其中有些孩子甚至能在一夜之间开口。不仅如此，植入耳管还可以有效地改善睡眠，提高静坐和集中注意力的能力。我们已经把所有希望都寄托在这一次手术上，这句话甚至都是一种轻描淡写的说辞。

早上6点，我们满心欢喜地到达了手术中心，但心情很快就被打回了谷底。我们在登记入院时，我告诉护士，我们的儿子不会说话，他可能会不配合你们的工作，我特别强调了“可能”这个词。但护士的回答完全出乎我的意料：“他怎么了？为什么不会说话？”我解释说他没有什么问题，只是还没有说话。她似乎从一开始就不喜欢库珀，而且库珀也不喜欢她。库珀果然不愿意穿上护士拿出的罩衣，不肯坐在床上，也不愿骑在用来让孩子们平静下来的红色塑料小车上。护士责备了他，接着捧起了他的脸。正当她往库珀的嘴里塞入镇定药的时候，他踢了她一脚。“我们可不能踢护士姐姐哟。”当然，这位护士也没有做错什么，但库珀是一个非常容易害怕的小男孩，以前从来没有人把药强行灌进他的嘴里。

麻醉终于发挥了作用，库珀逐渐恢复了平静，接着被送往了手术室。我和杰米感觉就像跑完了马拉松一样，松了一大口气，瘫倒在椅子上。护士对待库珀的方式，就像对待怪物一样。在随后的几年里，这件事一直困扰在我的心头。我当时很想大声说点什么，但出于礼貌，我保持了沉默。那天的经历给了我一个宝贵的教训：那些难带的孩子，那些不会交流的孩子，那些不愿配合的孩子，那些不听话的孩子，甚至那些无法理解语言的孩子，都会被区别对待。纵使不是一直这样，但也常常如此。作为父母，我们需要竭尽所能地表达出自己的担忧。对我来说，这不是一项自然而然的技能，因此我需要后天的学习。

医生告诉我们，耳管手术的时间很短，从开始到结束大约仅仅需要30分钟，但听力测试可能需要更长的时间，因此不必恐慌。我和杰米在等待的过程中，讨论了儿子的声音会是什么样的，以及他会先说什么词。当然，杰米想到的是“爸爸”，我说最好是先说“妈妈”。我察觉到了我们俩声音中的一丝迫切。

随着时间的流逝，我开始紧张起来。2个小时似乎很漫长，但护士向我们保证一切都很好。最后，又过了30分钟，一位女士走进我们的房间，介绍自己是为我们儿子做听力测试的听觉专家。

她站在那里，告诉我们库珀的听力严重受损。当她说到“适配助听器”的时候，我就不再听得下去了。我觉得自己就像屏蔽老师讲课的查理·布朗[1]。我的大脑直接停止了运转。我们还没来得及问问题，她就突然离开了，并且建议我们尽快预约。杰米和我目瞪口呆地坐在原地，两个人都沉默不语。我一直在寻找答案，我想我现在已经找到了。我的儿子听不见。

我们俩单独待在房间里，我忍不住哭了起来。杰米坚忍地坐在一旁，没有流露出什么情绪，我们都在用各自的方式应对这一消息。当护士们把库珀推回房间时，他被裹在毛茸茸的红色毯子里，上面印着雪花图案。他睡着了，一动不动。这是多年来我头一次看到他在白天安安静静的模样。他的金色长发散向一边，看起来是那么娇小。我坐在他的身边，等着他醒来。内疚淹没了我。我怎么能不知道自己的儿子听不到声音？

我一边哭，一边花了一整晚的时间在网络上搜索，试图弄清楚我怎么疏忽了这一点。我从来没有担心过儿子的听力。第二天，杰米上班之后，我花了一天时间给

1　查理·布朗，漫画《花生漫画》的主人公，是个典型的老好人。——译者注

儿子做听力测试。任何怀疑孩子听力受损的父母都知道我会做什么。我在沙发后面和厨房里低声叫出他的名字；我摇晃乐器吓唬他；我把锅碗瓢盆碰在一起；我吹口哨；我发出了烦人的嗡嗡声；我和他说话时故意捂住嘴，观察他能不能听见我的声音……他一一通过了我所有的考验。毫无疑问，我的儿子能听见！但也许是我疯了。我想相信自己的直觉，但医生又怎么可能会错呢？

杰米下班回家时，我欣喜若狂地在门口迎接他："库珀能听见！他什么都能听见！"我正等着杰米和我击掌庆祝，期待着他也能发现我们的儿子可以听见。但他看着我，摇了摇头，说道："凯特，库珀是个聋子。医生是这么告诉我们的。你为什么要这样对自己？"

"天呀，杰米，医生也是会犯错的。他们不是百分之百正确的。难道有医生通知你身患癌症或者需要截肢手术，你就立刻完全相信吗？你就不想再听听其他人的意见吗？还是说你觉得我应该立刻为你挖出一个该死的坟墓？"

他直视着我说："凯特，耳聋可以解释他为什么不和我们说话，也不和他的表兄妹们一起玩。这反而不是一件坏事。你为什么就看不出来呢？"

这句话让我立刻闭嘴了。虽然我并不一定相信我们的儿子是聋子，但我明白杰米在说什么，也理解他的依据和立场。耳聋是解释我们的儿子为什么异于常人的答案，也意味着我们可以停止寻找其他的原因，着手帮助库珀，但我还是觉得哪里不太对。

第二天，我带库珀去听觉专家那里讨论他的测试结果。其实，我并不想去，尤其不想一个人去，但杰米必须去工作。我决定先听专家说完，再和她分享我的“居家测试结果”，最后以防万一，要求再做一次听觉测试。我想亲眼证实他的听力障碍。

库珀坐在一旁，用我的手机看《托马斯小火车》（*Thomas the Train*）。专家拿出一张图表，向我解释道，在库珀服用镇静剂期间，她进行了听性脑干反应测试。当时，她把电极放在库珀的头上和耳朵上，通过耳机播放声音，然后测量他的大脑对这些声音的反应。

“我们确定，您的儿子听不到大多数的人声，鸟儿的鸣叫声，树上的风声，时钟的滴答声，甚至头顶上飞机的声音。”

我坐在那里，惊愕地望着她，十分困惑。她说的话完全不符合实际情况。

“他能听到我的声音。因为他看上去对我的声音百分之百有反应。”

“我们不能确定。”她回复道。

我看着坐在我旁边一张硬椅子上的库珀：这一次，他一动不动地坐着，眼睛盯着我的手机。每隔几秒钟，他就会咯咯地笑一声。手机的音量很小，但他似乎听得很清楚。或者，是视频里的内容逗得他发笑。我也不能确定。

我突然觉得自己生活在一个奇怪的世界里。

专家接着解释说，库珀的余生都需要佩戴助听器，但即使这样，他也很可能永远都不会拥有完全正常的听力水平。

“孩子们通过模仿来学习说话。也就是说，他们通过听父母说话来学习说话。库珀可能从没听过你说的话，也没听过别人说话，所以他没有开口的理由。”

我的视线不停地在她与库珀之间切换，注意到每次大声说出库珀的名字时，他就会抬起眼睛，离开他的动画片，看向我们。

“助听器对库珀来说是最好的帮手。我们明天就可以来这里制作模具，2周之内就可以完成。”她还告诉我，我们没有选择最好的保险项目，因此需要自付2 000美元，而我们没有这笔钱。

这进展得未免有些太快了。我感觉自己正在对这一切失去控制。

“我想听听其他人的意见，”我说，“我认为他什么都能听到。这种感觉很强烈。”

专家表示额外的测试只会浪费金钱和时间，而且我们的保险也很可能不会涵盖这些费用。她确定我们的儿子有听力损失，而我所感受到的只有悲伤和否定。我感觉自己就像一个被训话的小女孩。

接着，专家递给我一包资料，告诉我学区会联系我们。学校和县区会集中接收所有听觉严重损失的儿童的信息，这样就可以为家庭提供附加的服务和资源。就这样，所有的手续迅速完成了。

当天晚上，我在网络上搜索了“儿童听觉缺失”的相关内容。我在研究那些佩戴笨重助听器的小孩子的老照片时，不自觉地玩起了“如果……怎么办”的猜想游戏：如果他被嘲笑、被欺负了，怎么办？如果他不能学习是因为他听不见，怎么办？如果他不能做运动，怎么办？如果他想开车，怎么办？他怎么戴自行车头盔？棒球头盔呢？但如果他学会说话了呢？那就太好了。但如果他的声音听起来很滑稽呢？我就这样翻来覆去地猜想着。

第二个星期，学区的一位女士来到我们家，向我们介绍了当地的聋人求助项目是如何运行的。这是第一次有外人来家里讨论我们儿子的情况。这是一种非常奇怪的感觉，我不确定自己以后能否习以为常。当你进入一个有特殊需求的世界，你的孩子就化身为一个统计数据。最重要的是，在某些时候，只有在额外的帮助下，你才能在这个世界中找到方向。在你意识到这一点之前，你的客厅里就会有人指导你应当如何照顾你的孩子。这是一种异常脆弱的感觉。

"当务之急是，你要停止和库珀说话，完全换成手语，这样他才能学习自己的母语。跟他说话只会把他弄糊涂。"

我把她的话对着她重复了一遍。

"你想让我再也不对我儿子说话吗？即使在我自己的家里，也不可以吗？"

我觉得这太荒唐了。难道我们应该将他拒之门外？

她解释说，库珀的残障和听觉丧失使他有资格接受特需服务。她表示这是一件好事。

"残障"和"特需服务"这两个词在冲着我大声尖叫。突然之间，我感到异常愤怒。眼前的这个女人压根不了解我的儿子。她只有一张纸，上面有一个"听力丧失"的复选框。我产生了一种戒备的情绪，这种情绪可能是错误的，但我决不同意这一诊断结果。

那晚，我和杰米争执了好几个小时。我不认为儿子的听力有问题，所以想听听其他人的意见。但杰米不同意，他认为我是在无缘无故地给自己找罪受。我不理解两个人怎么会对同一件事产生如此迥异的看法。他以为我是在逃避现实，我也是这么想他的。

两周后，我们拿到了库珀的助听器。我不想为这件事再与我的丈夫吵架，也不想与我自己争吵了。我说服自己接受了儿子是聋子的事实，相信着手帮助儿子是一件好事。听觉专家告诉我们，一旦他能听见，他就很可能会开始说话。就这样，希望冒出了头。

毫不夸张地说，佩戴助听器的第一周很艰难。对于大多数儿童来说，无论是否患有自闭症，让他们戴上助听器都是最困难的一步，所以听觉专家建议在为库珀打开助听器之前，先让他习惯佩戴助听器。

起初，库珀对助听器非常排斥，就像他拒绝戴帽子、手套，甚至拒绝穿凉鞋一样。每当我将助听器塞入他的耳朵，他就会拼命地把它们抠下来，扔到房间的一边，就好像它们在灼烧他的皮肤似的。看起来，适应助听器还有很长的路要走。但几天后，他对助听器的忍耐力似乎增强了。第一周结束后，他能从早到晚戴着它们。我和杰米对此又惊又喜。随后，听觉专家打开了助听器，提高了音量。我们在将正常工作的助听器插入他的耳朵时，几乎有些忘乎所以，因为我们一直都在等待这个快乐的时刻，就像我们在电视上看到的一样。我掏出了手机，准备录下一段视频，发给库珀的祖父母。

“嘿，宝贝。”我轻声地说道。

库珀的眼神里充斥着纯粹的恐惧。他伸手抓自己的头，一边尖叫，一边抓自己的耳朵，最后向走廊跑去。杰米和我吃惊地杵在原地，但我们还是很快追上了他，帮他把耳朵上的助听器取了下来。我们俩趴在地上安慰他，我抱着他，杰米揉着他的背。他全身发着抖，继续尖叫了好几分钟。我们不知道是否应该再为他戴上助听器。

一位听力受损的孩子的母亲告诉我，这种反应很正常。库珀很可能以前从未听到过声音，所以很害怕。但我觉得这一解释并不能令我信服，因为库珀表现得好像声音在突然之间太响了。母亲的直觉最后一次提醒我，这一切都错了。

现在回想起来，对我这个母亲来说，这是个里程碑似的时刻。我一直相信生活中的专业人士会给出正确的判断。是的，他们在大多数时候都是正确的。但库珀的情况很特殊，没有任何一本教科书可以参考。那些似乎适用于大多数人的规律并不能准确地解释他的病情。我意识到，我必须坚持自己的观点，而且我必须独自去验证。我通过调查，发现了我们学区有一位听觉专家可以免费为我们提供帮助。在我发了几封热切的电子邮件，并打了一通狂乱的电话后，她终于同意来我们家查看库珀之前的测试记录。我和杰米早已为此事争论过很多次了，因此他不想参与其中。我觉得他已经受够了。但一切都没那么简单。

听觉专家来了之后，说她看了库珀耳管手术的听力测试结果，她也觉得有些不对劲。当时，库珀没有通过听性脑干反应测试，却通过了听力筛查。她告诉我，如果一个人真的丧失了听力，那么他绝不会通过这两项测试。她安排了下周在当地的一家诊所重新进行听力测试。

那天，我一个人悄悄带着库珀前往诊所。我知道一旦我错了，我一定会崩溃。我不想听到杰米“我早就告诉过你”的说辞。我只想知道我的孩子能不能听见。那位好心的听觉专家在候诊室接待了我，告诉我她会测试库珀对声音和音调的反应。她是一个很好的人，既有耐心，又善良，就像一位和蔼可亲的祖母。这正是我需要的，也是库珀需要的。她还告诉我不要抱太大的希望，因为听性脑干反应测试很少出错。

她领着我和库珀进入了一个黑暗的、凉爽的、隔音的小隔间，只有一个衣柜那么大，里面只有一把椅子。我坐下来，把库珀抱到我的腿上，用鼻子蹭了蹭他毛糙的头发。我轻轻捏了他一下，在他耳边轻声说："加油，小家伙，你能做到的。"我默默地祈祷，求他配合，就这一次。我在他脖子上的呼吸逗得他咯咯地笑起来。我不知道他是否能感觉到我的绝望。

听觉专家站在小隔间外，玻璃的另一边，面对着我们。我一直目视前方，对扬声器里传出的不同音调和声音不做任何的反应。如果库珀听到一个声音后，把头转向传来声音的方向，那么一个奇怪的小丑和一只猴子会为他鼓掌。然后，专家会发出"哇哦！"的声音，吸引他重新直视前方，再播放下一个声音。

我一边听着她播放的声音，一边端详着她的脸。她没有给出反应。我努力保持冷静，却感到越来越兴奋。我心想，这是我的幻觉吗？库珀能听到每一个声音。我在度过人生中最漫长的五分钟之后，这位女士打开了小隔间的门，给了我一个大大的拥抱。她看着我说："他听到了我测试的每一个声音和音调。你的儿子听力很好，他都听见了。"我泪流满面，被自己的情绪和如释重负的感受所淹没。

“我就知道！”我大声地叫喊道。

就在我们离开之前，我把库珀抱到我的腿上，给他穿上外套。在这难得的温情时刻，他伸手摸了摸我的耳朵，笑了。我也放声大笑。不愧是我的库珀，他知道的。

那天晚上，杰米和我坐在阳台上，我们的椅子正对着客厅的窗户，这样我们就可以看到正在看电视的库珀。宽慰、肯定和疲惫的感觉混合在我的心头。我还有一部分的期待，期待着丈夫的感谢。我为了儿子的听力，发动了一场战争，而且我赢了。至少我是这么想的。

“我知道他不是聋子，杰米。我的直觉一直在告诉我这一点。但你为什么不支持我呢？”

“我希望他是个聋子，凯特。我想要一个简单明了的答案，一个可以解决问题的答案。如果我们的孩子听不见，那他就戴助听器。就是这么简单。”

“我也想要一个答案，杰米。你难道看不出来吗？我为了寻得一个答案，想死的心都有了。但我希望得到的是一个正确的答案。我们的孩子能听见，他不需要助听器。”

“那他为什么不说话？我上周到客户家送了些文件，

还和他们的儿子聊了聊。要知道，那个小朋友比库珀还要晚出生3天。凯特，他能有来有回地说出很多词语，还帮我拿来了鞋，向我展示了他的球棒和球。库珀甚至连球是什么都不知道。”

“这可能是语言延迟，或者发育迟缓，或者自闭症。”杰米在听到最后一个词后，似乎不想再说话了，举起手机看了看什么。我试着让他打开思路，制定一个下一步的计划，但他已经不想再继续说下去了。

几个月来，我一直在向杰米转发关于自闭症和发育迟缓的文章，还为他转发了自闭症儿童父母的博客文章（我现在在自己的博客上经常看到妻子们对她们的丈夫做这样的事情）。我试着让他阅读一些相关的书籍，甚至推荐他观看《为人父母》(*Parenthood*)。那是一部当时很受欢迎的电视剧，里面有一个患有自闭症的角色。但杰米拒绝阅读、观看和学习，他的表现对我的打击极大。我相信知识的力量是强大的。许多年后，他最终和我坦白，那样的文章读起来太悲伤、太艰难，对他来说太早了。

我就像坐过山车一样忽上忽下，努力找出库珀的神秘之处。但这还不是最困难的部分。最难的是我一个人在过山车，几乎没有任何人的支持。我迫切需要我的丈夫和我一起，但我感觉我越想说服他，他就离得越远。无论是在感知上还是在现实中，我都是孤立无援的。

几年前，有一张图片在互联网上和各大特殊需求儿童妈妈的组织中传播开来。这张图片的标题是“尽管如此，我们还是坚持了下来”。在画面中，一位母亲抱着她的孩子望着一堵墙。墙上布满了50多个泡泡，每个泡泡里都写有一句话。在特殊需求儿童的父母的脑海中，这些想法和担忧不断出现：

> 我做错什么了吗?
>
> 你的反应过度了。
>
> 她只是需要一些管教。
>
> 你比我坚强。
>
> 他怎么了?

我从来没有对一张网络图片如此感同身受。当我第一眼看到这张图的时候，我立刻觉得自己被看到了，被听到了，也被认可了。我把图片打印出来，贴在了冰箱上，然后等着我丈夫的评论。当天晚上，我们一起做晚饭的时候，他立刻做出了反应。我在思路异常清晰的时刻，对他说：“杰米，如果你当初能给予我更多的情感，一开始就会不一样。独自一个人经历这一切实在是太孤独了。”

他点点头说：“对不起。我当时已经把所有能给的都给了你。”

我相信他。

第四章

确诊自闭症

2013年1月20日，我的小宝贝索耶·杰米出生了。他面色红润，有一头红发。我敢说，这一定是因为我怀孕期间喜欢吃草莓造成的，因为我们家族中还没有人是一头红发。

在我和杰米带着刚出生的儿子开车回家见库珀的路上，我们俩没怎么说话。他在结冰的道路上行驶，而我则在一边细细研究着索耶，一边担心着如何应对之后的生活。两个穿尿布的孩子都需要我，我知道这是妈妈们的常规工作，而且有些妈妈甚至有更多的孩子。但毕竟，库珀不是一个容易照顾的孩子。他的情绪越来越容易崩溃，一些小事似乎都能引起他激烈的反应。他在生气时对自己都有很强的攻击性，巨大的噪声似乎是激怒他的最大因素，比如婴儿的哭声。他很容易冲动，还会做出不少危险的举动，比如扔东西，就好像扔东西是他的一种交流方式似的。新家客厅的墙壁上已经有了多处砸痕，我们还准备修复几扇破窗。杰米和我学会了快速躲闪，但我们知道婴儿不会有任何躲避的机会。亲戚们离我们家很远，最快也需要3个小时的车程。

几个月前，我们在库珀的养育方面取得了突破性进展。他爱上了玩具火车。虽然我们可以很高兴地在他的里程碑清单上勾选“玩玩具”这一选项，但总感觉有些不对劲。库珀在玩玩具时有自己的规则，虽然他不能用语言表达出来，但他能够展现出来，他的固执越来越强烈。赛道每次都必须按照同样的方式布置；火车不仅必须按照既定的顺序行驶，而且在任何时候都必须保持相同的速度，不能在中途停下，接收想象中的乘客。当一切井然有序地开始后，库珀就会蹲在铁轨的一侧，把脸颊贴在地毯上，鼻子几乎抵在铁轨上，看着火车一圈又一圈地转。一件本来有趣的事情到最后丧失了全部的乐趣。火车在行驶的过程中有时会减速，有时会滑出轨道。我们甚至还没来得及上前修复，他就会一把抓住轨道，向墙上扔去。短短几秒钟之内，他的玩具和房间就会变得一团糟。然后，他会尖叫着催促我们进行“灾后重建”。

毫不夸张地说，库珀的游戏让我们倍感压力。但在我看来，他的确是在玩玩具。这是朝着正确方向迈出的一步。彼时我偶然发现了一个名为“M-chat”的自闭症在线诊断测试。我经常（尤其是在黑夜）打开测试题，每次都得到了不同的答案。库珀能与人们进行眼神交流，能指着他们，也能向他们挥手致意。现在，他还能玩玩具。他患自闭症的概率正在降低，这让我倍感欣慰。

当我们从医院回到家时，我把索耶的安全座椅放在客厅里，屏住了呼吸，杰米也屏住了呼吸。我们喊来库珀，让他来见见他的小弟弟。我们的护士就像许多人一样，问过我们：“库珀要当哥哥了，他是不是很兴奋？”为了避免这样的谈话带来的心酸，我只能回答“是的”。库珀无法理解，也没发现我的肚子越来越大了，更没有注意到婴儿用品塞满了整个屋子。但我告诉自己，他只是一个刚满2岁的小男孩，每天都很忙碌，所以才没有关心刚出生的弟弟。

不过，结果却是出人意料的好。库珀没有认出自己的弟弟，也没有多看一眼婴儿座椅。当索耶的哭声第一次响彻整个房间时，我屏住了呼吸。库珀瞥了我们一眼，然后转头继续看起了电视。

在我父母离开之前，我想要拍一张我们一家四口人的相片和一张两个孩子的合照。我一直梦想着拍一张库珀抱着小弟弟，甚至亲吻他额头的照片，就像我朋友们分享的他们孩子的照片一样。但我未能如愿，甚至还没开始就已经结束了。库珀坚决拒绝接触索耶。如果我们尝试，他就会尖叫，但我们不想强迫他。如果我抱着索耶，库珀就不会靠近我。

我经常对索耶谈起，他刚出生的那些日子里，我最美好的回忆就是他从医院回家的第一个晚上。那晚10点，我用一条毛茸茸的蓝色毯子把他裹起来，放进我床边的摇篮里。在接下来的8个小时里，杰米和我轮流陪着库珀。我先是去他的床边，他过了一会儿下床，来到了我们的床边，我跟了上去，之后杰米把他抱到了沙发上。他整晚都没有睡觉。到了早上6点，杰米和我站在索耶的摇篮旁，想知道他是否还在呼吸，因为我们不知道他在做什么。我们轻轻戳了他一下，笑了起来。原来我们的小儿子在睡觉！这对我们来说完全是一个全新的体验。

索耶出生后不久，我们为库珀安排了早期干预措施、语言障碍矫正和作业疗法。他已经2岁了，可以听到声音了，所以他的医生认为是时候开始了。我如何计划我的产假并不重要，我只是很庆幸不必在应付每周4次面诊的同时兼顾工作。如此算来，我有16个星期的时间来帮助库珀。索耶也会跟着我，我会在德卢斯周围的候诊室里照料他。

当我们坐在候诊室里等待库珀的第一次语言障碍矫正时，我自信满满。我绝不是语言迟缓方面的专家，但我相当有把握。只要我们为库珀提供了他所需要的帮助，他很快就会说话了。语言障碍矫正便是解决这一问题的灵丹妙药。当年轻的语言治疗师叫到库珀的名字时，库珀主动走了过去，这让我信心大增。我把索耶绑在胸前，跟在后面，心想，这真的会很顺利吗？

治疗室虽小，却是孩子们梦寐以求的地方。书架上有互动的玩具和活动资料；在房间的中央，一条铁轨笔直地铺在一张画着字母A到Z的鲜艳地毯上。然而，库珀没有像大多数孩子那样抓起玩具，也没有沿着轨道移动火车，而是先绕着房间走了一圈，然后触摸了四面墙和观察窗，最后试图离开治疗室。我就地而坐，背紧紧地靠在门上。这是我在无数次看医生后练就的动作。当库珀意识到我们要待在这里的时候，他开始在我的小包里翻找我的手机。

治疗师在房间中央的火车旁坐下，把库珀叫到了她的身边。当她把火车推到山头时，他似乎产生了一点儿兴趣。在治疗师准备将车推下去之前，她一边用手绕着嘴部转了一圈，一边说“开始！”，接着指着库珀，让他说同样的话。他跪在地上，准备伸手把火车推下山去。但她阻止了库珀，重复道：“开始！”接下来，一切急转直下。2分钟之内，整个火车轨道四分五裂，散落在房间内。治疗师甚至一度躲到一边。球、书，甚至小椅子都被砸到了墙上。她试图让库珀参与游戏，试图建立融洽的关系。但这些在这次的面诊中都没有发生，在之后的面诊中也同样如此。

我经常在面诊结束回家的路上给杰米打电话。他在工作，我肯定他一定在忙，但他总是会接我的电话。我在电话里有时会哭，有时会吼叫。我每次都会说：“杰米，问题很严重，他真的很不对劲。”这句话我说了太多太多次，以至于逐渐丧失了意义。

学区的早期干预终于开始了，我对此心怀感激。这与我们之前尝试过的其他治疗方法都不同。老师会来我们家和库珀一起玩，这样我就不用带着两个孩子来回跑，也不用在库珀的尖叫声中开车去看医生，更不用因为库珀害怕电梯而抬着索耶的婴儿车爬上7楼。

我以为游戏治疗对双方来说都是有趣和愉快的，但事实并非如此。游戏治疗更像是一次训练。我整堂课都追在库珀的身后，试着鼓励他和老师交流，但他知道自己在家里可以逃走。

治疗师会坐在客厅的地板上，从和玛丽阿姨的手提袋一般大小的包里掏出五颜六色的玩具，试图吸引库珀的注意。拼图、积木、球……只要你能想到的，她的“魔法包”里全都有。但库珀不以为意，电视就位于治疗师的身后（当然是关着的）。库珀会叫嚷着让人帮他打开电视，有时会打治疗师，有时会打电视，有时甚至会打自己。我不知道自己在早期干预的过程中应该做些什么。我总觉得老师看我的眼神是在请我阻止库珀，让他配合，但这毫无意义。我是在向她寻求帮助，让她告诉我该怎么做。她是专家，至少我是这么想的。

治疗师每个星期就像电影《土拨鼠之日》（*Groundhog Day*）那样，重复尝试同样的事情。她先是用吹泡泡棒在库珀的面前吹泡泡，然后拿着他的手点破每一个泡泡，同时鼓励他说“啵！”。然而，库珀会尖叫着跑开，就好像泡沫烧伤了他的皮肤似的。我每次都会把他领回来，再尝试一次。

每一周都像是第一周的重演。我开始对治疗课感到害怕。作为父母，我们应该对孩子学到的和了解到的一切感到惊讶。但当我和库珀在一起的时候，我感觉我的儿子就像是在向我不停地展示所有做不到的事情。我经常请教这位老师，想知道她在我儿子身上看到了什么，但她守口如瓶。我后来才知道，即使老师在进门后看出了自闭症和多动症之类的迹象，也不应该主动提出。相反，老师们必须将收集到的信息汇报给主管。我想，这给了先前不知情的我一种虚假的安全感。

在治疗课程结束后，我仍然感到悲伤。每个星期，我儿子做不到的事情似乎越来越多。我讨厌看到每件事对他来说都是那么的困难，以及由此导致的行为。我只是不明白，为什么他需要付出这么大的努力，只是为了做几乎所有孩子都能轻而易举做到的事情。

几个月后，我接到了早期干预项目主任的电话，她认为最好为库珀安排一次全面的评估，因为他所需要的帮助似乎超出了家庭治疗所能提供的范围。学区的目标是确定库珀是否有资格进入为需要额外帮助的孩子开设的学前班。她没有告诉我的是，如果需要获得入学资格，那么库珀必须在教育层面被诊断为自闭症或某种发育迟缓。实际上，自闭症的教育诊断与医学诊断有很多不同之处，其中最大的区别在于自闭症对儿童学习的影响。而且，这两种诊断结果并无关联性。因此，一个孩子在确诊其一的情况下，不一定确诊另一种。

在接下来的2周内，库珀接受了8次不同的评估：有些是在我们的家里进行的，有些是在学校；有些带来了希望，有些毫无进展。检测师会给库珀一些物品，比如刷子、电话和布娃娃，等着看他是否能够恰当地使用这些东西，但库珀做不到。接下来，他们会演示如何使用刷子、电话和布娃娃，期望库珀模仿他们的动作。但他还是做不到。

检测师也问了我无数的问题："他知道钱是什么吗？""他知道自己住在哪里吗？""他会用剪刀，会打开药瓶吗？"我发现自己在回答的过程中有时很有防备心，甚至还很恼怒。我常常不知道如何正确作答。我为什么要让我2岁的孩子打开药瓶或用剪刀？我有时分不清我们究竟是在通往失败，还是成功。

库珀似乎不知道他们想要他做什么，甚至不知道眼前的那些东西到底是什么。这让我很害怕。我会试着为自己辩解，说我们家没有布娃娃可玩；他从来没见过我梳头；作为抚养两个孩子的忙碌母亲，我没有时间打电话……钱又该怎么解释呢？一个2岁的小孩怎么会懂钱？

学校的评估更加令人灰心丧气。我觉得我的孩子是唯一一个难带的孩子，而且没有一个人能理解他。我会系好网球鞋带，将刚出生的索耶绑在胸前，跑过学校的大厅，追上库珀，试图把他圈进房间里。我会在地板上爬来爬去，一边鼓励库珀完成检测师想让他做的任务，一边拭去从我脸上流下来的汗水。我感觉就像是在当众展示我的育儿之道，却失败得一塌糊涂。

在一次评估之后，一件神奇的事情发生了。我们走出去的时候，库珀碰巧经过健身房，看到里面的孩子们正在围成一圈奔跑。他飞速跑了过去，直奔大房间的中央。孩子们围着他转，对着他挥手微笑，他兴奋地挥舞着胳膊。我看见库珀听到他们的欢笑声，看到他一脸的喜悦，心中满是不可思议的感觉。这是我第一次带着幸福的泪水走出那里，告诉自己一切都会好起来。

最后，检测师的投票将会决定一切。我一直以为发育迟缓或自闭症的诊断是科学的，也是容易判断的。但库珀的情况并非如此。当时，杰米、我和一组人围坐在一张桌子旁。如果有人认为库珀患有自闭症，就可以举手示意。我听主管读了她和她的团队在过去几周内编写的报告，那堆文件被堆得有1米高。

当我听着这个从未见过我儿子的女人谈论他和我们

的家庭时，我感到很受伤。对她来说，我们不过是剧中的角色。当她大声朗读我们的基本信息时，我让自己走神了一小会儿。

很多人觉得我对库珀的发育迟缓反应过度。有时，我觉得自己好像在对着一片虚无尖叫。但有一个人并不认为我反应过度。最近，库珀的托儿所报告开始变得更加灰暗了。“库珀拒绝遵守日程安排。”“今天，其他的孩子都画了一幅母亲节的画，但库珀没有。他拒绝拿起画笔。”托儿所老师甚至残忍地补充了一句：“我没有帮助他完成绘画，因为我想你并不想看到我替他完成的画。”我感觉到库珀就要被学校开除了。这对像我这样的母亲来说是非常真实的恐惧。大多数日托服务（无论是家庭式日托还是日托中心）都无法照顾有特殊需求的孩子。这些孩子一旦离开了父母，就会得不到照顾。

那天晚上，我在电话里哭着对妈妈说，看着库珀的托儿所伙伴们都带着装饰精美的母亲节礼物袋来到妈妈身边，而库珀却什么都没有给我，这让我的心里很难受。老师不帮助他给我做礼物的决定刺痛了我，感觉就像是故意的。

每天，随着接送的临近，我的焦虑就开始加剧。我能感觉到有什么东西正在暗中成形。我知道我的儿子和其他孩子不一样。我从骨子里感觉到了，没有什么比这更确定的了。但我尽了一切努力想弄清楚，结果却一无所获。我认为这是显而易见的。

但在这个星期四，情况发生了转变。当我转身离开时，库珀的托儿所老师跟着我走到了车旁，直截了当地说道：“凯特，库珀有点问题。而你好像什么都没做。”

我张大了嘴，后退了几步，撞到了自己的车。我觉得我被她的话狠狠地扇了一个耳光。我可以从她说话的语气中看出她是严肃的，而且她显然是鼓起勇气才告诉我这件事的。

我还没来得及张口为自己和库珀辩护，她就继续说道：“我了解像库珀这样的孩子。我父亲是一位语言治疗师，我让他见了库珀。他同意我的看法。有些地方出了问题，而且不仅仅是语言障碍这一个问题。库珀需要帮助，但你似乎生活在否认之中。”

沉默笼罩了我和她。她在跟我开玩笑吗？要知道，我为了弄清楚到底发生了什么，所有的治疗手段、早期干预、无休止的研究和寻找答案几乎让我拼了命。库珀已经在一家语言障碍儿童诊所的等候名单上。我明明一直在倾尽全力地帮助他。

接下来，她补充说了一句我曾听到过的最令我苦痛的话："凯特，库珀出了问题。你要做好心理准备，他将永远无法骑自行车，无法交朋友，也无法学会说话。"

我的脸烫得要命。这个女人刚刚证实了我心头最大的恐惧。之后的记忆模糊了，我不确定我是不是说得太多了，也不确定我是在为库珀还是在为我自己而辩护。我只记得我最后上车离开了。

那晚，我大部分时间都在愣神，想象着她所预言的未来。以前从来没有一个人的话对我造成过如此之大的影响。我在研究库珀的病情时，泪水不禁从眼中滑落，因为我不确定她说的话会不会成真。我觉得自己是个一无是处的母亲。库珀会不会永远不会说话？永远不会交朋友？甚至永远不会骑自行车？我一直告诉自己她错了。这是不可能发生的。她怎么能确定未来会发生什么呢？我相信没有人有这样的能力。

等库珀睡着后，我爬上了他的床（这是我此后几年都会做的事）。那天晚上，他表现得出奇的安静。我需要感受他，体会他的气息。我用双臂紧紧地抱住他，想要把我所有的爱都浇灌入他的体内。我祈祷着，期望上帝能治愈他，让他好起来，让他回到我的身边。有些夜晚，我会抱着他哭泣；有些夜晚，我抱着他时会感到平静；有些晚上，杰米甚至也会抢在我之前躺在他的旁边。有一次，我问他为什么要这样做，想知道他是否像我一样默默祈祷。杰米的回答却很简单：“我要让他知道我在这里。”虽然杰米和我对儿子的状况持有截然不同的看法，但他也感受着同样的孤独。在某种程度上，这种感受让我觉得更加真实。

我感觉儿子正在我的眼前蒸发、消失。我能看见他，他就在那儿。但他的某些部分正在关闭，甚至消失。或者说，他的某些部分从始至终都没有开启过，我不知道这两者之间有何区别。我只知道我要失去他了。我竭尽全力想要握住他。无论是一只手臂，还是一条腿，只要我能抓住的，我都不会撒手。因为我心里明白，一旦他完全消失在他自己的世界里，我就再也找不回他了。

“库珀是一个2岁的男孩，和他的父母以及弟弟住在一起。母亲担心他的语言障碍和想象力的缺乏。母亲顺产，没有并发症……”我回过神来，继续听主任谈论儿子的教育问题。这已经不是我第一次在报告中听到“顺产”的字眼了。事实上，这份报告在接下来的几年里被朗读了数百次。当主任说起我儿子时，托儿所老师的话一直在我脑海中回荡：“他将永远无法骑自行车，无法交朋友，也无法学会说话。”

她花了将近12分钟，从头到尾读完了这份报告，讲述了我们儿子的整个人生。就在她说话的时候，我意识到他们一定把我说的每一句话都录了下来，之后再写成一篇关于库珀的文章。

“母亲表示库珀晚上不睡觉，也不会说话。他会用眼神交流，会用手指指点点，会挥手，但只吃5种食物。母亲表示，库珀似乎很焦虑，她注意到他痴迷于看电视。母亲表示他对什么都不满意，在大多数情况下似乎不知道该做什么。”

我产生了一种很奇怪的感觉，谈论库珀的时候就好像他不在这个房间里一样，就好像我们在讨论别人而不是自己的儿子一样。我轻轻地推开桌子，往底下看。库珀正坐在我两腿之间，他的脸被我的手机照亮着。

“库珀不能叠3个积木，不知道该怎么应对布娃娃和奶瓶，拒绝吹泡泡，也不愿沿着直线走……库珀由于自我伤害和‘私奔’等行为，未能完成大部分的评估。”在此之前，我一直以为“eloping”这个词仅仅适用于一对准备私奔的幸福情侣，但我现在知道了当一个孩子不顾自身安危，四处游荡或逃跑时，这个词也同样适用。

他们注意到库珀的坐姿是“W”形。这是一个孩子弯曲膝关节，双脚位于臀部外侧而坐的姿势。如果这时你位于你的孩子之上往下看，你会发现他们的腿和身体组成了一个“W”的形状。他们还指出，库珀走路时踮着脚尖；这一点是自闭症和发育迟缓的常见危险信号。他兴奋时还会挥动手臂；这一点则又是另一个危险信号。

我看着杰米，他不动声色地听着那个女人谈论我们的儿子。他感到诧异吗？我看不出来。我们在这个过程中越来越深入，一点点地接近诊断的结果。他看起来正在心里拉扯。因为自闭症，我不仅仅在失去我的儿子，同时也在失去杰米。

接着，那个女人从汇报转变为交流，她说库珀的语言能力就像6个月大的婴儿一样。我恨不得立马逃离这里。这句话大声在我的耳朵里回响。“6个月大”，我的肚子就像挨了一记猛拳。我捏了捏杰米的腿，期望着我们多年来的婚姻已经让我们练就了心灵感应。我们跑吧，杰米！我们走吧！我们离开这里吧！

他也捏了捏我的腿。

“凯特和杰米，我们经过仔细评估，判断库珀似乎的确有自闭症的迹象。”

诊断的结果就这么来了。这个标签多年来一直萦绕在我心头，但这是第一次有人在谈到我们的儿子时当面大声说出这个词。

“但我们这一桌的团队产生了意见分歧。”我的精神立刻振作起来了，在桌下踢了杰米一脚。托马斯小火车在房间的角落里唱起了歌。

她继续解释道，一个孩子可以有自闭症的教育诊断，但不一定同时有医学诊断，两者并不相互影响。她和她的一位同事认为库珀患有自闭症，但另外两位同事并不这么认为。她问我们如何看待自闭症的诊断。我告诉她，这个词曾经的确在我的脑海里闪过几次，但每当我提起这个词时，我们生活中的医疗专业人士很快就否定了我。他们都认为库珀没问题，只是一个发育迟缓的孩子。是语言延迟，绝非自闭症。

她接着做了一件匪夷所思的事情——宣布举行一场投票表决。

“既然我们对库珀的诊断意见不一，那么如果你们认为库珀患有自闭症，请举手示意；如果你们认为他没有自闭症，请把手放下。”

在此之前，我一直在盯着面前的那张纸，避免眼神的接触。听到她的提议后，我猛地抬起头，直视着她。什么？投票吗？我觉得我们正在试图通过一场离谱又蹩脚的儿戏来决定我儿子的未来。她不可能是认真的。如果事情就这么简单，那么不管是不是自闭症，我显然都会投出反对的一票。

杰米和我都没有说话，这一次我们都说不出话来。桌下仍然传来音乐，有一个人率先举起了手。接着，主任也举起了手。还有两个人没有举手。

主任要求每个人解释各自的投票原因。其中两人解释了为什么他们认为库珀患有自闭症；另外两个人解释了为什么他们认为库珀仅仅只是发育迟缓。我感觉他们讨论的孩子仿佛不是我的。

主任继续说道："凯特、杰米，你们两个也需要投票。根据你们在评估过程中的所见所闻，以及在家中的观察，你们认为自己的儿子患有自闭症吗？"

我喘着气，然后尴尬地笑了起来，杰米也一样。我心想，这到底是怎么一回事？我们手中原来握有决定性的两票。沉默弥漫在空气之中。主任表示，在学校环境中确诊自闭症对库珀会有很大的帮助，因为这会让他获得更多的服务。她的这句话仿佛在说服我们投出自闭症的一票似的。我全身上下的每一部分都想站起来离开这里，但我动弹不得。

他们怎么能指望我给自己的儿子贴上这么一个供人评判、区别对待的标签呢？我来决定一个人要么患有自闭症，要么没有自闭症。他们不是专家吗？为什么反而交给我们来诊断？

杰米只是坐在那里，听着。我想知道他在想什么。他和我一样震惊吗？他会怎么投票？

“确诊会帮助库珀，让他得到他所需要的服务吗？”他问道。主任点了点头。

“那么，我支持确诊。”

我感到一阵恶心。他若无其事地接受了我一直在逃避和抗争的事情。这让我感觉他背叛了我。一直以来，我都在急切地向杰米叫嚷着库珀有问题，希望他也能发现。但现在，我说不出话来，只能点头表示同意。

于是，我们拿到了自闭症的教育诊断，并计划在秋季让库珀接受服务。在会议结束时，我询问他们，我们是否应该继续进行医学诊断。我不太明白教育诊断与医学诊断之间的区别。我们需要这两份诊断吗？我儿子真的患有自闭症吗？

“我们不能给你这个建议。这是不合法的。”

当我和杰米收拾好东西准备离开的时候，我感觉到空气中弥漫着一种尴尬的气息。我在心里盘算着究竟谁和谁是站在一边的。老实说，我不知道。

第二天早上，我很早就去上班了。我关上办公室的门，从钱包里掏出一张皱巴巴的纸。我拨打了前一天晚上在网络上搜索到的一个号码。这是一所3小时车程之外的自闭症诊断中心的咨询号码。是时候彻底弄个水落石出了，我不能再生活在中间的地带了。

在等待电话接通的过程中，我点开了诊断中心的网站。我的屏幕上满是快乐的面孔。不同年龄的男孩、女孩与治疗师坐在一起，微笑着。有一个男人接了电话，他问了一些关于评估的问题和库珀的情况。我继续告诉他关于库珀的事，关于我们所经历的苦难，试图通过电话读懂他的反应。我们预约6个月后第一次见面，这是可约的最近的时间了。这个日期看起来是那么遥远，但也许到那时，一切都自会柳暗花明。也许，我们根本就不需要见面了。

那个周末，我带库珀去了一个室内游乐场。只有我和他两个人，因为我想和他单独相处。在那时，甚至在今天，无论我们去哪里，我总是会提前做一些调查，挑选比较安静的日期和时间。库珀很难忍受嘈杂声、人群和排队等候。我知道只有当我做出明智的选择，我们才会有最大的成功机会。

这一天，游乐场里只有零星几个家庭，我感觉自己中了头彩。库珀可以自由地漫游，按自己的节奏触摸和感受。我跟在他后面，鼓励他去玩滑梯和秋千，而不只是碰墙壁和地毯。我看到一个女人和一个女孩在一起，我猜那是一位母亲带着她十几岁的女儿。那个女孩很显眼，因为她比其他到处乱跑的孩子大得多。然而，她的行为远比外表幼稚。我看着她像我儿子那样挥动着双臂。命运似乎恰好在这个时刻将这个女孩放在了我的生命中。

那位母亲引起了我的注意。大约1小时后，我们并排站在一起，看着孩子们跳舞，追逐射灯的彩光。只有我们2个妈妈，我们的孩子至少相差10岁。我做了自我介绍，闲聊了一会儿居住的地方和天气。接着，我问她女儿多大了。她和我谈起了自闭症，她并不害怕这一话题，和我娓娓道来诊断的结果。这是我目前还无法做到的事情。就在我们聊天的时候，她15岁的女儿（此时我知道了她的年龄）跑向她的妈妈，在她的面前兴奋地跳起来。她好像在要什么东西，但我看不出是什么。当这位母亲没有立即回应女儿时，小女孩开始拉拽妈妈的衬衫，用双手扯下了上衣，暴露了里面的胸罩。母亲使出最大力气阻止女儿，但真的无济于事。不一会儿，女孩就尖叫起来，使劲地扯着妈妈的乳房。

库珀既不喜欢噪声，也不喜欢和人亲近。此时，他惊恐地向我跑过来，钻进我的怀里，把头埋在我的肩上。我紧紧地抱着他，不知道该如何帮助眼前的这个女人。她和几乎同她一样高的女孩一起倒在地上，从口袋里掏出一包水果干零食，一颗接一颗地喂给女儿。尖叫声停止后，那个女人抬起头看着我，眼里噙满了泪水，解释道："当她紧张或者焦虑的时候，她就想摸我的胸部，这会给她安慰。这在家里没问题，但在公共场合很丢人。"

我不知道该怎么回应她。这难道就是我和库珀的未来吗？我有点想逃。但我也不想留下她一个人，她看起来很脆弱。我和她一起坐在地上，好几分钟都没有说什么话。游乐场里的很多人都盯着她的女儿看。女孩察觉到了吗？我不清楚。

当她起身离开时，她对我说了一句我永远不会忘记的话："这让我崩溃。"我抱着库珀，又坐了一会儿，感受着他的呼吸。难得的是，他这次同意我抱着他，我不想过早地破坏这一刻。我全身都在颤抖。"这让我崩溃。"那个女人的话在我的脑海中像心脏一样怦怦直跳。不，我们的生活会与她们不同的，库珀会改变的，这不会是我们的宿命。

我想到我对他的爱是那么强烈，那么有力。但与此同时，我也很害怕。是的，害怕自闭症，害怕异于常人，害怕与众不同，害怕自己崩溃。这难道就是我的未来吗？

我是一个自信的女人。我知道作为妻子、女儿、朋友和员工的角色。但作为一个母亲，我发现自己正在一片未知之地，我不清楚我是谁，也不清楚我的角色是什么。我知道几乎所有的母亲在某些时候都有这种感觉，压力有时会大到令我们无法呼吸，我们是自己最大的批评者。我对如何帮助我的儿子没有信心，但我应当有信心。帮助儿子的决定意义重大，而我却觉得自己在玩一个不断变化规则的游戏。最要命的是，我处在两个完全不同的世界之间，我在其中任何一个世界里都感觉到不完整。我期望这两个世界的重合，但随着男孩们年龄的增长，重合是很少发生的。

索耶正在沿着正常的轨道发育，顺利抵达了每一个成长的里程碑。我和他的世界合而为一。对未来的不确定和担忧没有将我吞噬。我们可以做所有母子会一起做的事情，以及我设想的那些事情。我们去玩，去公园，去打棒球。孩子们在一起玩耍的时候，我会和其他妈妈坐在一起喝咖啡。我进入了那个我曾经梦寐以求的俱乐部，但我仍然想着库珀。他逐渐长大，也更加需要我。我感觉到一种无形的张力，把我拉进了他的世界之中。那是一个没有规则和指南告诉我应该怎么做的世界，也是一个与世隔绝的世界。他的需求拉住我，让我远离人群，远离朋友，远离我曾经感到舒适的生活。当索耶在玩耍的时候，我会和库珀在公园的周围闲逛；我们会在教堂举办活动的时候坐进地下室里；我们会在假期时躲在楼上。当我进入库珀的世界后，我能听见我的另一个儿子的声音，我也能看见我的丈夫，我想念和他们在一起的生活。

我是一个被一分为二的母亲，横跨两个世界。我伸出双手，两边分别有一个小男孩拉着我，每一个似乎都更加需要我的照顾。我会永远不知道我属于哪里吗？

在等待库珀诊断预约的6个月里，经济上的担忧笼罩着我们。杰米选择了辞职，决定成立自己的保险公司。这一举动加剧了我们的痛苦。我觉得在这个时间点创业并不是一个好时机，因为我和库珀在一起的压力太大了，但他不喜欢在银行长时间工作。最终，我们决定迈出这一步。然而，我那微薄的兼职工资很难养活四口之家，经济的压力让原本就不富裕的家庭雪上加霜。

我们不知道自己会有一个发育迟缓的孩子，更不知道为什么。如果没有诊断结果，医疗保险通常不会提供资金方面的援助。而且，寻求医学上的帮助是十分昂贵的，我们没有那么多钱。库珀每周的治疗都不得不使用信用卡支付。于是，我们的欠款越积越多。杰米和我经常在深夜里争论如何偿还每个月的抵押贷款。但抵押贷款总归是一个糟糕的选择。难道我们的儿子永远不会说话，也不会懂什么是贷款吗？

我们理所当然地选择了贷款。我们削减了一些边边角角的花费。库珀无法离家太远，因此我们一家人从未试过出远门，更别说来一场真正的旅行。我们吃了很多便宜的食物，信用卡只还最低还款额。总之，生活是不容易的，但我们在本质上仍然是一个幸福的家庭。

索耶刚过了他的第一个生日，而且发育正常。我甚至认为他的发育超过了预期。当他10个月大第一次喊我“妈妈”时，我立刻哭了起来。我把他抱起来，在房间里转着圈庆祝。从来没有人叫过我妈妈，虽然我知道我是一位母亲，但亲耳听到自己的孩子大声说出来意味着一切。与此同时，我打心底里希望库珀能张口说话。他刚满3岁，但还没有说过话。他既不咿呀学语，也不发出类似语言的声音。他还像6个月大的状态，根本不会说话。

我的父母设法使我放心，说库珀一定会说话的。我从没想过库珀会永远不能使用语言。对我来说，这是一个极其陌生的概念。自闭症，也许还可以接受；但无法使用语言，绝不能接受。每当我和母亲谈起这个话题时，她都会用同样的话来回应我的忧虑："凯特，每个人都会说话。你难道认识不会说话的人吗？"我的爸爸每次接通电话的第一句话都是："他开口了吗？"直到有一天，我再也忍受不了了，告诉他别再问我了。

就在库珀确诊之前，我做了一个关于他的梦。这个梦有些奇怪，因为我很少梦见我的家人。我经常梦到小学以后就没见过的人和塔吉特百货的收银员。我也偶尔做噩梦，梦见自己忘记了高中时储物柜的密码。说真心话，我真的很少做梦，因为做梦的前提是睡眠，而我已经近9年没有睡过好觉了。

在那个梦里，我和库珀手拉手走在一座高高的桥上。这座桥是由绳子和木头制作的，很有丛林的风格。我似乎在梦中很清醒，因为我能对自己说话。库珀和我究竟为什么会出现在丛林里？尽管这很危险，但我愿意接受挑战。

我们平静地走了一会儿，一路评论着风景中的颜色。那鲜艳的绿色、蓝色和红色，美得令人难以置信。我能感觉到风拂过我的脸，甚至能感觉到些许危险的气息。但我们都安然无恙，我感到一种从未有过的平静。

突然，我听到一个声音。我恍然大悟，是我的儿子在说话。我简直不敢相信我的耳朵。我蹲下身来，他用双手捧着我的脸，直视着我的眼睛说："妈妈。"这是我从来没有听他说过的词。接着，他又给我讲了一个故事（但我已经回想不起了）。我在梦中全神贯注地钻研着他的嘴巴，观察着他不断开合的嘴唇。他发出的声音很动听，我完全不希望他停下来。

我默默地祈祷着："继续说，继续说吧。不要停下来。"最热烈的喜悦充盈在我的心头。

我有无数个问题想要问他，但我能感觉到我的时间有限。我们站在原地，有说有笑，就像母子应该有的模样。我不再需要用两只手抱住他。他没有逃跑，没有倒在地上尖叫，没有攻击我，也没有伤害自己。他平静又平和，这是他在现实生活中从未有过的状态。

"库珀，妈妈爱你。你知道吗？"我对他说道。

他还没来得及回答，我就醒了。我的枕头因为我的眼泪，早已变得又冷又湿。我突然感到很生气，我不想醒来，紧紧地闭上眼睛，强迫自己继续睡，想要重新回到梦里。我想听听库珀的回答，我想听他多说话。我简直疯了。“带我回去，快带我回去。”然而，梦已经不在了。

于是，我迅速回忆了在梦中所见所闻的各个细节，包括鲜艳的颜色和那强烈的平静感。在梦中，我的儿子很平静。他能站立，和我一起行走。他会说话，也有很好的理解能力。他甚至给我讲了一个故事。这真是令人难以置信。

我猛地意识到我们所在的地方——天堂。但我还没听到儿子说话就已经死了。

我感到无比悲伤，再也听不到他甜美的声音了。那是我第一次（但不是最后一次）想到我儿子可能永远不会说话了。在我所了解的所有可能出现的自闭症症状中，这一想法对我的打击最大。

在我们等待诊断预约的时候，库珀曾因为行为问题进过三所治疗中心。我在德卢斯市找到了最后一个能收留他的地方——一所为语言障碍儿童开设的诊所。我在电话里向接待员介绍库珀，解释我们差不多被所有的地方赶了出来时，她亲切地笑了起来，接着对我说道：“他在这里会好好的。”

最初的几次治疗让我精疲力尽。库珀逃跑，治疗师追逐。在过去的几个月里，我很明显地发现，人们不知道如何与库珀相处。他绝对是一个与众不同的小男孩。食物、游戏、玩具……似乎什么都无法激发他的积极性。让他做任何尝试也都是不可能的，这无疑加剧了教导他的难度。我完全能理解，因为我和他在家里时也遇到了同样的问题。但最让我害怕的是，库珀似乎与治疗中心的其他孩子截然不同。我观察到，那些小朋友能够和治疗师坐在一起，配合治疗，甚至能一起玩耍。

3周后，库珀的治疗师说："我的领导想让我为库珀确诊自闭症。但我不打算这么做。一旦给孩子们贴上这个标签，它就会永远跟着他们。我真的相信他没有得自闭症。"我不知道该不该感谢她这么说。她是在帮我们吗？说实话，我已经无法确定了。

治疗中心的目标之一是凝聚家人，在帮助我们了解孩子的同时培养亲密关系。当我听说这个每月一次的夜间课时，我立刻报了班。一想到要见到其他像我们这样的家庭，我就兴奋不已。杰米和我坐在一张桌子旁，旁边还有20多名家长，我们的面前摆着各式各样有关语言障碍和神经障碍的书籍。我环顾四周，把一切都看在眼里。他们都是我们的同龄人。当我朋友的孩子开始上学前班，开始跳舞和玩儿童棒球时，我们和库珀开始了更多的治疗。一盘比萨饼先被端了上来，孩子在吃完后就可以去玩耍了，但库珀拒绝了。当治疗师刚伸出手，他腿一滑，“砰”的一声，翻倒在地，碰翻了折叠椅。

杰米赶紧跳下椅子，想要把库珀抱回来，但他再次选择了拒绝。他挪着身子，挤进墙壁和人们的椅背之间。我眼睁睁看着库珀凶猛地踢着椅背，大家只好猫着腰，将脖子向前倾。

“他可以和我们继续待在一起。”治疗师说道。我很感激她的迁就。当她继续讲解早期干预的重要性时，库珀站了起来，拖着右臂，贴着墙壁，在房间里走来走去。当他走到炉边时，猛地收住了脚步。壁炉的旋钮上套着一个硕大的塑料盖，那是专门用来保护孩子的装置。

在接下来的40分钟里，库珀把鼻子贴在凉爽的炉子上，旋转着塑料盖。他越转越快，“嗡嗡”声充斥着整个房间，迫使治疗师不得不提高音量。我特别想过去纠正他的行为，或者干脆抓住他，直接离开这里。我希望人们不要再盯着他看。我羞愧地抬起头，与桌子对面的一位女士的眼神交会。就在那一刻，我明白自己无法再假装了。

当天晚上，我坐在餐桌旁，呆呆地望着天空，听到杰米对孩子们说：“妈妈崩溃了。”他主要是在开玩笑，但他的用词让我印象深刻。我想起了游乐园的那个女人。“这让我崩溃。”我告诉自己，我已经为自闭症的诊断做好了准备，因为也许会有人告诉我该做什么，如何帮助我的孩子，以及最终如何让我们重新在一起生活。

我们在等待已久的预约诊断库珀的当天，迟到了整整20分钟。杰米只有一个任务，就是把我们准时送到那里。他知道诊所的名字，但他不知道诊所有好几个地点。我们本应该往南走，却开往了北方。我知道这是一个无关痛痒的小错误。但对我来说，这件小事似乎能反映出他的不上心。我需要他付出更多的努力。我脸色铁青，疯狂地拨打接诊的电话，恳求电话里的女士不要取消我们的预约。她说他们会等15分钟，但15分钟之后，预约就会自动取消。

我已经为这次预约做了所有的准备，包括一页又一页的资料。一个接一个的问题接踵而至：库珀会不会用杯子喝水，会不会对陌生人微笑，会不会假装喂布娃娃……我还需要签署授权协议书，移交记录。我不间断地给保险公司以及库珀出生以来去过的每一个地方打电话。除此之外，家中的每一个成员也必须完成评估。这些烦琐的流程无一不在消耗着我的精力。杰米不明白他的生活能如此轻松的原因，也不晓得我究竟经历了什么才让我们一大家人走到了今天。

我们到达后，已经很晚了。我们三个人被领进了一个有一张小桌子和一个游戏装置的房间里。室温很高，灯光很暗。我浑身难受，焦虑不安，从一开始就对这里产生了排斥的心理。我发誓，我生命中所有的困境都出现在闷热的房间里。我看着杰米，想知道他是否也感到被压得喘不过气。

库珀有玩具可以玩，但他爬上了房间中央的摇摆的独木舟上，度过了大部分的时间。心理学专家每隔一小会儿就会向我们抛出一个问题，我们中的一个会回答她。由于库珀对专家们不理不睬，他们便要求我敦促库珀完成不同的任务。

“指着那个苹果。”

“把奶瓶给那个布娃娃。”

“把积木叠起来。”

我开始觉得自己就像是在当众表演，似乎我才是那个被评估的人。我把库珀抱在两腿之间，握着他的手，希望他能成功完成任务。

“加油，小家伙，就像我们平时练习的那样。”

心理学专家问我，库珀是否会把物品排成一排，对轮子是否着迷。这两个问题的答案仍然是否定的。库珀继续在房间里转来转去。当他觉得有兴趣的时候，他才会参与进来。这一次他感兴趣的似乎比往常更多一些。

几个小时后，我有一种不祥的预感。一切都进展得太顺利了，但他们没有看到真正的库珀。我们从大老远赶来，结果就像其他医疗预约一样，仍然需要等等看。我无法接受空手而归的结果。

当这个想法在我脑海里闪过时，库珀拿起我的小包，递给我。他累了，想要离开了。他看到我没有起身的意思，就挪到电灯的开关前，不停地拨动开关。杰米和我对此无动于衷。接着，他一把拿起那位女士用来判断他是否患有自闭症的写字板，向墙上扔去。我看着板子碎了一地，金属也从塑料中弹了出来。

库珀看了我一眼，眼里流露出“要么战斗要么逃跑”的神情。他猛地推开门，沿着走廊逃了出去。当杰米追上他时，我能听到他倒在地上后尖叫着抗议。

我尴尬地笑了。“这才是我熟悉的库珀。”

最后，3个小时的诊断结束了。杰米、我和2个心理学专家坐在一张小桌子旁的小椅子上；库珀坐在色彩鲜艳的独木舟上，盯着我的手机看。那位年纪稍长的女士几乎小心翼翼地将一个文件夹滑过桌子，就像里面藏有秘密信息似的。我伸出手，接过滑来的文件夹。我觉得一出谍战片正在这个房间内上演。

我打开文件夹，准备迎接我们的命运。翻出的小册子和资料同时也在盯着我看。我浏览了一遍，看到了“语言迟缓”“发育迟缓”“自闭症”等字眼，但都与库珀无关。

“就这样吗？”我心想。

在明尼苏达州，大多数居民都很擅长一种尴尬的告别方式，即当双方都不想无礼地结束对话时，就会闲聊起钓鱼或天气等话题。当杰米谈到他最喜欢的湖时，我实在是受够了，问道：“他到底有没有自闭症？没有得到答案，我是不会走的。”

“嗯，通常我们会在2周之内给你发一些邮件，然后再打电话跟进。我们今天不会告诉你结果。”

“但显然你们已经知道结果了。你不说，我就不走。我需要答案。”我的声音颤抖着，每个人都能听出其中的绝望。

杰米早已起身准备离开，我冒昧的问题让他很不舒服。库珀拉着我的胳膊，但我仍然坚守阵地。

“是的，斯温森夫妇，库珀的确患有孤独谱系障碍。”

接下来的记忆都模糊了。我低头看着库珀，他仍然强硬地拖着我的胳膊，呜咽着要离开。我唯一能记起的就是，我要到了答案。我们做到了。

我有了答案。过去4年的斗争和求助，以及努力弄清库珀的秘密都宣告结束了。他的确患有自闭症。在其他的情绪冲击我之前的几秒中，我却感到如释重负。我甚至可能微笑了起来。我告诉自己：最艰难的部分已经过去了。现在我们可以得到帮助，继续前进。

专家在与杰米的对话中，提到了“特殊需求”。这个词在我听来十分沉重。她说库珀可能永远不会说话，也学不会上厕所。我还听到了“规划未来”和“终身照料”，但我已经无法继续听下去了。我弯下腰，紧紧地抱起库珀，带着他离开，不让他听到专家对未来的预测。我尽可能长时间地沉浸在解脱的感觉之中。

第五章

特殊教育

在我办公室的桌子上，有一张我和库珀的相片。这些年来，这个已经褪色的棕色相框从床边移到客厅，再移到办公室，一直跟在我的身边，从来没有被我们近期的照片取代，这张照片已经成为了我最爱的一张合影。相片中的库珀18个月大，穿着手工缝制的蓝色水手服。我想等他长大后，肯定会为这身打扮而感到难为情。在合影时，我甚至想象着他会在几年后的毕业典礼上展示这张照片，还会拿给他未来的伴侣看。杰米的母亲在第一次见到我时就像这样拿出了杰米小时候的相片；相片中的杰米头戴一顶红色牛仔帽，脚穿一双靴子。

在我的照片中，库珀的淡金色头发很长，也许比其他男孩的头发都要长得多，但我不在乎。我喜欢头发卷曲，在他脸上散开的样子，让他看起来就像一个天使。杰米的母亲总是这样评价库珀："所有的孩子都很可爱，但库珀是一个漂亮男孩。"她说得没错。他身上有某种几乎不可思议的特质，吸引着人们多看他几眼。

在照片中，太阳正落在我们身后的树林里，光线很完美。我紧紧地把库珀抱在怀里，对他微笑，就像地球上只剩下我们两个人一样；他直勾勾地盯着我，双手托着我的脸颊，把我拉近，好像在告诉我什么惊天的秘密。

我经常在工作时间盯着这张照片看。我观察着各个可见的细节：我穿着蓝裙子；我看起来多年轻啊；库珀，他看起来多么稚嫩啊，小脚和小手都肥嘟嘟的；他那么专注地盯着我。我也观察着那些不可见的细节：我内心的担忧、我感受到的恐惧、即将来临的诊断、遥遥无期的解答，还有我对儿子的爱。

有时候，我想回到原点，回到相机快门按下前的那一刻。我在正式收到诊断结果的前后呈现出鲜明的差别。我的一部分渴望自己变回过去那个不知道未来会发生什么的我，变回自闭症牢牢压在我肩上之前的我（这份担子既激励着我，也压垮了我），变回那个怀抱着复杂、困惑、美丽的小男孩的我，变回那个相信一切都会好起来的我……但最终，我还是需要抵达现实的终点线。

我同时也提醒自己，自闭症一直都在。并不是宣布确诊的医生将这个词贴在了库珀的身上，而是自闭症一直在库珀的身体里，就像阳光照在我们的脸上一样。虽然我当时还看不出来，但我能感觉到。

库珀被正式诊断为自闭症的那一天，一切都没有发生实质性的变化。然而，他和我以及我们之间的一切感觉却都发生了最微妙的变化，就像你的宝宝一夜之间变成了一个小孩。我真的没有办法解释清楚，但身为一个母亲，你看着自己的孩子们，就知道他们不再是婴儿了。这让我想起了我的妈妈：每到9月，她总能准确地知道夏去秋来的那一天。她说秋天到来的时候，天空看起来是黄黄的，这就是她判断的秘诀。有些年份，随着白昼的缩短，我能看到天空中的那抹黄色；而有些年份，我却看不到。但我知道季节已经更迭，因为我的内心能感受到这种变化。

我得到自闭症的诊断也与此相同。在表面上，什么都没有改变。我带去会诊的小男孩与那个和我从治疗中心走出的小男孩并无不同，他仍然喜欢火车、金鱼牌饼干和全力飞奔。当“自闭症”这个词被大声说出来时，库珀和过去相比也没有任何不同。但我的内心能察觉到一种变化。那些陌生人和那些心理学专家凭借这个词，剥夺了我为库珀想象的生活路线图，扭转了前进的方向，哪怕这一变化是微乎其微的。

不就是这样吗？在纸上写下的字没有任何力量。这又不是死刑判决，没什么可怕的。何况，即使大声说出来，也不会对一个孩子有什么改变。

然而，当杰米、库珀和我走出那个房间时，一切都变了。我就像在雾中行走，试图摸索一条出路。我甚至觉得我们看起来和平时不再一样。“自闭症”这个词仿佛被刻在了我们的额头之上，成了我们的一个标志。给一个小男孩贴上这么永久的标签，让我感到不公平。当我们穿过候诊室时，我察觉到旁观者的目光。他们看出来了吗？是我多疑了吗？他们是在怜悯我们吗？

先前获得答案所带来的那种如释重负的感觉正在慢慢消散，但我说不上来取而代之的是什么情绪。我本该找到自己，现在却迷失了方向。

当杰米把库珀固定在汽车座椅上时，我感谢一切都结束了，等待着大哭一场。我终于得到了答案，再也没有什么疑惑了。但是，我的眼泪没有流下来。相反，我感到麻木。现实的终点线越拉越远了。

我扣上安全带，回头瞥了库珀一眼。他已经在用杰米的手机看动画片了。根据手机发出的声音，我就知道他在看什么。他坐在座位上，嚼着杯托里的零食，对着屏幕上的朋友微笑，看起来一脸满足。但他不知道刚刚发生了一件大事。他只是很高兴能和爸爸、妈妈一起回家。他一点也没有改变。

当杰米把目的地输入导航系统时，我盯着他看。我想从我丈夫的脸上寻找一个反应，一个悲伤的迹象。总之，什么都行。自从我们离开观察室，他就一直默不作声。

我想拔出他情绪的塞子，于是问道："你感觉怎么样？"

但他仍然不动声色，将自己的注意力集中在路况上："我想，应该是悲伤吧。至少现在结束了，但可能没有他们说的那么严重。"

他的声音在驾车的路上越来越小，我甚至都懒得回复他。当我们在城市中穿行时，我感到孤独。我在想，眼前的这个男人是谁？他对我来说就像是一个陌生人。我们刚刚一起经历了一件令人疲惫不堪的人生大事。我感觉到自己好像上了战场，而他看起来却泰然自若。

他对一切都缺乏感情——自闭症、我、生活，这对我来说是一个大问题。我一边凝视着前方，泪水一边在我的眼角汇聚。他对于我们刚刚经历的事情，怎么能无话可说呢？这可是他的第一个孩子呀！在新生儿照片中的那只棒球手套正是他在我怀孕时就已提前买好的。当摄影师把蜷缩一团的库珀放进手套里时，杰米骄傲地微笑着。但如今的他怎么一点感觉都没有了？

我想让他靠边停车。我想听到他说他很伤心，也很害怕。我想让他拥抱我，让我们俩都哭一场，哪怕只有几分钟都可以。接着，我们再一起迈出成为自闭症父母的第一步。我想听到他说一切都会好起来的，我们会一起渡过难关的，他会负责的……但他什么都没有说。我不知道我为什么会在这个时候还期待着这些。

然后，我突然意识到了一件事。没错，库珀的确患有自闭症，但除了我们和那些医生外，其他人都并不知情。

“我们走吧，杰米。你一直想搬去阿拉斯加，我们可以和孩子们住在小木屋里。你可以钓鱼，我可以远程办公，库珀可以做他自己。谁在乎他不会说话呢？只有当我们随时随地想起自闭症的时候，它才会如影随形。”我们开始幻想一种全新的生活。

“那再好不过了。我们可以靠山吃山，靠水吃水！”

我们开怀大笑，因为我们知道自己都是糟糕的园丁。有那么一瞬间，我真的认真考虑过这个主意。我当时产生了“要么战斗要么逃跑”的心理反应，然后我选择了逃跑。在剩下的3个小时的车程里，我努力让自己有事可忙，就像我总是在逃避自己的情绪一样。我不想在回家前崩溃，也不想库珀看到我哭。我在网上订购了一些关于自闭症和语言障碍的书籍，还加入了一个自闭症妈妈的聊天群，我把接下来几天要做的事情列了一份清单。既然我们已经有了诊断结果，接下来就得拨打那些电话，发送那些邮件。

我打电话给我妈妈，向她宣布了确诊的消息。我知道她早就守在电话旁等着我的来电了。妈妈和我们生活中的几乎所有人一样，坚信库珀没有患自闭症。她在一所学校的办公室工作，经常安慰我说，库珀与她见过的自闭症儿童截然不同。当我说出“没错，就是自闭症”这句话时，我听到她突然哭了起来。我的妈妈是一个爱哭的人。这些年来，我时常感到压力，因为我需要为了她而掩饰一些糟糕的事情。但这一次，我直接说出了实情。这个问题不能被掩饰。我把真实情况和心理学专家的原话统统告诉了她，包括重度自闭症、能力的丧失、特殊需求、无法说话、终身照料……这些词一个比一个沉重。我挂断电话时，感觉糟糕透顶。第一次大声说出这些话让我觉得很混乱，甚至觉得自己像一个叛徒。但我还是逼自己全盘托出。我看出了迹象，发出了信号。而且，我的判断是对的。明明知道自己是对的，但宁愿自己大错特错，这真是一种奇怪的感觉。

接下来，我拨打了爸爸的电话。尽管他知道我们去会诊了，但当我和他宣布这个消息时，他似乎还是感到困惑不解。我向他解释了我对自闭症的认识，以及这一疾病会在社会、认知、甚至情感上对他的孙子产生怎样的影响。但他不理解我说的话，反问我库珀会不会长大之后就自然好了。当我不得不回答“不会”时，我的心碎得更厉害了。爸爸却用老一套的说辞回复我：“凯特，相信上帝。我会为库珀祈祷。我相信他会说话的。”我在挂断电话后，感到十分生气，我厌恶这样的说辞。虽然爸爸是出于善意才这么说的，但我感觉不到一点儿帮助和慰藉。

几个小时后，我们终于回到家，孩子们都被放进了被窝里，最后还是到了面对情绪的时候。我关上卧室的门，爬上床，对着枕头尖叫，直到喊不动了才停止。我知道杰米今天晚上不会来睡觉了。我也因他而伤心，我的情绪太激烈了，他似乎在我悲伤的时候刻意回避了我，感谢他能避免情绪的巨大起伏。当我留他一个人在沙发上时，他刚刚倒了一杯饮料，我知道这将是我在明早之前最后一次见到他。我抱着枕头，在脑海里反复发问。为什么？我想知道为什么。为什么是我的儿子？为什么不是别的孩子？为什么是我？为什么是我们家？

“为什么”就像一个黑洞。每一次发问都让我感到不公平。我这一生没有做过坏事。我没犯法，也没做过什么可怕的事。我在怀孕期间服用了产前维生素，饮食也很健康，甚至还锻炼身体。我想到了那些在怀孕期间没心没肺的妈妈们，她们吸毒或酗酒，却生出了完美的婴儿。所以，为什么偏偏要落到库珀的头上？

我还试着和上帝讨价还价。我和他的关系并不是很好，但我还是试图和他做个交易。只要让我的孩子没事，尽管拿走我的声音、我的胳膊、我的腿，或者直接惩罚我，都可以，求您了，上帝……

我任凭自己的情绪咆哮着，不做任何事情来平息。我让自己一点一点地慢慢崩溃。我先是感到愤怒，接着是悲痛，然后是担忧和恐惧。当我想到我生命中遇到的所有和我儿子同龄的孩子都很健康时，嫉妒的情绪也混杂在我的心头。我觉得自己遭受了轻蔑，感觉到目前为止错过的所有经历都被剥夺了。那未来会怎样呢？没人能告诉我，也没人敢预测。

有那么一刻，我质疑了诊断的结果。我说服自己这是错误的，也许不是自闭症，而是别的一些更加简单的情况。也许他只是需要补充某些维生素，或者只是对某类食物过敏。也许，库珀的身上有一把神秘的锁，而我们仅需要找到钥匙，然后“啪”的一声把它打开，他就会没事了。也许，心理学专家太年轻了，所以他对库珀的诊断是错误的。也许，库珀的自闭症只是轻度（重度自闭症比“高功能自闭症”还要可怕得多）。也许，库珀的病情会逐渐好转，过上一种正常的生活。也许吧。

我劝解自己，库珀会开口说话的。在那一刻，我不得不这么做，因为他永远无法跟我说话这件事情比其他所有事情加起来还要恐怖。所有的情绪似乎都在我心里盘旋。我感到狂躁和失控，这是一种我不习惯的感觉。

过了很久之后，我才明白我当时的情绪是悲伤，但并不是那种典型的悲伤。让我悲伤的不是死亡，而是我为美丽的儿子所设想和所期待的生活。我拿出手机，搜索一个以前从未让自己搜索过的术语——“无语言重度自闭症”。在接下来的几分钟时间里，我在网上看了一些孩子们尖叫、摇晃和挥动双臂的视频，还读了一些说孩子们永远不会真正长大的文章，比如永远不会上厕所，变得具有攻击性，甚至成为危险分子。我感到很不舒服，更感到害怕。那些孩子都不是我的乖儿子，我们的未来不可能会变成这样。

呜咽的声音使我浑身发抖，我想象着儿子的青少年时代。在那些复杂的岁月里，我们一起经历所有的重大仪式：开车、第一次约会、初吻、偷喝啤酒。悲伤的我陷入更深的无底洞里。我还想到了毕业舞会、毕业典礼、第一份工作等。那些我曾认为理所应当的设想是无止境的。但现在，我什么都不敢想了。

我的儿子还不到四岁。为什么我要这样折磨自己，想着每一个失去的希望和梦想？我试着面对我的恐惧。就一秒钟。我想到库珀不会和我说话，永远都不会。我想着二三十岁的他会是什么样子。我想到等他长大成人后，帮他刮胡子。最后，我实在想不下去了，我不得不停下来。我过早地陷入自己的悲伤之中，我不得不退回来。

我在入睡前想到的最后一件事就是我儿子是万里挑一的。我知道自闭症不会消失，我知道没有治愈的办法。但我在网上读过一些故事，知道有些孩子会变好，取得进步，甚至开始说话。他们开始了解这个世界，想成为其中的一部分。我迷迷糊糊地告诉自己，库珀一定也会这样，一切都会好起来的。

第二天早上5点整，我听见“啪嗒啪嗒”的脚步声向我的卧室传来。我伸手去摸杰米，但他不在我的身边，他没上床睡觉。我继续闭着眼睛，那熟悉的脚步声就像往常一样，来到我的床边。当有一只手抚摸我的脸颊时，我笑了。当我睁开浮肿的眼睛时，库珀抓住我的手，想要把我从床上拉起来。我们手牵着手，一起走到客厅。他直接把我带到DVD播放机前，拉着我的手，一言不发地告诉我自己的需求。在我让“托马斯小火车”在屏幕上发车之前，我紧紧地抱着库珀，为前一晚的担忧道歉。当我回想起自己的想法时，内疚涌上心头。我发誓要把这些阴暗的想法都藏在心底。我宣布软弱的时刻过去了。

我坐在客厅里一边喝着咖啡，一边看着库珀转着圈跳舞。我感觉自己在某种程度上获得了重生，最低潮的一晚似乎让我重获新生，我感到很有动力。我自认为已经跌到了谷底，现在是时候振作起来，帮助我的儿子了。我是一个坚强、聪明、忠诚、有能力的人，我可以让这一切变得更好，我拥有让这一切变得更好的力量。既然我们目前有了诊断结果，接下来就应该更加容易了。有人（我虽然不确定是谁）就像给我开出某种处方一般，指示我该怎么做。库珀不是第一个被诊断出患有自闭症的孩子，也不会是最后一个。我会帮他的，就是这么简单。根据我的推算，他上幼儿园的时候就不会有问题了。这是我自己定的一个目标：他到上幼儿园时就会好起来的。

至少可以这么说，接下来的几个星期是很奇怪的。你知道那句老话“起个大早，赶个晚集”吗？这就是我当时的感觉。我已经为自闭症的马拉松做好了准备。我穿好跑鞋，训练有素，站在起跑线上，等着枪响，却没有终点可冲。我们所在的地区已经向库珀提供了所有的帮助。他正在接受语言障碍治疗，秋天就要上幼儿园了。但对我来说，这还远远不够。我看得出他还需要更多的帮助，但我不知道是什么。我觉得自己很失败。

接着，奇迹发生了。我接到了2周前诊断库珀的诊所打来的电话。电话里的女士称他们能极大地改变库珀的生活。

她向我介绍了他们的项目——“日间治疗”。库珀可以在他们那里学习日常生活技能，比如如何坐下来玩耍，以及如何与像他一样的同龄人在一起相处等。库珀还会在那里接受其他治疗，包括作业治疗、语言障碍矫正治疗和饮食障碍矫正治疗。电话里唯一紧急的信息是，他们需要我们在10月1日到达现场。只有1个月的时间了。

之前的学区和无数的语言治疗师都没有像那位女士那样，给过我如此巨大的希望。我觉得她是在给我开空头支票。毕竟，我们住的地方离这家诊所有3个小时的车程。

我知道电话里的自己听起来犹豫不决。杰米和我在当地都有工作和朋友，我们也有自己的房子，搬家绝非一件简单的事情。而且，杰米真的很喜欢这里。

那位女士解释道："我们越早开始帮助这些孩子越好。早期干预服务至关重要。"我知道她是对的。我做了足够的研究，明白让孩子们越早得到帮助，他们的未来才会越明朗。一些专业人士甚至将这一阶段称为"窗口期"，即一扇很快就会关闭的窗口。

最近，这个窗口引起了我的注意。一个好友在听闻库珀的诊断结果后联系了我，告诉我她有一个朋友认识一位知名大学的顶尖神经学家。我给这位专家发了关于库珀的邮件，向她寻求建议。但我在信中没有抑制自己的绝望之情。我告诉她，他再过几个月就满4岁了，但仍然不会说话，不会交流。我谈到了库珀吃得很少，睡得很少，从来不愿意坐下来，训练他上厕所也是不可能完成的任务。我告诉她库珀是那么聪明伶俐，但我觉得他离我越来越远了。当我向一个陌生人倾诉我的恐惧和担忧时，我的希望也越发高涨。

专家几乎在第一时间回复了我："大脑会在4岁时停止发育。你已经错过了帮助你儿子的时机。对不起，真的没有希望了。"

我读完后，脸色铁青。对一个母亲这么说她的孩子，真是太恶劣了。不过，我明白了，这不会是第一次有人因为库珀的诊断结果和年龄而限制他的未来。在这之后不久，一位语言治疗师告诉我，如果一个孩子到4岁还不会说话，那么游戏就结束了。另一位语言治疗师则告诉我，要为没有言语的生活做好准备。还有一位告诉我，像库珀这样的孩子最后只能进入特殊机构。对于父母们来说，这些言论无疑都具有毁灭性的打击。

但后来，我学会了不让这些人为我孩子的未来设限。专业人士时刻都在准备帮助我们。但即便是他们，也没有水晶球，更没有能力预测孩子们的未来。不管他们的判断最终是对还是错，我们不能任由他们做的一件事就是摧毁我们的希望。

我在电话里告诉那位诊所的女士："是的，我们会去的。"我当然无法控制儿子的自闭症，但我可以控制这件事。我可以多给他一次机会，我可以再试一件事来帮助他。如果我能给有特殊需求的孩子的父母一条建议，那就是多多尝试其他的方法。我还有一则笑话可供分享：也许是因为我们经常搬家，也许是因为我们填错了收件地址，自闭症手册的快递丢失了。如果我以后有幸写一本自闭症手册的话，那我一定会毫不犹豫地加上这一句："再试试另一种方法，一定还有其他的方法。"

我挂断电话后，下楼来到了杰米的办公室，把这个消息告诉了他。我跟他说了诊所的条件和治疗方法。"我们要准备搬家了，"我说，"你不要在这件事上反对我。请别和我吵架，我必须帮助库珀。"

在我的婚姻生活中，每当需要做出重大决定时，杰米通常会和我站在一边。我们会仔细研讨，权衡利弊。但在这个问题上，我拒绝任何否定的回答，我唯一关注的是库珀。我们讨论了搬家物流和之后如何生活的问题。我们将不得不和他的父母住在一起，因为单凭我的工资，我们很可能买不起房子。此外，我们仍然需要每天将索耶送往托儿所；我需要申请岗位调动；我们的房子需要卖掉……需要考虑的事情看起来是无穷无尽的。但我并不在乎，因为我相信我们会顺利地安顿下来的。

虽然杰米没有和我争吵，但我知道他不想搬家，我也知道他对我的怨恨在积聚，因为我能感觉得到。我分别给我的老板、一个房地产经纪人，以及杰米的父母打了一通疯狂的电话，终于正式敲定了。我可以转到双子城继续为同一家公司做同样的工作；杰米是一名自由职业者，他本就可以在任何地方工作。至于我们的永恒之家，我和杰米早已将它翻新和打造出了现代化的模样。这所房子在第一次向买家展示后，就成功售出了。这一切都是命中注定的，几乎水到渠成。

不到一个月后的一天，我们迅速搬了家。搬家公司的两辆卡车装满了货，带着两个男孩和两条狗，最终停在杰米父母家的门口。第二天，库珀在十月的第一天开始了新的治疗项目。一切都在有条不紊地开展着。

毫不夸张地说，接下来的几个月犹如一团乱麻。当我和杰米在一个新环境中努力开始我们的生活时，我们之间的压力越来越大。杰米带头帮我们找房子，同时继续发展他的新业务；我一边工作，一边继续负责库珀的治疗。我每天大部分的时间都花在打电话和文书工作上，感觉这反而成为了我的全职工作。我原以为搬家才是最困难的部分，没想到战斗才刚刚开始。我们从库珀的新治疗中心得知，自闭症儿童的家庭在得到帮助之前，必须先通过层层关卡。但我感觉前方有成百上千层关卡。四年以来，我一直在为诊断结果而奋斗。现在，我又要花上很多时间来证明诊断结果是真实的，其中涉及的文书数量近乎天文数字。每天总会冒出另一份文件需要签署或评估需要完成。我填写了太多次库珀的出生信息，以至于后来有人问起我的生日，我都常会脱口而出他的出生日期。

我自始至终都觉得自己正朝着一个不断移动的目标前进。不过，我们很快又取得了胜利。我发现，除了每周参加日间治疗，库珀还可以参加当地学区为三岁自闭症儿童举办的学前教育项目。他们还提供交通服务。杰米和我从事的都是全职工作，日托对一个有如此巨大需求的孩子来说不再是一种选择，而是一次重大的胜利。库珀会在早上接受日间治疗，然后乘公共汽车去幼儿园，我和杰米可以工作一整天。而且，我们还找到了一栋漂亮的房子，配有一个像样的院子和秋千。这栋房子位于公园的附近，离杰米父母的家也很近。这样的生活方式本应该会为我和杰米带来满满的幸福感，但事实并非如此。我想，在我们的内心深处，没有一个人想去那里。我们都在怀念过去在乡村的简单生活。即使我和杰米身处一个房间里，我在很多时候仍然感到孤独。我希望从他父母的房子搬到我们的家能帮助我们重回正轨。

“我相信有自闭症孩子的父母是幸运的。”

当库珀的新老师说出这话时，我只是盯着她看。到了自闭症之旅的这一阶段，没有一个人对自闭症或我儿子患有自闭症的未来说过任何积极的话。我们听到的一切都是黑暗的，情绪也很消沉。虽然我是一个典型的乐天派，但长时间的悲观情绪一直在折磨着我。

我常常会想，倘若当初有一个人对我们儿子的未来做出积极的评估，那么对于我和我们家庭而言是否会更加容易一些。倘若他们没有告诉我们所有库珀可能永远做不到的事情，而是说:“就像世界上的大多数事情一样，一开始会很困难。你会屈服，甚至会崩溃，但你最终会挺过去。这将会是一段伟大的经历，你的孩子也会很伟大。”

然而，这样的事情从未发生过。所以你可以想象，当这位年轻而亲切的老师称我们是幸运儿时，我有多么惊讶。我在环顾四周后，才敢确定她是在跟我们说话。库珀刚刚在教室里扔起一把儿童椅，差点砸到电子白板。杰米正在努力控制库珀在新环境所制造的混乱，而我正在集中注意力听老师的演讲。当另一把椅子“砰”的一声砸到墙上时，我对她挤出一个假笑。我们确实让大家意识到了我们的存在。

那天是普通的社区小学举行的开放参观日，到处都是吵闹而快乐的孩子。但我内心的想法很复杂。我们当时正在参观库珀第二天就要加入的学前班。我心想，这位新老师可能以为我在为不会说话的儿子来到一个新城市的学校而感到焦虑。当然，我很紧张。库珀无法表达自己的需求。我担心他能不能开口要水喝，担心他一个人走丢了，担心人们会对他不好。但我的担忧远远不止于此。

我感到很难过，这不是我想象中的幼儿园。先是把我可爱的儿子送去参加半天的特殊教育课程，然后把他送到一辆为残障人士准备的客车上，在一天剩下的时间里参加自闭症治疗课程。我一直在想我们究竟是如何走到这一步的。这和我之前的设想大相径庭。

我在社交网络上看到我朋友上传了小女儿的照片。她的女儿在一周前开始了幼儿园的新生活，和库珀的生活完全不同。她举着一个巨大的牌子，上面写着："我上幼儿园的第一天！"朋友的配文是关于她们母女挑选了喜爱的双肩包，以及她看到黄色校车时的兴奋之情。

但对我们来说情况完全不同。库珀不知道他要上学了。他不在乎书包，更不可能去购物。他已经快一年没走进商店了。当大多数孩子学习字母和数字时，我们只希望库珀能学会坐下来、集中注意力和说话。

就这样，我的儿子进入了他的第一所学校。虽然我希望这能帮助到他，但这样的情况仍然让我感到心碎。

但我们很幸运。现在回想起来，我意识到一个事实：我们的儿子当时还不到4岁，差一点儿就超过了学区自闭症学前教育项目的入学年龄限制。这简直是天赐良机，因为他以前上过的每一家托儿所都劝退了他。这对于有重大特殊需求的孩子来说太常见了，这也是为什么通常父母中的一方必须辞职来照顾孩子。但对我和杰米来说，我们都想工作，也都需要工作。

当我们在开放参观日当天提前30分钟到达学校时，印入眼帘的是一块巨大的牌子，上面写着“欢迎小朋友们！”，绿色霓虹灯箭头指向一条长长的走廊，走廊上有一排小储物柜。我很紧张，心揪得紧紧的。我们在上一个学区的经历并不如意。我们甚至觉得“自闭症”这个词是肮脏的。我每次都需要在电话里解释库珀的诊断结果，举步维艰。向前一步，接着后退两步。所以，我不确定应该对新学校抱有什么期待。

库珀没有看到霓虹灯箭头，也不明白我们为什么会来这里。他不在乎见到他的新老师，也不在乎看到他的新教室。事实上，他当时的心情很不好。他一看到长长的走廊和开阔的空间，拔腿就跑。杰米追了上去，转过拐角，我就望不见他们了。杰米和我经常采取“分而治之”的策略。他去找库珀，这样我就可以去见老师，为明天做好准备，希望最终能鼓励库珀顺利走进他的教室。当我沿着箭头向学前班走去时，我觉得自己就像一个冒名顶替的人，感到很不自在。其他的父母都带着他们的孩子在我的周围，这些孩子和库珀一般大，小小的身体背着书包在我的身边行进着。有的孩子紧紧抱着自己的妈妈，有的孩子则从箭头蹦向下一个箭头。此时此刻，我特别想让库珀和我走在一起。

我在抵达走廊尽头时，朝一间教室里瞥了一眼，里面坐满了父母和孩子，洋溢着只有一群三四岁的孩子才能带来的活力。班级里正在播放音乐，几个孩子在教室中央的蓝色垫子上跳舞。我听到一些童言，他们正在谈论着课桌和午饭。当我看到这一幕时，泪水涌入了我的眼帘。这不是一间属于库珀的教室。我心知肚明，但我还是想进去。我甚至已经迈进了一步。我想，如果我就这么进去，或许我们还有融入的可能性。

“斯温森女士吗？你是库珀的妈妈，对吗？我从你发来的照片上认出你来了。”

我转过身去对着右边的门，向那位和蔼可亲的年轻女士点了点头，我猜她就是库珀的新老师。她的笑容灿烂迷人，这正是我期望中的老师模样。

“欢迎！我们很高兴你们能来。库珀在哪儿呢？”

我被问了个正着。我和她一起离开了那群喧闹的孩子，走进了一个安静得多的教室里。当她在我们身后把门关上时，我瞥了一眼门边的小牌子——“自闭症儿童教室”，我感到一阵悲伤。就凭这一步，我们的标签落实了。我数了数，教室里还有四户家庭。我们的确是与众不同的，但我们并不孤单。

这间教室和隔壁的教室一样，颜色也很鲜艳。中央有几张小桌子、几把小椅子和一块小地毯。角落里的天花板上挂着一个大秋千，四周还散落着几个供孩子们休息的豆袋沙发。我不再难过，只是感到明显的差别。孩子们少了，没有音乐，灯光似乎也更暗了。其他的父母都在窃窃私语，似乎想要保持匿名的状态。这和隔壁吵闹、兴奋的教室大不相同。

老师说班上一共只有五个孩子。这很好，因为每个孩子都会得到一对一的关注。她还告诉我，他们将专注于日常生活技能、沟通和同伴互动的培养。她递给我一个标有“自闭症”的文件夹。我坐下来，等待库珀和杰米。他们显然还在学校的大厅里走动。我把文件夹拉到胸前，转身观察其他四个家庭。在此之前，我不认识其他患有自闭症的人。我知道自闭症的诊断率是五十九分之一，但我不知道那些孩子都在哪里。我和杰米肯定没见过他们。对我们来说，遇见他们的概率感觉只有百万分之一。

我注意到其他四个孩子也是男孩，他们都待在父母的身边，分散在教室的不同位置。一个在玩拼图，另一个正在爬上那个巨大的秋千。我对这些孩子的平静感到诧异。他们都能与自己的父母互动，我甚至听到了几个孩子说话的声音。我突然开始紧张起来，我走对教室了吗？这不是我们了解的自闭症，至少不是我所熟悉的。

库珀那充沛的精力是我一生中从未遇到过的。他不会坐下，永远不会。他会在凌晨四点起床，晚上九点睡觉。在这之间，他从来不会停止奔跑。即使在看电视的时候，他也会来回踱步，蹦蹦跳跳。他不说话，当然也不玩耍。我感到害怕，我非常希望这次能在这里取得成功。

我在心里告诉自己，也许一切都会好起来的，也许他会进入教室，也许他想荡秋千或在豆袋沙发上打滚。忽然，门被猛地推开，撞到了墙上，库珀和杰米出现了。我的金发小男孩在他的重要日子里穿着他系着纽扣的衬衫。他看到我时，脸上露出了一个巨大的笑容。他立刻扫视了整间教室，打量了一下周围的环境，然后就飞奔起来。他像龙卷风一样，把每个储存箱里的东西都拖了出来。接着，他又把一大盆蜡笔扔在地毯上。他甚至把老师桌子上的文件一股脑地推到地上。

接着，他从一个地方跑到另一个地方，弄得一团糟，杰米和我跟在后面。我能感觉到我的焦虑正在飙升，汗水聚集在我的腰背之上。所有的目光都转向我们，教室里突然变得异常嘈杂。我让杰米跟在库珀的身后。与此同时，我和老师谈了一会儿。她似乎一点也不介意我们制造的混乱。我立刻和她产生了共鸣，她很高兴能教导我的儿子。直到现在，我才有了不同的感觉。库珀以往的日托老师和治疗师带给我的只有恐惧和焦虑，但我感觉得出来这位女士与他们完全不同。

“像库珀这样的孩子很特别。如果我自己的孩子生来就患有自闭症，我一点也不会难过，这会让他们与众不同。”

她再一次击中了我的心灵。我吃了一惊。我张着嘴，继续盯着她看。她难道是在开我的玩笑吗？

随着开放日的结束，其他四个家庭最终陆续离开了学校。杰米把库珀带到车里，等着我填写最后一份文件。我需要再问老师几个问题，当我坐在教室等待的时候，我感到无比孤独，也为库珀感到孤独。对于患有自闭症的孩子来说，他们很难与其他孩子打成一片。而对于患有重度自闭症的孩子来说，就更难了。我们的同龄群体本身就已经很小了；但在开放参观日之后，我觉得它变得更小了。我儿子和这些孩子不一样，大不一样。

我试探地问老师："其他男孩，他们也像库珀一样患有自闭症吗？"

"对。"她点了点头。

"感觉我的儿子是里面最……有活力的。"

"他们有各自的问题和优势，我们只需要找到库珀的问题和优势。凯特，你是个幸运的妈妈。他是个很棒的孩子，我很高兴他能在我的班上。"

"但你能帮助到他吗？"

"我会尽力的。"

我走到门口时，转过身说："他不会告诉我他一天过得怎么样，比如他很伤心或者讨厌他的午餐之类的。我不知道他做了什么。他可能会生气。如果你看出来了，请对他好一点。请像爱自己的孩子一样爱他。他太脆弱了……"

说完，我就在老师的面前崩溃了。我被赐予了最珍贵、也最脆弱的礼物——一个孩子，但这个孩子并不总是那么容易被理解，也不容易被教导。我所能做的就是相信这个世界会善待他，把他完好无损地交还给我。

我非常害怕。

就在我们搬进新居后不久后，我收到一封意外的电子邮件，让我潸然泪下。

> 在过去的几周里，我们的摄影公司一直在征集受自闭症影响的家庭报名参加我们的活动。我自己有两个患有自闭症的孩子，我亲身体会到要给我的孩子们拍一张全家福或个人照片是多么不容易。有成千上万的事情陷入困难……感官过载，无法静坐，走神，极少的眼神交流……有时最难的部分是找到一位“懂行”的摄影师。这次一共入选了十五个家庭，但您亲爱的朋友提交的关于您的报名内容很打动我。我觉得自己和您的故事有千丝万缕的联系，就像它是我的一部分。我读完后，“就您了”三个字跃入我的脑海。我想和您合作！

当我收到这封邮件时，眼泪从我的眼中流出。我心中满怀感激。感谢我的朋友能帮我们提交申请，感谢选择我们的女士。这是我第一次觉得有人看到我们有多么努力。摄影师在与我通电话的过程中，立刻赢得了我全部的好感。她是第一个从母亲的视角向我讲述自闭症的人。她真诚坦率，对她的孩子有着满满的信心和爱。她和我谈起那些不眠之夜、疲惫、恐惧和担忧，这些都是现在的我还没有足够的信心大声说出来的心事。她和我分享了很多真心话，我对此感同身受。我找到了一个能理解我的人。她还谈到了自己的悲伤，这是一个直到现在还没有人和我公开讨论过的话题。

我刚和她聊了五分钟，就觉得我好像认识她很多年似的。我问了很多问题，也聊了很长时间。我们因为共同的经历而联系在一起。最后，我鼓起勇气问出了最后一个问题：她是如何接受这一现实的。对于每一个拥有特殊需求的孩子的父母而言，“接受”这个词经常会从他们的口中说出。接受“为什么是我的孩子？”这一问题，接受他们可能永远不会做的事情，接受这一切永远也不会消失……对我来说，接受是终点，至少我是这么想的。

我问她是在什么时候选择了接受。库珀只有四岁，我不敢相信这就是我们永远的样子。

当她告诉我答案时，我们都哭了。

“五年，”她说，“我花了五年的时间才走到今天。”

“孩子出生后的第五年吗？”

“得知诊断结果后的第五年……”

我喘了一口粗气。这不可能是真的。我难道还要在这种乱七八糟的状态中困上五年吗？她一定是搞错了。

一周后，我们一家人在当地的一个农场里见到了她，拍下了她慷慨赠予我们的全家福。当天，库珀穿着亮黄色的裤子，手里一直紧紧拿着一张8×10厘米尺寸的相框，不肯撒手。这是他那天做的第一件怪事。我们无论去哪儿都会带着我们的家庭合照——没错，我是说每一个地方。索耶系着一条黄色领带，眼睛被棒球砸得青肿。杰米和我刚刚大吵一架，双方陷入了冷战。可真是不是一家人，不进一家门。

我们当时站在桥顶上摆姿势拍照。库珀突然急了，把手里心爱的相框从河边扔了下去，“砰”的一声落入水中。当我们四个人转身看着相框漂走时，摄影师拍下了一张美丽的照片。现在回头看，这是一个具有象征意义的时刻，就好像我们的过去正在逐渐离我们远去。

这些照片非常完美，展现了一个美好、幸福的四口之家。我一边喝着红酒，一边细细观摩着样片，一边纠结着要把哪一幅画挂在我们新家的墙上。照片上的我们看起来很开心，但没人会知道，我的婚姻已经结束了。

第六章

跌宕起伏的婚姻

在库珀被确诊后不久，我在网上查到一项研究，说有特殊需求的孩子的家庭的离婚率已经超过了80%。这项来自某所高校的研究成果以广告的形式出现在我的社交媒体上，就好像我的手机一早就知道了我的家庭在关起门之后会发生什么似的。我通常从来不在网上打开这类消息，这次我却点开了。

没多少人知道我和杰米结婚、离婚、复婚的历史。我们自己都不怎么谈论这件事。实际上，就在不久前，我还参加了一个在邻居家举办的招牌彩绘派对。这是一项很有中西部特色的活动，中年妈妈们会一边喝酒，一边在墙上画漂亮的画。当时，我正在木牌上写下我们的姓——“斯温森”，但当我写到“组建家庭的日期”时忍不住笑了，因为我不确定到底应该使用哪一个日期：是我们结婚的2008年，还是再婚的2018年？既然一切都已回归原状，我还是选择了2008年这一日期。结婚、分居和离婚花了大约2年，也消耗了我们大量的时间、精力和金钱，但我们最终仍然没有分开。我们仍然是一家人，只是不同寻常的一家人。这两年的分别也有一些好处，为我们提供了一个急需的暂停键，缓解了我们之间不断积累的压力，提供了清晰的思路和时间来审视我们双方都需要什么，以及让我们清楚最终什么才是最重要的。

答案是我们的孩子，以及给他们最好的生活。

现在，当其他夫妇在倾听我们的故事时，他们往往在喝了几杯之后，会表示对我们已经离婚了的事实震惊不已。我们“真的”经历了这件事，而且我们“真的”在几年后痊愈了，重归于好。

他们嘲笑杰米在船上钓鱼的时光，嘲笑我一边喝着马提尼一边修剪草坪的故事，嘲笑我为了确保库珀没有破坏我的家，每隔60秒就停下来例行检查一次。他们欣赏我一个人买下了一套房子，我和他们也一直维系着友谊。杰米时常会在我们聊天时插上一嘴“我恨她”。这句话总会引起一阵笑声。但他真的恨过我，我也恨过他，但你们现在并不知道。

有些朋友（通常是妻子们）常常会把我拉到一边，悄悄问我是否和其他人约会过，当然也问过我，杰米是否和其他人约会过。他们想知道有趣的故事或所谓“丑闻”。通常情况下，丈夫们稍后会继续询问杰米，问我们中是否有人按下了婚姻的暂停键。在我听来，他们口中的暂停键就像是一张能和其他人约会的免费通行证。

我和杰米都明白，大家对我们非传统的爱情故事很感兴趣。他们看着我们现在很开心，以为我们的婚姻生活之所以更好了，是因为库珀过得更好了。他们自以为是自闭症导致了我们的离婚。

表面上，大家的这一观点的确不无道理。我们可能也曾这么认为过，但答案是否定的。自闭症并不是我们离婚的原因。他没有出轨，我也没有撒谎。事实上，我们仍然深爱着对方。这些年来，我们变成了陌生人，走在几乎没有交集的平行道路上。分开对于当时的我们来说是更加容易的选择。

我向杰米提出了离婚。是的，是我主动提出的。虽然杰米有爱心、善良、慷慨，但他对库珀的真实情况浑然不觉。当你的孩子被诊断出患有某种疾病时，一个沉重的负担就会落在你的肩膀之上，而我的丈夫却甘愿让我一个人扛下所有。随着库珀年龄的增长和体重的增加，我开始渐渐失去自己，完全被这一切吞噬。帮助儿子的压力实在太大了，我一个人完全承受不了。我的丈夫没有拯救我，所以我才会和他离婚。倘若我必须一个人完成所有的事，那我还真的不如一个人，这样反而会更容易一些。

我们搬进了双子城的新房子。几个月后，生活从表面上看似乎顺风顺水，一切都在有条不紊地进行着。我感谢项目经理的工作，也感谢我的老板给了我灵活规划混乱生活的特权。杰米可以在家中工作，而且成功地发展了他的保险业务。库珀现在4岁了，已经获得了各方位的帮助。他在白天接受治疗，晚上则和“托马斯小火车”和“小探险家朵拉”一起度过（朵拉是他的新宠）。虽然他没有时间和生活中的人相处，但动画片中的虚构角色对他来说变得不可取代。我曾经看过一部纪录片，讲的是一个患有重度自闭症的人起先无法用语言交流，后来学会了说话；他告诉父母，动画片中的人物都是他的朋友。当人们因为我儿子看了太多的节目而羞辱我时，我却对此感到欣慰，因为我知道他并不孤单。

尽管库珀接受了所有的治疗服务，但他在各个方面都没有取得太大的进步。入眠仍然很困难，这让一切都压力倍增。不但如此，他还养成了不少不好的行为习惯（这些都是我从大一些的孩子的父母那里听说过的障碍性行为），比如他随时会从没有上锁的门里跑出去，冲到大街上。一旦有什么事激怒了他，他就会大吼大叫好几个小时。他仍然无法与人沟通，近期的语言治疗师再次将他的沟通能力比作6个月大的婴儿，这一说法让我痛心不已。我继续保持乐观，相信进步终会到来，他只是需要时间。我的任务就是为他争取更多的时间。

索耶现在已经2岁了。我们送他去了一家新的托儿所，这样离他的表兄妹和祖父母更近。他是一个很随和的小男孩，很爱说话，忙着玩他的玩具。他也喜欢去各种地方，不喜欢待在家里。库珀与他的弟弟完全相反。乍一看，我们的生活很美好。我在社交媒体上分享的照片里都是笑脸。但真实的情况是另一番景象。我就像一座即将爆发的火山，对家庭和杰米，以及对我们的关系越来越不满。我感觉自己被生活困住了，全是工作和自闭症。无法抽身离开家的孤独感让我无法呼吸。

我们的生活在库珀确诊后陷入了停滞。我们可以去的地方越来越少，但生活中的每个人仍然希望我们能来参加聚会和活动。因此，我们赴约了，试着装出一副正常的模样，做人们期望我们做的事，但总是以灾难告终。有一次，我不得不提前带库珀离开婚礼的现场。还有一次，我和库珀有一半的时间都坐在卡车里看动画片，而其他人都在烧烤。

这给我和杰米带来了巨大的压力，但杰米仍然想继续参加这些聚会，继续假装一切都很好。我无法佯装，而且我对此很生气。一方面，我希望这个世界能更友善地接纳我们，让我们更容易被包容；但另一方面，我明白我的这一想法不会成为一种选择，也明白这不是任何一个人的错。

我们一边与自闭症抗争，自闭症一边也在消耗着我们。自闭症控制着我们可以去的地方，操控着我们支配时间的方式，而我们只是在为了成为一对合格的自闭症父母而挣扎。多年以来，我们一直在寻找自己的爱好和家庭以外的生活。我们的确努力过。

经常有人问我们为什么不请个保姆。其实，这个问题在我听来十分滑稽。要知道，对于一个不会说话的自闭症儿童来说，很难找到一个合适的保姆。我该如何解释我们的儿子总会四处跑动？哪怕门只有1秒没锁，他也会伺机逃走。这样的话，保姆就不得不安装好几把锁，包括门闩和链条，外加一个固定在高处的翻转锁。而且，保姆还需要时不时晃动这些锁，以防万一。我该如何解释我们的儿子每次只看2小时托马斯小火车视频中的15秒片段，而保姆需要坐在电视机前一遍又一遍地帮忙回放？

即便我能给出看管库珀的详细说明，我们也无法相信任何人，至少在感觉上是这样的。把库珀一个人留给别人，实在太可怕了。他不会说话，也不懂个人的安危。找到一个我可以信任的人来保护库珀是不可能的。我知道并非只有我们有这样的想法，我经常从其他父母那里听到，为自闭症儿童找保姆根本不是一个选择。但如果父母无法休息，生活的其他部分将不可避免地受到影响。对我和杰米来说，这就是我们婚姻生活的写照。

杰米和我成了陌生人。我们的谈话只关于如何照顾我们的儿子。我几乎每周都会带着新的兴奋和期待谈论新的治疗方法。我总会找到一种新的饮食、补充剂或策略来帮助我们的儿子。我读过一则故事：一对父母在孩子的饮食中去除了含有麸质的食物后，他们的孩子就开始说话了；在另一则故事中，一个不会说话的男孩在母亲喂了他一口鱼油后，首次开口说话。我会把这些事情讲给杰米听，虽然他总是心存疑虑，但我仍然满怀希望。我相信自己终会站在幸福的最高峰。然而，每一个新方法都以失败告终。我们的每次失败都造成了金钱和时间的损失。但更严重的是，我的希望会一而再、再而三地破灭。杰米的口头禅“我早就告诉过你”让我觉得自己很愚蠢。怨恨每一次都在心中增加。他讨厌我愿意尝试新事物，而我讨厌他什么都不愿意尝试。

另一个让我们之间产生分歧的问题是如何兼顾索耶的需求。他不应该因为他的哥哥而错过生日派对和家庭野餐。所以我和杰米经常分头行动。一般来说，杰米会和索耶一起外出，而我和库珀待在家里。小儿子和其他孩子一起玩的照片会在我的手机屏幕上弹出，我很嫉妒杰米，也常常为此流泪。但库珀需要我，对我来说，待在家里更加容易。然而，我对杰米的怨恨愈演愈烈，因为他在自己的世界里自得其乐，仿佛我们的生活很好似的。

我感觉自己就像独自坐在过山车上。我会给杰米发关于自闭症的博客文章和视频链接，甚至在网络文章下为他标注标签。但他几乎不看一眼，我也不知道为什么，我觉得这是一件再简单不过的事情。我不顾一切地寻找其他像我们这样的家庭，寻找希望的故事，甚至是克服困难的励志故事。我经常因为试图理解为什么他看起来不像我那样心烦意乱和忧心忡忡而和他争吵。但我强迫不了他和我感同深受。我没有办法让他跟我一起坐过山车。

在我和杰米有孩子之前，我最喜欢他那慵懒的性格。不管我们的生活有多跌宕起伏，我的丈夫都是一副处变不惊的模样。他与我的性情完美适配。但在库珀确诊自闭症之后，他的慵懒成了我最讨厌他的地方。这并不是说杰米不愿意帮忙，他每次都会一起去看医生。当我需要他的时候，他会出现在我的身边。但他至少在那个时候做不到的是，帮我扛起儿子诊断结果的情感重担，这个重担一直压在我的肩膀上。而且，这一担子随着库珀年龄的增长，只会越来越重，但杰米几乎已经麻木了。

我不想一个人承担所有。我想让我丈夫目睹正在发生的一切，看到事态有多么严峻。我尽我所能地让他认识和理解自闭症的范围和严重性。到了某一时刻，独自承受重担变得更加容易了。于是，我做出了决定，接受了后果。我知道杰米想知道他当初娶的那个活泼、无畏、爱冒险的女人到底发生了什么。但他不知道的是，我几乎认不出自己了。

杰米希望我做的事一直悬在空中，这一直是我们之间的问题。他希望我能向前看。他希望我流完眼泪，掸去身上的灰尘，继续生活下去。他不明白我为什么做不到。我的心碎了，但他没有。我逐渐接受这样一个事实：我们的儿子可能永远不会说话，永远不会从高中毕业，永远不会结婚生子。但杰米没有认识到这些。我们不像在读同一本书的不同章节，他甚至都还没翻开这本书。我能感觉到我先前想象的完美生活正在渐行渐远。

不断摧毁我的是年复一年的睡眠不足、孩子的尖叫和攻击性行为，以及生活中任何一个人对自闭症的谈论。我和杰米开始互相攻击，我们成了对方情绪上的出气筒。他叫我“自虐狂”（还有更难听的外号），我说他懒惰、冷漠、逃避。这些指责都是低劣的人身攻击，但也反映了部分的现实。最后，我一点儿也不想说话了，我选择了沉默。我不想再吵架了，不想再难过了，也不想再忧愁了。起初，我以为杰米看出了我只是习惯把一切的挣扎都藏在了心里，但他没有。相反，他似乎因为不用再谈论我们的问题而松了一口气。

最终，压力实在太大了。我开始寻找其他的途径。我找了一些新朋友，她们和我一样受到了伤害，也想要逃离。直到今天，我都说不出我到底在寻找什么。寻找乐趣吗？解脱吗？也许是一种没有自闭症的生活，一种我不再只是母亲的生活。我需要从焦虑和压力中挣脱出来，但我并没有付诸行动。后来有一天，我在无意中听到了一段改变了人生轨迹的对话。

那天是我的生日，我姐姐和她的未婚夫晚上来我家玩。我的父母特地为我接走了两个小男孩。当我从浴室走到客厅时，我无意中听到姐姐和杰米在厨房中的窃窃私语。在过去的一年里，我经常向姐姐倾诉我对婚姻生活的不满。

“杰米，她不开心。她已经和我说了好几个月了。”

“是的，我知道。但我不知道怎样才能解决这个问题。”

“她想离婚，杰米。她告诉我，她甚至已经和律师谈过了。”

他沉默了。我听着姐姐和丈夫谈论我们失败的婚姻，无动于衷。有那么一会儿，杰米似乎在消化这一消息。我以为他会对我离开他的想法表示恐惧或担忧。然而，他接着说道：“她永远不会离开我的。她一个人应付不来。”

我喘了一口气。永远不会离开他？一个人应付不来？

就在那一刻，我认定我的婚姻结束了。我火冒三丈，气得脸色发青。在我独自一人经历了过去4年的地狱生活之后，他竟然厚颜无耻地说我一个人应付不来。我意识到我并没有陷入困境，我还可以继续前进。如果我难过的话，直接离开就好了。就这样，我下定了决心。他本可以直接告诉我姐姐，他会努力让事情变得更好，或者他愿意为我们更加努力，但他没有这样说。他把我说得很软弱，说我没有他就活不下去。我的婚姻就此结束了。

几天后，我正式提出了离婚。杰米以为我在开玩笑，但他很快就意识到我有多么严肃。我先是联系了房地产经纪人，委托他将我们的房子挂牌出售。接着，我通知了我的父母。我请他也主动和自己的父母坦白，但他拒绝了。从那天起，我们便不在同一个房间就寝了。我倒是希望分房睡的感觉会有所不同，但事实并非如此，因为我和杰米很久以前就不再分享彼此的生活了。

现在回想起来，我不认为杰米当初想要结束我们的婚姻，但他也不想挽救我们的婚姻。对我们俩来说，分开确实是一个更加容易的选择。

我们转眼间就离婚了。我很惊讶这一过程是那么轻而易举。我不想要他的钱，他也不想要我的钱。我们仍然共同抚养孩子。房子卖掉了，我买了新房。杰米租了一个朋友的屋子。我们甚至一起去法院做了最后的裁决。后来，我们商量着去吃午饭，但他决定去钓鱼。

我很想和杰米去吃饭，也想维系和他的友谊。毕竟，我们的生活仍然紧密地交织在一起。但我能做些什么呢？我和他对彼此的生活不再有任何发言权。我当初以为当我们最终离婚时，我会有很大的触动。但我此时真的不清楚自己的心情。我进入了麻木的地带，情绪也变得迟钝。我想，我可以从中汲取独自前行的力量。

在接下来的一年里，我们分开生活，带着孩子和狗在两家来来回回。他们大部分时间都和我待在家里，杰米每天都会来看我们。在那几个月里，我们都专注于自我了解和自我疗伤。杰米和朋友们一起在船上钓鱼，摆脱了自闭症的压力，他需要这样的释压方式。直到今天，他仍然为此感谢我，我也很感激他。我们不像大多数离婚夫妇那样，轮班照顾孩子们。我时时刻刻都想陪在他们的身边，我想在晚上为他们掖好被子，知道他们是安全的。

杰米有了他所需要的个人空间。我仍然会在库珀的每次面诊时见到杰米。当我需要他的时候，他也仍然会出现在我的身边。他还会来我家吃晚饭，会向索耶扔棒球，温柔而慈爱地为库珀洗澡。杰米是一个身体力行者。实际上，他在不用向我表现和表达情感的压力后，我们的关系反而变得更加亲密了。

至于我的话，我继续履行母亲的职责，并且挺了过来。我告诉自己，我的心碎了，不再完整。我注定不会幸福。我很不爱惜自己的身体，等孩子们上床后，我会喝很多酒。我也会抽时间锻炼身体，但不怎么吃东西，我还是睡得很少；我埋头工作，交了新朋友。我试图追求一种不同的生活。

离婚不久后的一天，我需要出门办点事，于是嘱托杰米来家里陪孩子们。当我回到家门口时，我没有直接进门，而是朝客厅的窗户里看了一眼。我看到我的前夫和库珀、索耶一起坐在沙发上，三颗脑袋看起来一模一样。我能听到库珀的平板电脑在播放歌曲，能看到两个男孩都靠在爸爸的身上，形成了一幅“父与子”的温馨画面。我的心充满了爱意，踮起了脚尖，想看到更多。然后，我看到了杰米的手机屏幕，显示的是约会软件的界面。我很震惊。我承认我也有一个线上约会账号，但他总是告诉我他再也不会约新人了。我的意思是，如果他给我所需要的时间和关注，我仍然会和他在一起。那他为什么还要找别人呢？我崩溃了。

我想知道，杰米有没有看过我的约会账号主页，上面展示了一个看似幸福的快乐女人，一个看似可以约但从未约过的女人。我们从未提起过这件事。

即使我们离婚了，我们仍然一起度假，和彼此的家人待在一起。我们为了孩子们，一起经历了所有重要的事情。我们甚至一起拍了全家福。我收到样片后，花了几个小时细细观摩着我们的脸。我们是一个不那么传统的小家庭。我试着弄清楚我们为什么不能幸福。为什么我们一家不能维系下去。难道我们还不够坚强吗？这是一个奇怪的现实。我告诉自己，有些人就是分开更好。我们专注于我们的孩子，尽可能给他们最好的生活。我们找到了各自的节奏。我仍然将注意力高度集中在库珀的身上。我因为自己的情绪和失落而感到悲伤。独自面对孩子的残障，不对任何人抱有期望。我发现这样反而更容易。

因此，正如我之前所解释的那样，有一个有特殊需求的孩子不是离婚的导火索。自闭症真的不是问题之所在，它并没有毁了我们的婚姻。然而，自闭症却也展示了两个相爱的人如何在希望、悲伤和现实的平行道路上行走，而这些道路从未有过相交。养育一个残障儿童是一件非常重大的事情，可以改变一个人的人生轨迹。我们所经历的是创伤，这是事实。在这期间，我们一直把照顾儿子作为生活的中心。我们给了他一切机会，只是在过程中牺牲了自己。

在我们离婚的几个月后，我姐姐在拉斯维加斯结婚了。我一个人坐在泳池边，看着一对对幸福的伴侣。我给杰米拨打了电话，求他来我这里。他需要在场，他是我们家族中的一员。虽然我们的关系很复杂，但他无疑构成了我生命中重要的一部分。

接下来是一个可以拍成精彩电影的故事。杰米先是把孩子送到父母那里，然后买了一张夜间航班的机票，连夜来到了拉斯维加斯。

当杰米到达酒店时，我欣喜若狂。没有孩子，没有自闭症，我真的很想念他。当我们把他的行李放在酒店房间里时，他转向我，表情变得严肃起来，说道："我有话要说。"我看得出他喝了很多酒，我猜，这也是他多年来第一次外出度假。他坐在床边的椅子上，弓起身子，向前倾斜，看起来很痛苦的样子。

我不知道他怎么了。一开始，我以为他无法呼吸了。然后，他开始说话："我在飞机上待了4个小时，一直在想一件事——库珀。我和他永远不会有一段正常的父子关系。我的儿子永远也不会跟我说话了。你一直都想告诉我，但我拒绝听。凯特，我就是听不进去，我还没准备好。或许，我还没有让自己慢下来认真思考每件事。没有棒球，没有聊天，他会永远和我们住在一起吗？我们难道要一直这样下去吗？我只是想不明白这是怎么发生的？"

是的，这就是我一直在期待的时刻。他终于有所意识了。然而，我不但没有松下一口气，反而感到沮丧。他为什么要这么久才意识到？对我来说，这已经太迟了，所有的伤害也早已经酿成。我远比杰米早很多很多年就陷入了悲伤的心路历程，我不想再回到起点。

我们坐了一会儿，我坐在他对面的地板上。他哭得很厉害，比我以往见过的任何一个男人哭得都要伤心。他聊到了他和自己父亲的关系，比如他的父亲是如何指导他的运动队，还有他的父亲在他上大学后，也从未缺席过他的一场比赛。接着，他谈到了父子关系，他想像陪他一起成长的爸爸一样，成为一个伟大的父亲。他说，他感觉库珀已经完全从他身边溜走了。

我静静地倾听，理解了他说的每一个字。我能看出来他想让我帮他缓解心中的伤痛。但我做不到，他需要自己好好去感受，然后一个人扛过去。

后来，我们再也没有提起过那一刻。在接下来的几个月里，我有时甚至怀疑这件事是否真的发生过。但我会提醒自己，悲伤并不是一条直线，而是一个过程。当我们按照自己的节奏度过这一过程时，我们就会获得豁免的恩典。在我的心里，我希望并祈祷杰米能赶上我的进度。现在，我只需要多给他一点时间。

第七章

“最严重”的自闭症

如果你在网上搜索“自闭症”，你会发现很多相关的信息，也会发现诸多迹象和症状，以及诊断的工具。你还会浏览到像我这样的自闭症儿童的父母的故事。在这些故事中，你会看到关于自闭症有两个截然不同的阵营。有些家长坚称自闭症是一种天赋，他们不会为了这个世界而改变自己的孩子；另一些家长则公开谈论他们每天面临的挑战和挣扎。我很早就认识到，自闭症儿童的父母通常不是加入这个阵营，就是落入另一个阵营。这两个阵营有一道明确的界限，两边的人时常在网上争论不休，而且双方都没有真正倾听对方的意见，都想知道对方怎么会有如此不同的想法。要知道，我们这些父母明明都在同一条船上，都在抚养同样独特的孩子，却又如此不同。

这些年来，我花了无数的时间试图弄清楚这两类父母的差异，同时也不清楚自己究竟应该站在哪一边。每个阵营的成员都非常爱自己的孩子，而且不留余力地为自闭症发声。哪一方的生活会更加好过一些吗？哪一方可以免于应对孩子的攻击性行为和自残行为吗？还是说一方是半满的杯子，另一方是半空的杯子呢？当大声说出“自闭症”这个词的时候，一方会张开双臂欣然接受诊断结果，而另一方则会抱头痛哭吗？

我真的不知道答案，我一直没琢磨明白。但我知道你不能告诉他人该怎么感受，也不能要求他们以特定的方式做出反应。你更无法预测当一个人的生活瞬间发生天翻地覆的变化时，他会有何反应。自闭症是一种天赋吗？我很难回答这个问题，因为我了解我的儿子所遭受的苦难，而且他还将在余生中继续挣扎。他的生活将充满挑战，而我们的日子可能永远不会轻松。我不知道我的儿子有没有上天赠予的天赋，但我知道他是上天赏赠的礼物，我很幸运可以爱他。不管哪一个阵营告诉我什么，只要我一直专注于我对他的爱，给他最好的生活，那么我的决定和感觉就没有错。不过，有时试图弄清楚这一切确实会让人感到恐惧。

我要请你想象一下自己的生活。你有朋友和家人，也许还有工作。你有自己的爱好，有喜欢做的事情。当你饿了的时候，你会去超市或餐馆。当你需要加油时，你会开车驶进加油站，轻而易举地加满油。你的生活是你自己的，没有人也没有事能左右你的选择。这就是我和杰米成为父母前的样子。我们知道，第一个儿子出生后，很多事情都会暂时地发生改变，但我们以为在我们都安顿下来后，生活就能恢复正常。之所以这样假设，是因为我们的朋友在有了孩子后就是过的这种生活。但我们的生活再也没有回到正常的状态。这个世界不是围绕库珀运转的，也不会接纳他。我们不是在指责；即便有的话，我们也只是在指责自己。

库珀一两岁的时候，我们尚且还可以若无其事地生活。杰米和我会“合作”参加各式各样的活动，比如婚礼、生日派对、家庭圣诞节。一个人跟在库珀的身边，另一个人就可以交际了。如果我们在别人家里，我们会花上大把的时间警惕库珀爬上别人的床，防止他在门口尖叫着要离开。如果我们参加的是户外活动，那我们中的一个人会跟在库珀的后面，他会在想象的边界游荡，最后躲进我们的车里，这样他就可以在DVD播放器上看《芝麻街》的艾摩了。我记得无数次和儿子坐在车里，就像一个陌生人看着窗外的世界。有些人赞扬我们的无私，称我们是了不起的父母；还有些人指责我们不管教自己的孩子；也有人安慰我们，库珀长大后就会没事的。杰米和我都是优秀的演员，竭尽全力地过上我们想象的生活。

当库珀三四岁的时候，我们在他小时候被赋予的恩惠开始消退。一个四岁大的孩子只是因为不能打开快递包裹，或者因为不能独占电视机，就会把朋友的家拆得乱七八糟；这远比一个刚学步的孩子开始发脾气要难以接受得多。我们别无选择，只能渐渐开始拒绝每一份邀请。但我们也没有灰心丧气，我们想继续前进，继续尝试，但每次外出都以杰米和我在回家路上的吵架而告终。我和杰米之间的敌意与日俱增，因为我往往是那个单独和库珀待在一起的人，而且我也不知道是否有人关心我们在哪里。朋友们的邀请最终不再来了。这在某种程度上是一种解脱，但当我们在社交媒体上看到错过的活动照片时，心头也不禁隐隐作痛。

库珀五岁的时候，我们除了奶奶家，再也不去其他地方了。我们的最后一次出游是参观当地一个专门为特殊儿童设计的公园。这是一个我经常选择带孩子一起前往的目的地。我原本以为我们和同一类人在一起会很安全。公园里有两群孩子，一群会跑、会跳、会叫；另一群则什么都不会。我像往常一样，如同一只老鹰，跟着库珀在公园里漫步，他似乎沉浸在自己的世界里，察觉不到其他孩子的存在。某一刻，我只是瞥了一眼别处，再回头时，库珀已经爬上了一个攀登架的顶层，唯一的出口是一个滑梯。我屏住呼吸看着孩子们把他团团围住。他走不出包围圈，只得仰面躺下（这是他感到不知所措时经常做的动作）。当库珀伸展身体，为自己留出空间时，他的腿撞到了一个坐在滑梯入口处的小女孩。她还没做好准备，就被意外踹了下去。

我看到她没有受伤，也没有流一滴眼泪。但她的父亲瞅了库珀一眼，没有注意到他的缺陷，就冲上去，吼了他。库珀完全不知道发生了什么，“咯咯”地笑着跑开了。那一刻，我明白了自闭症是一种看不见的残障。他表面上和同龄的孩子没什么两样，但他是不同的，而人们却会用相同的标准对待他。随着周围的人群越来越多，我将自己不断累积的痛苦和伤痛都发泄在了那个男人身上。他是怎么对待我的儿子的，我就怎么对待了他。从那以后不久，我们的外出活动就更少了。我们几乎足不出户，但对外表现得好像什么事都没有发生。我们那无形的残障隐藏得更深了。

总的来说，我们的好日子一去不复返。我们有过美好的日子，也有过艰难的日子。我们有撑过去的日子和不全是失败的日子。库珀和许多自闭症儿童一样，他的发育情况并非会一直向前进，而是在静止和倒退之间来回反弹。除了工作和治疗，我们一家人不得不将自己关在家里。坐车不安全，走路不安全，挤在人群中也不安全。我们一家人好像从生活中消失了一样。

我们没有被人们完全遗忘，朋友和家人仍然会来电问候；我也仍在发短信，在社交媒体上分享后院野餐和华丽的城堡照片，但最终人们不再问起库珀的事情了。一开始我的感觉很微妙，后来就没有感觉了。多年后，我曾经问过一个朋友，为什么她不再问起库珀。她的回答是：“我不知道该说什么了。你太伤心了，我不知道该怎么帮你，不去问反而更容易。”

时间长了，我们能去的地方越来越少，我们的世界变得越发孤立。我开始质疑自己独自完成这场比赛的能力和韧性。在一个心情特别低落的周六，库珀在凌晨三点开始大吵大闹。直到后半夜，他才终于屈服于睡眠，不再躁动。我在社交软件上读到一句话：“只有特别的人才会有特别的孩子……”

我独自一人守在家里，在我为自己和两个儿子创造的世界里感到筋疲力尽，还有些挫败。我被社交软件的话语淹没了。“只有特别的人才会有特别的孩子。”这话瞬间点燃了我的愤怒。

我知道这些话是出于好意，但其中的积极寓意是有毒的，因为残障的现实遭到了无视。像我这样的父母反而会因为这句话而感到耻辱和受伤，因为我们对困境毫无积极的想法可言。我并不特别，库珀的确诊并不是人生的重大事件。

“恭喜你，凯特，你现在也很特别。你会有额外的力量、耐心和韧性，以及总能找到快乐的能力。”

然而，事实并非如此。我只是一个人，一个拥有非常真实的情感和感受的母亲。我并非能够抗拒诊断结果带来的悲伤，还有可能永远听不到儿子说话的痛苦。我是他的母亲，而母爱可以接受任何挑战。但压力实在是太大了。

没有一本手册会指导你如何抚养有特殊需求的孩子。我必须为他的护理、未来和幸福做出决定，而这些决定意义重大，有时甚至不存在正确的答案。没人能帮我做，也没人能告诉我该怎么做。一切都取决于我自己，我很多时候都为此而感到恐惧。

自闭症具有攻击性的一面甚至可以击垮最坚强的母

亲，我也未能幸免。我默默忍受着人们对我和库珀的窃笑。我只是抬起头，挺起胸膛，然后在没人注意的时候崩溃。

我的时间不比其他人更多，没有额外的时间去研究、倡导和争取权益。我没有额外的力量，没有无须睡觉的天赋，没有超人的能力来承受他对我身体的伤害，更没有一个暂停一切的开关。我只是在默默承受。对于自闭症孩子的父母来说，他们的担忧和恐惧是永远都无法消除的。我也不可能花一小时出去喝杯咖啡或与朋友们度过宝贵的周末。自闭症一直萦绕在我的脑海里，直到我死去的那一天。

至于说人们的接纳，那是我绝对没有得到的珍贵礼物。相反，我花了数年时间在黑暗中穿行。没有一个人能代替我走完这一遭。

我不特别，也不是圣人。上天赐予我库珀，并不是因为我先天具备做母亲所需要的所有品质，我只是一个关爱亲生儿子的普通母亲。但我在内心深处相信，上天让像库珀这样的孩子如此特别，如此美丽，如此神奇，好让像我这样的父母以闪电般的速度掌握所需的一切技能。库珀将我们迷得神魂颠倒。我们可能不会一头扎进自闭症的隐秘世界之中，我们可能需要温柔推进。但当我们抵达那里时，我们追求为我们的孩子过上一种有价值的生活，因为他们值得。

并不是特别的人才会有特别的孩子，而是特别的孩子造就了特别的人。为此，我很感激自己被选中为这样的人。

我在离开杰米后，他带着孩子们住了几晚，这样我就可以有时间搬家和买房子。离开他的第一晚，我的好朋友过来帮我打开行李。我们完全按照我想要的方式摆放家具，在墙上挂画。没有任何人反对我的意见。我们调大音量，播放90年代的音乐，喝玛格丽塔酒，吃垃圾食品，熬夜看了一部浪漫喜剧。这一夜完全符合我想象中的单身生活。她说她羡慕我的自由，为我选择幸福而骄傲。我告诉她，自由的确让我感到兴奋和幸福，但我不清楚自己是不是应该拥有这份自由。当她第二天离开，回到丈夫和孩子身边时，我的宿醉感比想象中更加强烈。这是我余生的第一天，我很害怕。

我孤身一人，男孩们和他们的父亲在一起。没有了他们，房子里显得太安静了。当我站在客厅里的时候，我告诉自己，生活只能从这里开始蒸蒸日上。我已经缓解了婚姻生活的压力，我可以自己做决定，做任何我喜欢的事情。我想要一种不同的生活，我现在终于如愿了。但我的感觉没有那么好，我反而感到孤独。

我花了一天的时间把男孩们的房间收拾好，等他们回来。我在库珀的房间里摆满了托马斯小火车的书和他喜欢的东西的照片。我在索耶的房间里摆上了玩具枪、乐高玩具和印有《汪汪队立大功》形象的被褥。我营造了一个只有母亲才能营造的家。那天晚上，我躺在床上，一边聆听着寂静，一边在思考我对库珀的帮助是否足够。我所做的事情是正确的吗？我们已经超过不可挽回的窗口期一年了。就像那位神经学家说的那样，库珀的大脑已经停止发育了，希望越来越渺茫。我一想到儿子五岁了，马上就该上幼儿园了，就很害怕。他还说不出话来，甚至连类似说话的声音都没有。我很难确定他的病情是在继续恶化，还是毫无进展。我只知道我们似乎被远远地甩在了队伍的后面。

许多与库珀一起参加治疗项目的自闭症儿童似乎都在茁壮成长。他们能开口说话了，他们的父母和老师也找到了开启他们成长大门的钥匙。他们已经开始了转变，而我们止步不前。我们的同龄人群体越来越小了，我甚至感到小得可怕。确诊自闭症是一次打击，但确诊无法言语的重度自闭症简直是一场飓风。最重要的是，库珀还患上了一些引起疼痛的并发症，包括反反复复的耳部感染、慢性耳膜破裂和严重的胃病。

我们成了儿童医院的常客。我非常想帮助他，却无能为力。库珀不能告诉我们什么时候不舒服了。他只会用其他的方式提醒我们，比如不再入睡，对他人和自己的攻击性行为也越来越频发。我觉得自己就像在玩一种猜谜游戏，但我压根不知道游戏的规则，甚至不知道究竟怎样才能赢。我努力赢得医生对我们的重视。但学校和自闭症中心每天都会打来电话，向我汇报一些糟糕的消息。

我觉得我正在对着一个黑洞尖叫。我明明知道我的儿子不舒服，但我也不知道如何帮助他。一天下午，库珀带来了一套语音辅助技术设备，他可以通过触摸图片的方式交流。他已经哭喊了一整天，我也已经筋疲力尽了。只见他爬到我的大腿上，在一个难得的交流进行时刻，他按了屏幕上的两个按钮，一个是“头部”的图片，另一个则是“受伤的手臂”的图片，表示“疼痛”。

机器里传出了声音：“头痛。”他用天使般的大眼睛看着我，勇敢地又按了十几次按钮。“头痛，头痛，头痛……”这太诡异了。当父母知道自己的孩子很痛苦却无能为力时，没有什么比这种感觉更难受的了。

几天后，库珀接受了第五套耳管的植入手术，但医生们似乎不知道他的耳朵到底发生了什么，也不知道他为什么会这么痛苦。我不明白在当代医学如此发达的时代，我的儿子为什么无法得到正确的医治。

我很快就听到了这样一句话，这句话在以后的几年里一直困扰着我。“哦，那是因为自闭症。”当医生和其他专业人士不知道如何帮助我的儿子时，他们就会如此措辞。对我来说，这句话成了精心护理的替代品，也成了减少残疾人护理工作的借口。他们没有努力研究为什么会发生这样的事情，而是给了我一些似乎只会稍稍减缓库珀疼痛感的选项。我在那段时间里相当困惑。我眼睁睁看着我那美丽的儿子遭受折磨，却不知道如何才能帮助他。

我在联系了所在地区的宣传组织和其他家长后，很快了解到享有医疗补助的成年残疾人无法获得与成年非残疾人相同的医疗服务。例如，当一个残疾的成年人需要牙科治疗时，医疗方案永远会是拔牙，只是因为这样既便宜又快捷。这样的做法让我感到恶心。我看着我的儿子，拒绝让他以后遭到这样的区别对待。他理应得到和其他人一样的照顾。

我心中燃起了一团火。这团火促使我开始深入了解残障群体中的儿童、青少年和成年人，并且为他们的权益向公众发声。我向自己和库珀许下了承诺：我永远不会听从一个专业人士对疼痛的那句回应——“哦，那是因为自闭症。”再也不会了。我不在乎我曾经走过了多少条死胡同；我永远不会停止为我的儿子而斗争。

仅仅几个月后，我认为我们来到了人生的最低谷。几年前，我在研究自闭症时，瞥见了我们的未来。这一疾病就像我们无法逃避的命运。研究告诉我，几乎所有自闭症儿童最终都会变得有攻击性。不管是踢还是打，都是不可避免的。直到最近，我还以为我们在某种程度上幸免于难。库珀确实有攻击性行为，但不是每天都发生。如果他生气了，他的确会大喊大叫，也会扔东西。但除了我之外，他从来没有用他的拳头和脚伤害过任何人。

但后来情况发生了变化。

由于一系列的并发症，长时间的耳部感染、便秘、失眠、无法交流，库珀的攻击性开始显现。我知道攻击性行为只是他交流的方式。想象一下，假如你生活在一个无法理解你的世界：你无法表达你的袜子穿起来感觉怪怪的，你无法表达头疼，你无法表达口渴……所以，你只能拳打脚踢。

起初，库珀的攻击性并没有那么显著，他只是这里踢一下，那里又踢一下。然而，攻击性是随他一起成长的。学校也向我汇报了他的攻击性行为，而公立学校对此是不会容忍的。我不知道如何解决这一问题，它给我的生活带来了一种特殊的羞耻和沮丧。我开始害怕听到电话铃声。一天下午，我接到一位老师的电话，说库珀连打带踢，扔椅子，把教室弄得乱七八糟，让我马上把他接回家。后来，当我从他的老师那里阅读记录时，我才发现有人把他的饭盒放错了将近三十分钟。对库珀来说，那段时间一定很漫长。我肯定他当时是在找自己的饭盒，但没人能明白他。

在那段时间里，有一个朋友告诉我，我们的县区提供紧急干预服务。一开始，我很惧怕这一公共服务，因为我不想让任何人知道我儿子可能会暴力又刻薄。我想保护他不受人们的评头论足，但我也已经到了我的临界点。每天早上公交车一停下来，库珀就会踢我，我的大腿上到处都是瘀青。是时候向外寻求帮助了。

于是，我申请了干预服务。几天后，一名社会福利工作者来到我们家。当他站在客厅里讲解时，我那一头金发的小男孩正在将厨房里的椅子排到客厅里。这是库珀自五岁起开启的一个新行为。我后来才了解，这是他在几乎没有控制权的世界里获得控制权的一种方式。他会花好几个小时在屋子里拖椅子，把它们排成一排。如果有人靠近，他就会惊声尖叫。无论那些椅子藏在壁橱、地下室，还是车库里，他都会一一找出来。此时此刻，我数了数，一共有七把椅子，其中四把是从厨房的桌子旁搬来的，三把是从院子里搬来的。他将椅子们小心翼翼地排成一排。这一逻辑对他来说意义重大，对其他人来说却毫无意义。

房间在视觉上被椅子分成了两部分。社工站在一边；杰米和我站在另一边；库珀则站在中间，站在七把椅子的前面，像指挥家一样，挥动着双手，就好像在指挥一支管弦乐队。一条分界线似乎已经被他划好了，但这条线不应该存在，因为我们都处在同一阵线，共同的目标是帮助库珀。

社工一边观察我们的家，一边和我们交谈了很久。他看着儿子空荡荡的卧室和地板上的床垫。我担心他会对不见的弹簧床垫做出评判，于是赶紧解释说库珀每天都要把我们的床拆到地上。他注意到门上的锁和窗户上的警报器。当我说我们家有时感觉像个戒备森严的监狱时，他笑着说道："要是我每次听到这句话，都能得到二十五美分就好了！"

我还告诉社工库珀的另一个新习惯——囤积，以及这一行为对我的不断消耗。“成千上万张纸、毯子、家庭照片，甚至墙上的装饰品都被从一个房间搬到另一个房间，先是放在他周围的一个窝里，最后藏在了家具的下面、里面和后面。”我一边解释，一边抬起沙发来给他看证据。我看到他睁大了眼睛。

我在大声分享我们的生活时，感到十分羞愧。寻求帮助是一个很奇怪的过程……我感到很脆弱，也很尴尬。我想可以肯定地说，我当时有点戒心，因为寻求帮助意味着亲口承认了自己没有解决问题的能力。

社工问起我们的另一个儿子索耶的情况，还问起他是否安全。我回答他，索耶比库珀小两岁，谢天谢地，索耶很安全。令人心碎的是库珀没有以任何方式承认索耶的存在，但这也意味着索耶没有遭受哥哥的攻击。虽然照顾库珀需要我们付出很多，但在库珀被确诊后的第二天，我们就决定让他的弟弟过上正常的生活。索耶不会怨恨哥哥和我们。

社工问了很多关于库珀自理能力的问题，以及他是否受过如厕训练。“随着孩子年龄的增长，父母的负担会急剧增加……”我说库珀没有自理能力，也不愿意接受如厕训练。而且，随着年龄的增长，这一点越来越难以控制。

社工又问我们库珀是如何沟通的。“几乎没有语言，他会用声音、手指，或者直接给我们拿东西。昨天凌晨三点，我被一加仑牛奶绊倒了。他是在告诉我们他渴了。”

“你能离开家去社区吗？开车的话，安全吗？”

“不能。”我回答道。对我来说，这是最难的部分——与世隔绝。整个世界都在运转，而我们只能关在家里，每扇门上都配有三把锁，窗户上也装有警报器。这些年来，我和许多父母谈过，他们也说孤立的状态对他们来说是最困难的部分。对于特殊儿童的父母而言，与世隔绝是一个无声的杀手。外加上睡眠不足的话，你就会走进一个真正的地狱。

除了学校和奶奶家，库珀已经很多年没去过别的地方了。我们上一次去超市购物还是好几个月前。当时，我正在将商品从购物车搬到传送带上结账，而库珀想要站在购物车里。然而，购物车对他来说已经太小了，于是他在购物车里左右摇晃。我一只手抓住他的胳膊，另一只手把东西扔给收银员。突然，库珀伸出来另一只手，打在了我的脸颊上，声音在我的耳边隆隆回响。我的震惊远比脸上的疼痛来得猛烈，我以前从未被人扇过耳光。我的眼睛立刻流出泪水，我确信我当时看起来像在哭。收银员是一位年长的女士，她目睹了整个过程，于是她开始斥责库珀。我环顾四周，看到人们盯着我们看，感到很丢脸。库珀仍然没有放慢摇晃购物车的速度，他想离开那辆车。我别无他法，只能向收银员道歉，丢下了一堆还未结账的商品。那是库珀光顾的最后一家商店。现在，如果我需要什么东西，要么选择送货上门，要么就必须去提供免下车服务的餐馆。

尽管我怀疑社工早已经知道答案了，但他还是继续问起了库珀的睡眠情况。我告诉他每天是怎么从凌晨三点开始的，库珀带着不可思议的能量冲进我的卧室。他会在我的房间里踱来踱去，摸着墙壁，发出欢快的声音，直到我起床为他打开电视。我告诉社工，睡眠不足真的开始影响到我了，以至于即使晚上不跟孩子们待在一起，我还是无法睡觉。我的身体已经被设定在凌晨三点准时醒来。

社工问了我和杰米是如何维持我们之间的关系的，他显然是在指我们的离婚，他关心我们的心理健康状况。他问我们是否形成了一个良好的支持系统。我被这一连串的问题和来自我内心深处的消极情绪弄得心力交瘁。

“我们再也没有好日子了，只能艰难地熬下去。他……嗯……又开始踢我了。”我轻轻地说，几乎像耳语一样。我向他展示了我大腿和手臂上那些久久无法痊愈的瘀伤。这些伤害都是库珀每天早上在公共汽车停下来时反复踢撞后的结果。到目前为止，我还没有给任何人看过身上的瘀青，现在我感到很内疚。我不希望任何人对我儿子有不同的看法，也不希望有人认为他是一个怪物。保护他是我的职责，但我一个人实在很难做到。

每隔五分钟左右，库珀就会朝我尖叫着跑过来，要么把我拉走，要么把什么东西塞进我手里。如果我没有立即做出回应，他就会像玩攀爬架一样爬上我的身体，然后用手将我的脸扭向他的脸。这就是我们之间的沟通方式。我觉得我们就像被一条看不见的脐带永远拴在了一起。我一天二十四小时都属于库珀，他对我提出的要求有很多。我和社工坦白自己的压力很大：“有时候，我真希望自己能从这一切的情感负担中解脱出来。”

这时，库珀正爬到我的身上。我看到社工打量着库珀的全身上下。库珀有着金黄色的头发，苍白的皮肤和红润的脸颊，穿着尿布和一件超大号的蓝色无袖T恤。我不知道他是否认为我们在撒谎？是否认为我们是糟糕的父母？我们和大多数需要照顾特殊儿童的父母一样，听到最多次的建议非“这孩子需要管教”莫属。人们就是无法理解，通用的育儿规则对库珀不起作用。我希望我现在能说，我不在乎别人怎么看待我的孩子。但这是一句谎言，因为我其实非常在乎。

我和杰米每回答一个问题，社工都会一边点头，发出“嗯”的声音，一边在笔记板上圈圈画画。我注意到他那张“扑克脸”，想象着他正在一项项“好”“差”“极差”的小方格里标记。

我和社工提到了库珀前一天晚上打碎了镜子，他一点儿也不知道我卧室地板上的玻璃碎片有多危险，也没有试图告诉我发生了什么事。我接着告诉他，我只能在黑暗中开着车灯吃晚饭，因为库珀讨厌光亮。我详细地解释了库珀是如何把我们所有的东西都放在浴缸里的，我又是如何彻夜难眠，担心他会被车撞或掉进水里。我为了让气氛尽量轻松愉快一些，分享了一些笑话，讲述了我们艰难时期的故事。这就是我，凯特，犹如一个坐在燃烧的大楼里的女人，一边品着咖啡，一边说：“一切尚好。”

只是，我无法再继续假装一切尚好了。我没能帮助到我的儿子。为了库珀，我已经把自己上下颠倒，里外翻转了，其他的事情也都被我放在了次要的位置。但他的情况似乎并没有任何好转的迹象。事实上，大多数情况都越来越糟：健康、情绪失控、失眠、攻击、自残行为、破坏物品、逃跑……我的婚姻破裂了，我喝了太多的酒，体重下降了太多。我让错误的人进入我的生活，我再也不知道如何才能入眠了，甚至就连和库珀无关的事情都不知道怎么说出口。

我厌恶我们需要社工的事实，我厌恶我们被迫把家丑外扬。这种感觉就像我们在乞求帮助一样，这让我觉得自己很虚弱。

杰米的爸爸曾经在特别辛苦的一天对我说："你和杰米是我认识的最积极乐观的人。即使你们的生活大部分时间都身处炼狱，但你们仍然选择保持乐观的心态。"在他说完这句话之后，我花了好几个小时怀疑自己是否在自我欺骗。我对生活的积极态度是一副面具吗？

社工和我在讨论了一个小时每天的跌宕起伏后，转向我，说道："你儿子的自闭症是我见过的最严重的自闭症。你不可能永远这样坚持下去。"

这些话就像动画片中的对话框一样，悬浮在我们头顶之上的空间。

最严重？不可能！这个家伙压根不知道自己在说什么。突然间，我感到四周的墙壁正在向我逼近。

我曾在网络上看过一个孩子受了伤，在角落里摇晃着身体，尖叫着。那才是我眼中的“最严重”的情况。我的孩子并没有这样。至于他口中的“永远”，那更是不可能的。我的儿子正在取得进步，这就是我做这些事情的原因。如果我现在努力，他最终会好起来的。我从没想过会永远这么艰难。

“你要明白，”社工继续说道，“你的儿子正在长大，但我没有在你的孩子身上看到这个年龄的孩子应该有的交流和对安全的理解。在某个时刻，我不是说现在，你得为你自己和你的另一个儿子决定这是不是你们想要的生活。”

他还没有把话说完，我就已经明白了他的意思。他预测库珀最终将需要住在集体之家或寄宿护理中心。他在强调库珀很快就会变得更加高大，更加有攻击性，我就无力继续照料他了。他在强调库珀的状况不会有任何改善的空间了。

我特别想对他吼出“滚出我的房子！”，但我不仅忍住了我的冲动，反而老老实实地配合完成了所有的评估工作。我微笑着点了点头，接过他的小册子，同意每周参加一次危机干预治疗，接着将他一路送到了门前。我平静地关上了门，转动了门上的三把锁，深吸了一口气，然后转过身来，看到库珀站在他的椅子前，做着一些我无法理解的动作，挥动着他的手。当我在观察我那无法被人理解的男孩时，五味杂陈的情绪涌上心头。让我感到愤怒的是，一个不了解我儿子的人预言了他如此黑暗的未来；让我感到悲伤的是，他很可能是对的；让我感到悲痛的是，我没有能力解决这个难题；让我感到绝望的是，我可能无法将他永远带在身边，而终身照料则是唯一能让我感到欣慰的事情。我让另一个重担落在了我的肩膀上，但我不知道自己是否有足够的力气继续独自扛起它。

当我将这段故事分享给全世界时，很多人都认为社工的话根本不足以影响到我，因为他们只认识现在的我，那个不断告诉像库珀这样年幼孩子的父母永远不要放弃希望的我，因此他们默认我当时只会将社工对我说的话当作一阵耳边风，甚至一笑置之。虽然我的希望坚定不移，深信我儿子的未来拥有无限的可能性，但我不想说谎，当时的我的确受到了严重的影响。那个男人的话让我崩溃了，我本来就像纸一样薄的希望又遭受了一阵蹂躏。我犹如一个乒乓球，在希望和放弃之间来回弹跳，有时每天都是这样。我不知道如何继续为我的儿子奋斗，让他好起来，因为就连专家都认为他已经没有康复的希望了。我的决心和韧性逐渐消退。

那是我的人生关键时期中最低落的时刻之一。外人看来，我似乎在处理所有的事情，而且泰然自若。我表面上很快乐，但内心快枯萎了。生活的紧迫正在将我击溃。

我通常能接受任何挑战。我喜欢战斗，我喜欢努力工作后的回报。但这场战斗既是一场短跑，也是一场望不到尽头的马拉松。我们作为人类，能做的只有这么多。几天、几个月、几年，挑战每天都在增加。在这一切之上，还有太多的心碎。最严厉的批评者认为我讨厌自闭症，更有甚者认为我讨厌我的儿子。但他们的看法与事实相去甚远。我非常爱我的小男孩，而自闭症是他自身的一部分。我从来没有讨厌过自闭症，一次都没有。但那些困难的部分让我累垮了，也让我感到厌恶。

我会在每周离开我的孩子们的唯一一个晚上，喝很多酒。我不再休息、睡觉和思考，而是精心装扮，整夜待在外面，摆脱其余六天的束缚，过一种完全不同的生活。我的家人们对此并不知情，其中也包括我的前夫。

直到那一天，就在那个社工告诉我，我儿子患了他见过的最严重的自闭症的几天后，我的状态跌到了低谷。我喝了一整夜的酒，醒来时不知身在何处。我不知道我是怎么到那里的，也不知道我和谁在一起。我当时不在明尼苏达州，也不是一个人。

从那以后，我了解到需要一直维持忙碌的感觉是一种创伤性的反应和一种基于恐惧的注意力转移，因为一旦慢下来，就会被迫面对和感受自己的恐惧。

自从库珀出生后，我就从未放慢过脚步。自从他确诊后，我就更没有真正接受过任何事情。他的诊断结果给我的世界带来的混乱是一把双刃剑。自闭症让我忙得不可开交，在这种永久的无力状态下，我很少有悲伤的感觉，但我也根本没有时间面对问题，治愈内心的创伤。我在自己的治愈之路上裹足不前。

那天早上，当我在冲洗浑身的难堪时，我并没有急于逃避感受。相反，我坐下来，让水在我的身上流淌，黑色的睫毛膏从我的脸上滴到我的大腿上。我任由社工的话——“你儿子的自闭症是我见过的最严重的自闭症”——淹没我。我认识到这句话很可能会变为现实，考虑了这对我们的未来意味着什么。我这次再也不逃避了。

我已经准备好离开这片永恒的悲伤之地，尽一切努力去到接纳之地。

我真希望我能说出我已经抵达了终点。第二天早上醒来，我变了，甚至内心的创伤都愈合了。不过，这一过程对我来说是循序渐进的。我再次认识到，悲伤不是一条走到底的直线，而是一段来回反复的历程。但我终于准备好出发了。

一年前，我的继母在与胰腺癌的斗争中失败了。在她去世的前一晚，我开车送爸爸回家，而我的继母将在养老院度过最后的时光。当时已经快到午夜了，近八十岁的爸爸早已经疲惫不堪，需要休息几个小时。那天雾很大，很冷，我开着他的卡车在威斯康星州北部的荒郊野外穿行。

我的神经高度紧张，在模糊的视线里尽力集中注意力，倾听他偶尔流露出的悲伤，试图说些正确的话。我感到害怕，不知道如何帮助他。我们都知道她的时日不多了。

当他坐在继母的身边，握着她虚弱苍白的手时，我几乎不敢去看。当她的疼痛连吗啡都不足以缓解时，他会俯身在她的身上，在她耳边轻声低语：“去吧。”

当我们在黑暗的道路上蜿蜒前行时，我想知道会有人这样眼睁睁目送自己的伴侣死去吗？她经历了不可置信的痛苦，但也未能熬过去，我的爸爸也是一样。我祈祷他们俩都能结束这一切。但我不知道我的祈祷是不是对的。

他说："她还在这里，凯特。她还没走呢。虽然她不能说话，也不能交流，但她仍然在这里。我可以触摸她，握住她的手。我可以坐在她旁边，和她讲话。我还没准备好离开她，我需要她。她不需要张口，我可以说话。"

在我生命中的那个时刻，我的儿子完全不会说话，也不想和我交流。他会在语音设备上请求一块饼干，或者发出一个"要更多饼干"的信号，仅此而已。

当然，我对我们俩说得已经够多了。他的爸爸和弟弟似乎也从未停止制造噪声。我们的房子充满了爱和闲聊。但当只有我和库珀两个人的时候，沉默让我不知所措。沉默的声音震耳欲聋，让我不知所措，简直要把我生吞活剥。我为了保护自己的心灵和头脑，会整天开着电视，或者把收音机当作背景音，甚至自言自语。

我很难过，我和儿子从来没有说过话，也许永远都不会。但在我父亲最艰难的时刻，他在不知不觉中给我上了重要的一课。我不需要言语，我只需要库珀。我只需要抱着他，爱他一辈子。我可以说话，只要我陪在他的身边就行。他是一份礼物，专属于我的礼物。我会用我的一生为他敞开这个世界的大门。

第八章

离开学校

当专业人士们第一次向我介绍自闭症的时候，他们将其描述为一个谱系。我立刻联想到了光谱，就像一道透过棱镜的彩虹。但自闭症不等于光谱，至少专家们不是这样解释的。他们将其描述为一条长长的线，一端受影响程度最大，另一端则受影响程度较小。他们用高功能、低功能、重度、中度、轻度，甚至一级、二级和三级来表示各种不同的影响程度。

当库珀确诊后，我告诉自己，我们中了自闭症的“彩票”；他一定是在自闭症谱系的右侧；他一定是高功能的。我说服自己，当他的诊断完成的时候，我们会得到好的结果。我把所有的希望都投注在“高功能”上，仿佛这个词就是能保护我们的保护伞。我花了很多时间才能大声说出“我儿子有自闭症”这句话。起初，我的措辞是：“我儿子有自闭症，但他的自闭症是高功能的。”当我们饥饿的时候，我们的心就会吞食谎言，而我的心早已经饥肠辘辘了。

我和大多数父母一样，很快就了解到，库珀的自闭症被列入了这个谱系之中。在我知道结果之前，库珀不再是那个喜欢火车、闻起来像风的金发小男孩，他变成了一个数字，变成了资料夹中的一份自闭症谱系表，变成了数据和复选框，变成了一张将他置于最严重一端的图表。最终，我的阳光男孩丧失了他所有的光芒，成了书桌抽屉里的一张黑白诊断单。

当我想到专家们向我描述的那个谱系时，我在脑海中想象着用黑色记号笔在白色的墙上画一条长长的线，穿过一条一眼望不到头的明亮走廊。那条线像箭一样笔直，没有颠簸，没有起伏，也没有断裂。那条走廊的环境很像医务室，周围是白色的墙壁，脚下是白色的地板。我独自伫立在走廊里，看着库珀站在队伍里，从右向左移动，离我和其他人越来越远。我几乎感觉我们对自闭症的判断是错误的，我们朝着错误的方向，走向了一条不寻常的道路，到处都是点点滴滴的色彩。

早些年，我会观察有像库珀现在这样大的孩子的

“资深”妈妈们，想知道我什么时候才能像她们一样学会接受。在不同的阶段，我也曾感觉如此接近这一目标，但总有一些事情让我退缩。比如一个同龄的孩子给我讲故事；我的侄女为我唱起了幼儿园的毕业歌；我的小儿子有了自己的第一个小伙伴……我感觉学会接受就像是在不顾一切地追逐一个不断移动的目标，永远不在我力所能及的范围之内。

当我追逐那只白色独角兽时，我收拾好行李，和库珀一起踏上了那条线，时而爬着走，时而努力把他推向我认为他应该走的方向。但无论我如何卖力，我们都没有走向“高功能”。当我们到达终点时，我可能是出于内心的需要，开始对谱系的看法发生变化，因为我的心必须以不同的方式看待这件事，否则我就无法继续坚持下去。

我讨厌自闭症的非黑即白，以及阴沉悲伤的临床环节。我也讨厌那条直线。所以我就像我起初还没有被恐惧和担忧吞噬之前所想的那样，开始把我的儿子和他的自闭症看作一种五颜六色的光谱、一个充满鲜艳色彩的大圆圈，有着秋天里树上欢快的红色和橘色、海洋里有时不祥的蓝绿色和蓝色、花田里的黄色……库珀拥有每一种颜色，有的浓重，有的可怕，有的轻淡，有的轻快。他将这些色彩混合在调色板上，然后描绘世界的样子。他的光谱就是他的颜色，而他的自闭症正是光照进来的地方。

当我开始接受儿子经常过于鲜艳的颜色时，我了解到那些色彩鲜艳的孩子，那些有时难以抚养的孩子，那些难以管教的孩子，他们的颜色可能会逐渐褪去，发出的光有时会随着世界的旋转而暗淡。当库珀开始上幼儿园时，我真正的战斗正式吹响了号角。我们正在进入黑白世界的下一个阶段，差异在这样的世界里不总是受到优雅的欢迎，因为这不是一个为他而造的世界。

自闭症的标签可以帮助孩子们获得所需的支持和服务，但也可以阻碍很多事情。自闭症催生了先入为主的观念，就好像在我儿子还没来得及找到活下去的机会之前，世界就已经把他剔除在外了。是的，我可以放弃。我可以接受我的儿子患有极其严重的自闭症，我可以接受他将一事无成……但那会怎样呢？如果我放弃了，谁还会为他而战呢？

身为父母，我们应该无条件地信任自己的孩子，再多信任都不为过。当你有一个发育不正常的孩子时，你的希望会随着时间的推移而动摇。但你不能不相信自己的孩子，因为没有人会比你更努力地为你的孩子而奋斗。

大多数母亲都梦想着看到极具纪念性的里程碑——孩子上幼儿园的第一天：你的孩子会举着“幼儿园的第一天”的牌子，巨大的书包里塞满了日常用品、新衣服和新鞋子，等待黄色的大校车的到来；还有从校车门口传来的一声“我爱你，妈妈”。

起初，我也有过这样的梦想。但随着上幼儿园的时间的临近，库珀所接受的服务也将结束，我感到害怕。在我心里，我知道传统幼儿园并不适合库珀，但我也知道没有其他的选择。整个夏天我都在为该拿他怎么办而苦恼。由于经济原因，我不能辞职在家教育他。我也没有能力教他取得成功所需要的知识。我感觉自己陷入了困境，不知道该怎么办才好。与我交谈过的许多父母都有这种陷入困境的感受。正因为如此，很多人没有其他的选择，只得辞去工作，这样他们就可以和孩子在一起。但我是单亲妈妈，我别无他法，只能工作。

我知道我的儿子很聪明。当我教他字母、数字、形状和颜色，要求他指出相应的东西时，他都能指出来。但在其他人的面前，他不会这么做。所有的问题都只能得到他特定的回绝。他拒绝坐下，也拒绝玩耍。更糟糕的是，他没有动力，似乎没有什么是值得他努力的。他不吃零食，不玩玩具，也不玩平板电脑。我也担心他会被人欺负，担心别人对他不好。虽然库珀看起来难以管教，但他的内在像花朵一样娇嫩和脆弱。谁会保护他，谁会关爱他，谁又会确保他的安全感，维持他的洁净和干爽呢？我不知道该怎么办了。

我在收到幼儿园欢迎信的那天，就知道这封彩印的信是误寄给我们的。这封信的边缘印有泰迪熊，信中不仅介绍了指定的老师，还邀请我们参加在当地公园举行的班级见面会。

然而，这封信对库珀的独立教室只字未提。库珀不应该去传统的幼教班上课。他应该同一名老师和一名专职助教在一间教室里。这名专业助教会全天与他待在一起。而且，这封信没有提到自闭症，也没有提到特殊教育。随信附赠的学校用品清单上有蜡笔、剪刀和其他库珀以前从未用过的东西。我立刻打电话给学校，问他们是不是把信寄错了。电话里那位和蔼的女士说，即使每个接受特殊教育的学生不来上课，他们都会被安排在普通的教室里，因为他们需要首先在系统中录入一个“真正的”班级。当我想到特殊教育课程不是真正的课程时，我感到一阵刺痛。在这段旅程中，我时不时觉得因为我的儿子患有自闭症，所以我不是一个“真正的”母亲，库珀也不是一个“真正的”男孩。人们仿佛因为我们的与众不同，就把我们视为了“假人”。这使我大为恼火。

电话里的女士继续告诉我，无论如何我们都应该参加公园的活动，因为班级见面会的初衷是让库珀尽可能多地参与普通的教育活动。“如果他进步了，他就可以进入教室，接受老师的教导。”再过几个星期就要开学了，我都不知道我们的信是不是从他的老师那里寄出的。

那个周末，当我开车和杰米、库珀去公园的时候，我感到胃部十分不适。一直以来，我尽我所能地避开所有的公共场合。每当我被其他和库珀一般大的孩子包围时，我的心承受不了那巨大的差异。这是我最可怕的噩梦。我在这次活动中，也没有幸免。我站在那里，看着二十个孩子在格架上攀爬，看着二十个孩子在沙滩上玩耍，看着他们的父母站在那里谈论儿童棒球和舞蹈课。所幸，库珀在周边闲逛时，杰米主动跟在他的身后。我想他能感觉到我的情绪不太好。当我们在卡车后座为库珀换尿布时，我感到很难过，甚至想过要提前离开。但我的心告诉我要留下来，继续尝试。

当我们回到活动现场时，大家已经放下了文具，完成了一些文书工作，排起了长队，迎接老师的到来。当我们试图随意地混入人群时，库珀拒绝站在原地，他一边尖叫，一边哭泣，最终倒在地上，一路滚到野餐桌的下面。随着库珀年龄的增长，我们逐渐认识到，像耐心地排队这样简单的事情是毫无可能的。虽然我们明白这一点，但我们也生活在一个有社会规范的世界里。

此时此刻，我们只想让库珀好受一些。于是，我们站在队伍里，让他躲在桌子底下。在我看来，如果他感到安全，那就再好不过了。但他的行为的确令大家感到费解。他对我们大吼大叫，不是用语言，只是用声音。他的声音大到足以打断其他人的谈话。他用脚不停地踢打着长凳的金属腿，那响亮的敲击声似乎惹恼了我们周围的人。

我们感觉到了人们注视的目光，我们感受到了异样。这么多年来，我明白大多数人都想要表现出友善的一面，并不想直勾勾地盯着人看。我还了解到，我之所以感受到被人评头论足，很大程度上来自我自身的不安全感。但站在一群同龄人当中，却感觉到如此明显的与众不同，这对我来说是一个毁灭性的打击。

最后，我实在承受不住了，于是我主动示意老师，询问她库珀能不能先行和她打个招呼。“他快等不及了。”我解释道。这似乎不是什么大不了的事，也不是一个不合理的要求，她确实看到了我们的苦苦挣扎。我想要的只是她能向我怀里抱着的那个小男孩挥一挥手，他的头向后靠在我的下巴上，这样他就可以向自己的老师练习挥手了——我们为此已经练习了好多天。

“他必须像其他孩子一样按秩序等待。”她回答道，然后转过身去，继续和上一个孩子聊天。

我张大了嘴，只是静静地盯着她看，库珀尖叫着从我怀里溜走了。我让他跑走了，我的战斗结束了。的确，她可能没有意识到库珀有特殊需求，或者我们想要的只是和她快速地挥一挥手。但在那一刻，我觉得这一请求是那么的简单，但老师还是拒绝了我们。于是，我们不得不提前带他离开了班级见面会，老师甚至没能和他打招呼。

下一个星期，也就是开学的前几天，我们又收到了一封信。这次，信印在了一张白色的纸上，没有泰迪熊，也没有鲜艳的色彩，上面写着库珀的特殊教育老师的名字和他将要去的教室，以及他将接受的服务和治疗师的名字。学校邀请我们在开学前一天参加一个开放日活动，并且列出了他需要携带的物品，其中包括湿纸巾、面巾纸、一套换洗的衣服、降噪耳塞、一些舒适的物品、他的语音设备和纸尿片。这份清单颇有临床的属性，与普通的幼儿园清单截然不同。

在那一刻，我意识到只有坚强的父母才能让孩子接受特殊教育。没有铃声，也没有哨声。没有排场，也没有环境。现在回想起来，我怀疑自己是不是太过敏感了。也许，答案是肯定的。但我不认为我应该因为儿子患有自闭症而主动放弃学校里那些特有的、快乐的部分。这是库珀上幼儿园的第一年，我想为此庆祝一下。然而，公立教育系统似乎在告诉我，这一年将不会特别，只会是黑暗的和悲伤的。

这封信还告诉我们，我们需要再带库珀来学校看看，这样他就可以见见他的老师，参观一下校园。参观日安排在了一个工作日，我不得不请假去接库珀。而且，杰米这次不在我的身边，我感到很紧张。上次公园的大型见面会和学校的开放日都是在周末，这样的时间安排对大多数家庭来说很方便。但对于特殊的家庭而言，我们孩子的所有活动总是安排在工作日。每一次个体化教育项目的会面和讨论都会安排在周末之外的时间里，这对任何有工作的父母来说都是困难的。

当我把车开进他学校的停车场时，我不由得感到一阵恐惧。这所学校位于另一个城市，我和库珀对这里都不熟悉。我们家两公里的范围内有两所学校，但它们都没有为患有严重自闭症的儿童开设课程。于是，我们只能申请另一所能接纳他的学校。教育项目在哪里，他们就去哪里。这对有特殊需求的孩子来说十分常见。在这种情况下，学校虽然同属一个学区，却位于邻近的城市。如果选择坐公交车的话，算上不断停靠站点的时间，总共需要一个小时的车程。这对一个上幼儿园的孩子来说太过漫长了。当我想到我家的后方明明就有一所学校，库珀却不能入学的时候，我对这个教育系统失望至极。我感觉那些领导仅仅将库珀视为一个冷冰冰的数字，而不是一个活生生的学生。

当我和库珀坐在停车场的车中时，我努力镇定下来，告诉自己一切都会好起来的。我们会一起走进校园，看看他的教室，放下他的用品，见见他的老师，最后回家，不会有一点压力。这不是全校人员都参加的拥挤的开放日，而是我们的私人参观时间。我知道我们可以慢慢来，于是我感觉松了一口气。但库珀明显不这么想，他开始在座位上尖叫和挣扎。他不想进去，但我们别无选择。我尽力抱着他，汗水已经从我的脸颊上滴了下来。我很庆幸自己穿了网球鞋。刚迈进校门，安静的校园里就充斥着库珀焦虑的哀号声。他撒腿就跑，我赶忙去追。

最终，我们来到了（我认为的）库珀的那间教室，但当我碰见了那位在见面会上拒绝提前和库珀打招呼的老师，看出了那只是一间普通教室时，我的心中涌起一阵怨恨。库珀像飓风一样冲进了那间布置得整整齐齐的教室。我本想和老师说话，但库珀在里面跑来跑去，撕掉墙上的纸，把桌子上的物品全部推到了地上，导致我压根没法和她说话。我试着把他抱起来，以为这样能让他平静下来，但他在我怀里使劲扭动。我只好再次把他放下，用我的身体挡住了门，以为他最终会找到可以玩的东西。他的确找到了——他发现了一个齐腰高的带滚轮的储物柜，里面装着成千支彩色蜡笔和马克笔。他直勾勾地看了我一眼，突然产生了兴趣，手臂一挥，把整个柜子推了过来。我这辈子从没见过这么多的彩色蜡笔，它们滚落到各处，把整个地板涂满了色彩。我羞愧极了，立刻倒在地上，一只手抓住库珀，另一只手挡开了一堆扑向我的蜡笔。那位老师也蹲下身来，伸手捡蜡笔。库珀因为我抓住了他的腿而生气，猛踢过来，结果却踹到了老师的肚子，让她一下跪在地上，又一屁股摔了个大跟头。

几分钟后，我们回到车上。我坐在驾驶座上又大声又用力地抽泣。我甚至都没有心思开车离去。我知道别人会看到我，但我已经不在乎了。我整晚都守在电话旁，害怕收到学校的劝退来电。幸运的是，电话一直没有打来。我感谢上帝，保佑我们没有在新学年开始之前就被赶出去。

上幼儿园的第一天，库珀凌晨3点45分就把我叫醒了。当我坐着喝咖啡，等待太阳升起时，我百感交集。严格来说，这是我儿子上学的第三年。这是第三年了，我把他送进一辆迷你的黄色巴士，看着他一声不吭、手也没挥就走了。第三年，当我本应该感到快乐的时候，我却感到悲伤、怨恨、愤怒和沮丧。今天是库珀上幼儿园的第一天。我本该激动、兴奋、欣喜若狂才对。我们应该为此庆祝一番的，但现实并非如此。

前一天晚上，我躺在床上刷新社交媒体，看着所有可爱的孩子们为上学做好了准备。天哪，我有时候非常讨厌社交媒体。在视频中，所有的孩子都在微笑，穿着新衣服，心甘情愿地走向大巴车；他们谈论着自己的新鞋和新背包；父母们都为自己的子女感到骄傲；画面里洋溢着兴奋之情。我能感觉到我对其他的父母们滋生了不满的情绪，我不喜欢这样的自己。我爱我朋友的孩子，我爱我的侄女和侄子，我想感受他们成功的喜悦。但随着我儿子的差异变得越来越显著，悲伤似乎吞噬了我，让我更难以正确的视角看待事物。

我反复告诉自己，我不会对库珀的开学第一天小题大做，我没打算绘制“幼儿园第一天”的牌子，我肯定不会在社交媒体上更新今天的情况。我让自己沉浸在愤怒和嫉妒中，我羞于承认自己产生了这样的情绪。但是当早上上学的时候，我的感觉发生了变化。我告诉自己库珀未来有一天会在乎的，他会想看他第一天上幼儿园的照片。于是，我给他穿上新衣服和新鞋子，在他的头发上抹上发胶，再把牌子递给他。我以最快的速度连拍了一百来张照片，祈祷能从其中挑出一两张好照片。

大巴车停了下来，接着门开了，司机是一位和蔼可亲的老妇人，脸上带着温暖的微笑。她喊道：“这里有叫库珀的小朋友需要搭车去学校吗？”就在那一刻，这位巴士司机赢得了我全部的好感。

库珀瞅了一眼，一边哈哈大笑，一边转身向另一个方向跑去。按照我们家的风格，我把他带到了大巴车上。我拥抱他，与他道别，在他耳边轻声说：“勇敢点，好孩子，你能行的。”他笑了又笑，然后用力地捏了我一下。我递给助教一把软糖，并祝她好运。几分钟后，我在社交媒体上发布了我儿子的可爱照片，并配文写道：“库珀上幼儿园的第一天。”

开学的第一周，我在家中工作。我知道我会很情绪化，而且如果库珀白天需要我，我也想陪在他的身边。我还主动在上学的第三天来到幼儿园，为午餐队伍义务分发食物。后来，幼儿园向家长们发送了一封电子邮件，邀请志愿者在孩子们前两周的适应期帮忙指挥交通，我立刻自告奋勇。

在我去当志愿者的前一天晚上，我在社交媒体上看到另一个孩子的妈妈发布了她去学校当午餐志愿者的行程。当孩子们在食堂排队时，她写道他们非常可爱，对收银员大声说出自己的名字，然后坐下来吃饭。我知道库珀做不到这些事。老师们第一天就带库珀尝试过了，当库珀在餐厅里来回奔跑时，他们为了让他好受一些，只留他和助教在教室里单独吃午饭。

在此之前，悲伤从未阻碍我为库珀尝试一切。但我这次不能去食堂为大家服务，因为我不能看到所有的孩子走过时说出自己的名字，然后在餐桌上吃饭，因为我知道我的儿子是一个人在教室里吃饭的。我做不到。我请求杰米代替我去，谢天谢地，他答应了。我哭了一整天，为自己没有去而感到羞愧。后来，我们谈到这件事时，我问他有没有见过库珀。他说没有，他也不想打扰儿子，所以他就偷偷溜进溜出。我问他是不是感到很难过。他说："是的，我不知道五岁的孩子们居然这么爱说话，这么好相处。"

我很想说一切都好起来了；我也很想说，库珀终于在幼儿园安顿下来，并在那里茁壮成长。但什么都没有发生。我得到了两条过去从没有人告诉过我的宝贵教训。第一，公立教育并不适用于每个孩子。我这么说绝非是对教师的挖苦。老师们都很棒，但库珀的需求的确也更多。第二，离开其他孩子所遵循的道路是非常痛苦的。这是作为一个有特殊需求的家长所要迈出的最艰难的一步。

几个月过去了，我的印象是学校无法满足库珀的需求，也不知道如何教育他。老师会给我发让我心碎的电子邮件，告诉我库珀又"发疯"了。这些汇报如此频繁，以至于我的每一条短信和每一次手机铃声都让我胃部抽搐。

有一次，库珀的老师通知我，因为我儿子的表现不好，她剥夺了他的课间休息时间。我怒不可遏，杰米不得不阻止我冲进学校。我无法想象不给库珀这样的孩子活动身体的娱乐时间，会是怎样的煎熬？当老师同意他白天出教室活动时，我发现他并没有和其他小朋友结伴，而是单独一个人出去的。每天都是这样，既有新奇的事情，也有悲伤的事情，但从没有好事。我觉得我一直都处在战斗的状态。

随着圣诞节的临近，我准备再次尝试做志愿者。幼儿园的小朋友们正在举行一个节日聚会，有分发美食、装饰卡片、游戏、唱歌等环节。我收到了志愿者工作的邀请邮件，于是报名参加了装饰卡片组。我带着勇气和那件傻乎乎的大红色圣诞毛衣走进校园，和另外三位家长被领进了一个房间。我们每个人需要坐在桌旁，帮助孩子们为他们的父母装饰一张卡片。

孩子们到了之后，我问了好几遍库珀在哪里。我有点诧异，我们教室的老师竟然不知道我的儿子是谁。要知道，这是一所很小的学校，而且只有幼儿园的班级。大约过了一个小时，我又问了一遍："库珀在哪儿？"接着，我找了个借口，走到前台，再问了一遍。我被告知，因为没有助教的陪同，所以他只能一个人待在教室里，无法参加聚会。

当我转身向他的教室走去时，我能感觉到脸上的温度正在飙升。我走到那扇紧闭的门前，偷偷地往里瞧。库珀站在一张蓝色的垫子上，正盯着屏幕看。室内灯光昏暗，窗户上蒙着贴纸。眼前的一幕完全不属于我刚刚离开的那个快乐的节日派对。我的心头涌动着很多情绪。我既难过，又很恼怒。我打开门，走到他的身边，坐在垫子上，用力把他抱了起来。我在那天早上告诉他妈妈要来他的学校。他知道吗？我不确定，但我在心里告诉自己他一直都在等我。坐在桌子旁的那个女人不是他的老师，只是一个被派来照看我儿子的人，而其他人都在欢度这个节日。

我将库珀带到了走廊上，我们从一个房间走到另一个房间。他吃了一块饼干，但拒绝装饰卡片。我们只待了十分钟，就收拾东西回家了。当我们走出校门的时候，身后五岁小孩们叽叽喳喳的说话声摧垮了我。在回家的路上，我又哭了一次。这本该是很有趣的一天，事情不应该是这样的。

第二天，我和他的老师申请了个体化教育项目的援助会议，参与会议的有库珀的治疗师、其他老师和学校的领导们。当我谈到包容、参与和重视时，我忍住了滚到眼眶的眼泪。为什么他们看不出他还只是个小男孩，配得上更好的教育呢？

他们嘴上虽然承诺着会做得更好，但我感觉不到真诚。在那次会议中发生了一件很唐突的事情，也是杰米和我讨论多年的一件事。我讲述了儿子对我们有多重要，还谈到了一个小男孩每天都是在大厅尽头黑暗的教室里度过的。但校长竟然在桌子那头闭着眼睛，打起了盹。他真的就这么睡着了！

会议结束后，我对库珀在这所学校的未来丧失了信心。我不再对公立学校系统的项目抱有希望，开始拼命寻找下一个自闭症救助项目。我们似乎别无选择，也没有人告诉我应该做什么。他没有在学习，也并没有进步。

这些年来，我经常谈论儿童发育的线性特质。婴儿和学步儿童通常会在规定的时间线内学习各项技能，并逐一抵达所有的“里程碑”。因此，儿童的发育是可以预测的，你可以在书上或订阅的电子邮件中，得知自己的孩子在每一个规定的时间点应该做什么（最多仅有几个月时间的误差）。大多数家长只需要遵循教育系统为他们制定的计划。但对于库珀和像他这样的孩子来说，并没有任何明确的成长计划。

随着春天的临近，我知道是时候再一次离开公立教育系统了。学校是为大多数人设立的，但我的孩子并不是大多数人中的一分子。公立教育并不适合每个孩子，但过去的我们头脑中被牢牢地灌输了这样的观念。当一切不尽人意的时候，你会觉得自己是唯一的那个走投无路的人。这就是我的感受。但是离开公立学校的恐惧几乎已经超出了我的承受范围。我知道这意味着库珀再也看不到学校的戏剧和乐队，也不会参加运动会和舞会了。我想让库珀能和其他人相处，但我也知道怎样才是对库珀最好的选择。

我一直在研究所在州的其他选择。除了公立教育之外，我还找到了几个学校，但排队的人太多了，文书材料也近乎天文数字，我的意志陷入了瘫痪。在那段时间里，库珀承受的压力也越来越大。每天早上，每当公交车到来时，他就会倒在地上，一边不停地尖叫，一边踢我。我无法让他平静下来，不得不把他扛在肩上，送上车。我必须承认，这几个月来，我每天早上开车上班的时候都会痛哭流涕。一到岗位上，我会在办公桌前感到难受不已。我在大部分时间只是盯着手机屏幕，等着它响，等着收到消息，告诉我库珀从学校逃走了，或者库珀伤害了别的孩子，抑或有人伤害了他。

每天晚上，我都会细细观察他，问他一些问题，不放过他的任何回应。他不开心吗？他们对他好吗？他受伤了吗？但他无法回应。我还会检查他身上是否有伤痕。我想知道我那可爱却不被人理解的儿子到底经历了什么糟糕的事情，才会在每天早晨上学前不停地攻击我。

但更糟糕的是，为什么除了我和他父亲之外，没有一个人关心他？谢天谢地，一个好消息到来了，而且以春季音乐会的形式出现了。

学校发来了一封以“幼儿园音乐表演”为标题的邮件，正文很短：“我们很高兴你们能在3月30日星期四加入我们！演出将会在学生的常规音乐课期间在音乐室内进行。”文字的下面附有一张图表，上面列出了7位幼儿园老师，并且通知家长孩子们的表演和他们应到场的时间。但库珀老师的名字并没有出现在名单上。

我在内心深处知道，我的儿子是不会被允许参加这次活动的，因为他在整个学年里被剔除在外了无数次。上一次的幼儿园活动是去参观当地的苹果园。我之所以知道这件事，是因为家长们都收到了通知的邮件。当我问老师库珀是否可以参加时，她回答我不可以，解释说带他外出的难度实在太大了，并且表示下一次会试着带上他。一方面，我非常了解养育儿子的重重挑战，自然能理解老师的难处；但另一方面，我作为一个只想让自己的小男孩融入同龄人的母亲，感到十分受伤。当整个幼儿园的人都去参观果园时，库珀不得不被留下来，这让我感觉很不公平。当我提议和大家一起前往，帮助他们应对一些挑战时，却又遭到了否定，因为志愿者早已筛选完毕了。我本可以更努力一点，但我觉得自己打了太多败仗，已经没剩多少的斗志了。当你有一个有特殊需求的孩子时，你必须挑选出值得奋斗的目标，并为此集中自己的全部精力，因为一旦你试图为一切而奋斗，你就一定会焦头烂额。

这种公然的排斥远比无法参与野外旅游严重得多。这本是杰米和我，以及库珀的弟弟和祖父母应该一起参加的活动。我们本可以拍照，笑着说我们的小男孩有多可爱。这是为人父母的必经之路，也是我多年来一个梦寐以求的心愿。我一直期待着看到我的孩子穿戴整齐，站在舞台上和同学们一起歌唱。我从侄女和侄子那儿得知，上台演唱在孩子们的心目中可是一件天大的事情。

我等了好几个小时，一直在等待库珀的老师回复我的邮件。我在心里默念了希望收到的话。有特殊需求的孩子在自己的教室里进行音乐表演的场景浮现在我的脑海里。我想这是可行的，我可以邀请爷爷、奶奶来现场。我甚至想到了库珀也许可以参加一场大型演出，参与一首歌的演奏，他可以在一旁摇铃，从其他孩子的歌声中感受到快乐。我一再告诉自己，我的儿子不会被排除在外；这一次，他一定不会被排除在幼儿园的音乐会之外。

随着睡觉时间的临近，我的愤怒越来越强烈，最后我又给他的老师发了一封电子邮件。这封邮件只有一句话："库珀也包括在内吗？"她很快就回信了："你们可以作为观众到场。"

我甚至不知道我当时是否感到震惊。可悲的是，我觉得我预料到了。从第一天起，我的儿子就被排除在幼儿园的各个方面之外。库珀被视为一个格格不入的孩子。但他被对待的方式完全是错误的。是的，他是有自闭症，但他是一个小男孩，理应在人生的餐桌上拥有一席之地。他应该像其他孩子一样，成为音乐会的一分子。我猜想，他之所以被故意剔除在外，是因为他患有自闭症，声音很吵，而且无法长时间站着不动。我能想到至少十几处校方可以改进的地方，才能让库珀和他的家人们有一段与他人相同的幼儿园经历。我睁开了眼睛，睡意全无。

此后不久，我们正式结束了公立教育。经常有疲惫不堪的父母问我是否可以放弃一些没有回报的事情。每个星期都有数不清的治疗和面诊，我们这样的家庭想知道这些方法是否奏效。我们感到捉襟见肘，不敢做出艰难的改变。每天早上公交车一停，库珀就会对我拳打脚踢，就好像他受了伤一样。我的直觉告诉我，我先前的所有努力都没有回报，而退学又是一件恐怖的事情。但当我们最终做到了的时候，库珀和杰米在家里度过的第一天带来了一股清新的空气。没有尖叫，没有攻击性行为，更没有自残的行为，库珀似乎很自在。我知道我们的决定是正确的，你必须相信自己的直觉。

接下来的两个星期，杰米和我轮流在家中工作（我和我的老板都希望居家办公只是暂时的），竭尽所能地教导库珀。我知道为儿子找到另一个教育项目的时间已经不多了。一年前，我曾在社区自闭症中心的等候名单上登记了库珀的名字，但被告知等待的时间很可能会长达好几年。当我打电话咨询时，奇迹发生了。工作人员说虽然排在库珀前面等待进入中心治疗的人还很多，但可以立刻开始居家治疗。这意味着工作人员每天都会来我们家，为库珀做心理治疗。但我和杰米到时候都在外工作，我不知道我们该怎么办才好了。那天晚上，我和老板协商并修改了工作的日程安排。杰米作为自由职业者，在时间方面有更大的灵活性，因此他同意在需要的时候会来我家照看库珀。我们发誓这次一定要取得成功。

几天后，心理学家对库珀进行了评估。他必须被诊断为严重的三级自闭症，才能接受相应的治疗服务。我和杰米又一次坐在一张桌子旁，等候着评估结果。

“你们的儿子患有自闭症，斯文森先生和夫人。”杰米和我不约而同地笑了，就好像她在告诉我们一些我们还不知情的事情。“他有资格接受我们的服务。”听到这句话，我又可以呼吸了。在开车回家的路上，杰米和我一起嘲笑了生活的讽刺。三年来，我一直希望我的儿子没有患有自闭症。但今天，我祈祷我们的儿子能得到他所需要的帮助。生活就是这样有趣。

第九章

谢谢我的索耶

我还记得在许多年前曾和一个熟人聊起他残障的兄弟。几年前，库珀被诊断出患有自闭症，我对他的未来感到担忧。或者，更具体地说，我担心的是他和索耶的关系。

当那位熟人描述自己的哥哥时，我在脑海中拼凑出了一幅画面。他告诉我，哥哥比他大两岁，从未学会说话，也无法上学，有时十分有攻击性，不能照顾自己，从未去过医院做过诊断。人们也不知道他的哥哥究竟得了什么病。但如果他的哥哥今天有机会去医院的话，那么很可能会被诊断为无法说话的重度自闭症。我猜，他的哥哥现在应该有四十多岁了。

他的哥哥会是多年后的库珀吗？这让我想起了我那

两个仅仅相隔两岁的儿子：一个患有自闭症，一个没有。

“你们在成长过程中是如何相处的？现在的关系怎么样？”

当他说他们没能一起长大，也没有什么来往时，满眼忧伤。在儿科医生的建议下，他的哥哥被送往离家大约五十公里的一家社会福利机构。他说那隶属于一家公立医院，一家人会尽可能多地去探望哥哥，但仍然只是两周一次。随着年龄的增长，他组建了自己的家庭，之后就很少见到他的兄弟了。

社会福利机构？我都不知道有那种接受自闭症患者的机构的存在。我在几年前看过的一部恐怖电影的场景闪过我的脑海：死板的白色混凝土墙，明亮的灯光，穿着长袍的儿童和成人。不可能是这样的，对吗？我想到了库珀，想到他是多么喜欢柔软的毯子，想到我故意搔他的胳肢窝。为什么像他这样的男孩会被送进社会福利机构？他并不危险。他只是不能说话，只是和其他孩子学得不一样。

我能看出来他很内疚。

“我的父母并不是坏人，请不要那样想他们。那是一个不同的时代。我妈妈生他的时候，他没有呼吸，就快要死了。这是她的第一个孩子。当他刚出生几天后，医生建议我妈妈:‘忘掉现在这个孩子吧，他很可能活不下去了；即使活下来，他也需要被送往社会福利机构。出院后再生一个吧。’我的妈妈尽力了，凯特。她想把他留在家里，但她根本无法照顾他。包括我在内，她还有六个孩子，约翰尼所需要的远远超过她能给予的。他在四岁时离开了家，那时我才两岁。我都不记得他曾和我们一起生活过。”

我努力理解他的话，不让自己流露出任何情绪。我无法想象一个医生会对我说这样的话:“把他送到社会福利机构吧，然后回家再生一个孩子。”从那时起，我才知道，这种事在多年前实在太常见了，医生告诉父母们放弃残障的婴儿，于是父母们在回家后就忘了他们曾经出生过的孩子。

泪水涌上了我的眼睛。他的哥哥当年才四岁。我想到库珀也才刚满四岁，他虽然无法交谈，但仍能表达爱意。如果我出门办事，他就会站在窗边，等我回家。虽然他会每天清晨过早地把我叫醒，但他会轻柔地抚摸我的脸颊。如果我不在他的身边，他就活不下去，他不会理解这些。

这名男子接着说，他的父母已经不在人世，哥哥也在几年前去世了。他所在的州立福利机构在几年前就关闭了，因此他搬到了一个养老院。

那天晚上，我想到所有被迫放弃孩子的母亲和那些在没有母亲的情况下长大的孩子，感到一股剧烈的悲伤。我联系了我的哥哥和他的妻子，询问了他们的经历。虽然他们早已成年的儿子与库珀有很大的不同，但同样有特殊的需要。他们证实了我朋友一家的故事是真实的，因为他们的儿子在德国出生几天后，医生也建议他们将婴儿送往社会福利机构，回家再生一个孩子。这不是一百年前的传说，而仅仅是三十年前的事件。

我熬夜研究了残障人士的历史，发现了一个我曾经一无所知的世界。这是我儿子的世界，现在也是我的世界。我记得我爸爸曾经说过："我长大之后，就不再有自闭症了。"我意识到我的爸爸很可能患有自闭症，只是没有被诊断出来。当我看着电脑屏幕上那些被遗忘的孩子们的黑白照片，想到他们和我儿子一样大时，我的情绪波涛汹涌。如果我的儿子生在过去，他很可能会成为那些孩子中的一员。

我简直不敢相信，所有的社会福利机构目前都已经关门了。从我的所见所闻来看，像我这样的父母仍然没有得到应有的帮助。在我的研究中，我读到一些父母需要医院对孩子提供及时的帮助，医生却告诉他们没有足够的床位。我还读了一些关于攻击性行为的事故，这些记录实在太可怕了，以至于我几乎无法继续阅读下去。父母们都很无助。

我考虑过我将用这一辈子来照顾一个脆弱的小男孩。他会长大成人，却仍然不了解这个世界。然后，我想到了我死后会发生什么。库珀的责任会落在索耶的肩上吗？还是说索耶与他不会有任何来往？他们现在都还太小了，我还不敢往后想太远。我只是祈祷我正在创造一个世界，在这个世界里，像库珀这样的人不再感受到恐惧，也不会被视为负担，他们会得到的是珍视和爱。我只是祈祷我能让另一个儿子在成长的过程中看到他哥哥带给这个世界的礼物。

当库珀六岁、索耶四岁时，我自己去看了心理医生。我觉得自己很自私，因为我忙于工作和照顾孩子，及时照料自己的心理健康似乎成了一件不可能的事情。但在一位朋友温柔的敦促下，我设法为自我护理腾出了六十分钟的时间。“自我护理”是一个让大多数照顾特殊孩子的父母望而却步的通行术语。在我们的世界里，根本没有多余的时间。我统计了一下，库珀除了上学和玩乐的时间之外，平均每周还需要去医院七次，更不用提语言治疗、作业治疗、游戏治疗、饮食治疗、医疗预约以及与社工的预约了。除了上班工作之外，我还要照顾另一个儿子，整理家务。自我护理一直不是我优先考虑的选项。

一天，我开车驶进一个繁忙的医疗办公楼停车场。当我坐在熄火的车中时，我在想自己应该和治疗师谈些什么，话题是无穷无尽的。我的生活表面上看着很好：我有一份非常棒的公共媒体工作，我也为此感到无比自豪；我能够支付自己的账单，拥有自己的房子；我能让生活中的各个环节井然有序地运转。然而，在内心深处，我的感觉却大不相同。我觉得自己很失败。在过去的六年里，我一直在努力找寻儿子的声音；但在这个过程中，我却失去了自己的声音。我的生活并没有蒸蒸日上，我只是在顽强生存。大多数人仅仅看到了我独立、坚强的外表，却对我内心中的感受毫不知情。

敞开心扉，坦诚地面对我们每天的痛心和挣扎，这对我来说绝非易事。于是，我远离了大多数人。我手机上有五十条未回复的短信和十二条未打开的语音邮件，我和很多朋友也渐行渐远。我用家庭来粉饰这些挑战，相信如果我能坚持下去，继续为库珀做更多的事，他总有一天会好起来的，但这一切并没有发生。自闭症已经渗透到我生活的方方面面，进而吞噬了我。我是儿子的残障，而不再是凯特了。

我要不要向心理医生咨询如何重新找回自我？我可以告诉她离婚的事情，以及我如何爱着我的前夫。但我心底里知道自己做不到，因为我的心碎了，感到自己注定要独自承担自闭症的重担。当我在想象未来时，脑海中浮现出的是库珀和我在门廊上摇晃，时间被冻结了，世界上其他人都已经离开了。我已经开始接受这一结局了。

我想我可以和心理医生谈谈陷入悲伤的各个阶段：否认、愤怒、妥协，最后是抑郁。我对此并不陌生，因为除了最后一个阶段，我早已经在各个阶段循环好几遍了。但走出悲伤的关键一步——接受——却迟迟没有到来。相反，试图接受的过程感觉就像在追逐一个不断移动的目标，随着库珀年龄的增长，接受现实的那一天仍然遥不可及。有几天，甚至几个星期，我有了四处逛逛的心情，以为自己成功地克服了悲伤的情绪，但接着总会发生一些事情，将我打回原形。比如，只比库珀小四个月的侄女为我唱了一首歌。悲伤似乎蛰伏着，却又在我最意想不到的时候重新爆发，悲伤来得猝不及防。在某种程度上，我暗自怀疑接受是否意味着放弃。我会麻木吗？我真正接受的是什么？是我的儿子永远学不会说话吗？还是他永远学不会交朋友和骑自行车？我不确定自己是否真的准备好了。我困在了中间地带。

但以上这些并不是最近最困扰我的事情。相反，我想到的是索耶。前一天晚上，当他站在厨房的椅子上搅拌巧克力蛋糕面糊时，我差点没认出他来。他已经长大了，他的头发又长又扎人，穿着恐龙战队的红外套。他最近喜欢天天穿戏服，我也全身心地支持他。他一边搅拌着那把大木勺，一边滔滔不绝地给我讲了一个很长的故事，讲的是那天他们在学校里挖掘恐龙骨头，他是如何找到的，以及他的老师最后不许他带回家的经历。

我站在厨房里，努力回忆索耶究竟是在什么时候长大的。我觉得我完全错过了这一过程。但生活就是这样，时间就这么悄无声息地过去了。

自从我和杰米分开之后，我和两个儿子的关系都变得非常亲密。索耶成了我的小伙伴。他会和我一起做饭，陪我从一个房间打扫到另一个房间，用玩具枪射击我，要求我陪他玩家里的所有游戏。我非常感激他陪我度过了那段孤独到令人无比窒息的日子。当库珀在观看动画片，或者在玩堡垒游戏的时候，我会找机会抱抱他，努力撬开他的世界。人们经常会问我，我是如何与库珀沟通的，因为他不会说话，也很少交流。其实很简单，我和他创造了属于我们独有的语言。我熟悉他的每一个声音、每一声尖叫、每一个表情和每一个手势。我甚至觉得我们就像一对沉默着坐在一起的“年轻的”老夫妻。我们之间的纽带是毋庸置疑的。但这并不意味着我不渴望言语交流，也并不意味着我不希望库珀和我们一起玩糖果乐园的游戏，但我不再经常对此抱有渴望了。虽然有时仍然隐隐作痛，但悲伤似乎已经减弱了一点点。我们开始回归到正常的生活。

无法说话的孩子具有一种独特的沉默，这很难解释。当你坐在孩子对面的桌子旁，只想听听他们一天的生活和想法时，这种沉默会格外震耳欲聋。多年来，什么声音都没有，只有沉默。直到有一天，索耶开口说话了，他用自己的声音填满了安静的房间和外出时的车厢。突然间，一切都不再那么沉寂了。

索耶在六个月大的时候，就很喜欢自己的哥哥了。他会坐在客厅里，看着库珀在电视机前高兴得又跳又叫。当时，索耶快一岁了，库珀已经三岁了，我很想知道他们的关系会是什么样子的。我生命中的很多人都告诉我，有一个弟弟或妹妹对库珀来说是最好的事情。他们告诉我，库珀会想成为索耶，做索耶正在做的事，像索耶一样说话和玩耍。但事实并非如此，库珀似乎都没注意到他弟弟的存在。我把他们俩的合照设为我电脑屏幕的壁纸。那张照片完美地展示了两兄弟不同的性格：索耶穿着忍者的服装，坐在库珀房间外的地板上，背靠着墙，正在玩玩具枪；而库珀正坐在他卧室的门边，躺在毛茸茸的印着火车的毯子上。他要求毯子必须在任何时候都保持完美的形状，不许任何人碰它，也不许有人在上面行走。如果我们或小狗不小心违规了，库珀就会立刻进入歇斯底里的状态。他看着他的平板电脑，身边是一打DVD盒。同样的房子，却有着两个截然不同的世界。

索耶大约三岁时，他问我库珀是否恨他。这是他唯一能想到库珀不愿和他一起玩的理由。我尽了最大的努力向他解释什么是自闭症。从那天起，索耶就把自闭症称为“哥哥的病”。哥哥不愿意和他一起玩，他只好找我玩。我很乐意扮演玩伴的角色，我特意邀请了库珀和我们一起做游戏。我心里明知道他会拒绝的，但那并不重要。我只是想让他知道他是受欢迎的。如果他想加入我们，我们早已经准备好了。我还想让索耶理解包容的重要性，以及接纳那些与众不同的孩子。

早些年，索耶每晚都会来我的床上睡。起初，我很抗拒，因为我也需要独处的时间。于是，我每晚会陪他回到他的房间十几次，再为他盖好被子。但有一次，他对我说道："妈妈，我需要和你挨在一起的时间。"我立刻沦陷了。他平时只得到了我的一些零碎的时间。我觉得这对他很不公平。晚上，我们会躺在床上聊恐龙和从他脑子里冒出来的每个想法。和索耶相处的那些时刻让我感到非常快乐，但我在内心深处为不能陪伴大儿子而感到悲伤。我曾经在博客上说过这句话，结果遭到了一些人的斥责，他们认为我不应该将两个孩子做比较，而是应该庆幸我还能有一个"正常"的孩子。我觉得我想传达的重点是，即使我有了一打孩子，我也仍然渴望库珀亲口告诉我他最喜欢的颜色和他喜欢火车的原因。一个孩子并不能弥补另一个孩子。他们都是我的儿子，每一个都独一无二。

接下来的六十分钟里，我向我的新心理医生袒露了自己的愧疚之情。对有特殊需求的孩子的父母来说，这是一种非常常见、却又令人困惑的现象。我告诉她我是如何为索耶创造美好生活的：我把他送进了最好的学前班（学费甚至超出了我的承受能力）；帮他报名参加体育活动；送他和其他小朋友一起玩耍；和他一起野外郊游……我让他一直有事可做，还会把他送到朋友和家人那里。我通过发送到我手机上的照片和视频，看着他体验生活。我用礼物把他惯坏了，因为我没有足够的时间亲身陪他一同去经历。我继续告诉她，索耶在几天前说他不需要我再为他切食物了，还说我应该把注意力多多放在库珀的身上，因为库珀更需要我。他才刚满四岁，这番话让我心里很不是滋味。

在索耶的心目中，我和库珀、家，以及自闭症是绑定在一起的。他的爸爸则是一个更有趣的家长，爸爸指导他运动，带他走出家门，去体验这个世界。我知道我必须做出改变。我必须在负罪感吞噬我之前，找回平衡，但我不知道究竟该怎么做。库珀的需求太急迫了，我是唯一能让他平静下来的人。但我还有另一个小男孩，他也同样需要我。

医生给我开出的处方很简单：给索耶写一封信，写一封他长大后还能读的信。这样一来，他就能理解为什么我们的生活会是这样的。她说把心里话都写出来对我来说会有治疗的效果。

那个周末，我爬上床，开始写信。我没有粉饰我想说的话，而是发自内心地写道：

我的小索耶：

我想告诉你一些事情。我知道你现在才四岁，还无法理解我写出来的话，所以我把它们写下来，供你长大后再阅读。有一天，当妈妈老了，头发花白了，我想让你读这封信，我希望你能理解我。这是一封感谢信，一封道歉信，也是一副清醒剂。

首先，我想感谢你的存在。谢谢你陪在妈妈的身边，谢谢你成为我的儿子和库珀的弟弟。这听起来可能很傻，但有了你，世界变得更美好了。当你以后遇到艰难困苦的时候，孩子，请一定记起这句话。你一定会为这个世界带来很多礼物。

我也要感谢你的成长——这听起来可能更傻。但你是如此难以置信的幸运，因为你得到了长大成人的礼物。你和我都知道并不是所有人都拥有这份礼物。所以，索耶，你很幸运，你中了基因彩票。你要学会独立，学会享受成功和接受失败。等到你第一次去看演唱会的时候，你可以偷偷喝杯啤酒，感受胸腔中激烈的心跳。你还可以驾车，亲吻你心爱的姑娘，走上毕业典礼和投票选举的讲台……这些都是生命中的礼物，孩子。

谢谢你给了我这么多珍贵的时刻。你第一个说出口的词语是“妈妈”。我听到后，就忍不住哭了。我还能想起你钓到的第一条鱼。当时，你穿着一件迷彩羊毛夹克。你和你爸一样，为钓到鱼而感到自豪。你在三岁时就学会骑自行车了，这是一项惊人的成就。你还通过观察我对哥哥的教导，学会了自己上厕所，你一直都非常独立。你从没生病过。你学什么都那么毫不费力。成为你的妈妈让我感到无忧无虑，谢谢你！

我有一种预感，你不会一直这么乖。你也许会像你的爸爸一样，给我惹来很多麻烦。我从你奶奶那里听说了很多你爸爸小时候的故事，把我的心都吓得怦怦跳。你知道的，我也是个大孩子。所以，你一定要对我手下留情。还有，千万别去骑摩托车。

我也想对你说声对不起。我不想让你觉得我之所以错过了你的生活，是因为你的哥哥更需要我。索耶，我时刻都面临着比大多数父母都要多的抉择。必须做出选择，这一点儿也不公平。我愿意相信我做出了正确的选择。但你可能会有不同的想法，这我还不知道。我担心你会在心里埋怨库珀，我希望你不会这样想。

索耶，我想让你知道我一直都在关注着你。当你未来在棒球比赛中投球，或在曲棍球比赛中得分后，望向看台，你会看到爸爸、爷爷和奶奶。但我也一定在看呢，孩子。即使你看不见我，我也一直在关注着你。我可能在车里和你哥哥一起看，或者在看台上跟在哥哥的后面徘徊，或者在录像上看到你。我向你保证，我绝不会错过你生命中的每一秒。

我很早就知道，如果我想给你一个正常的生活，我就必须和你分享。所以我找到了我信任的人，他们会带你一起成长。我永远都不知道该怎么感谢他们对你的接纳。在很多日子里，我也想念着你。当我看着你和邻居们一起跑去公园，看着你和其他家人们一起去动物园时，我的泪水就会涌进我的眼眶。我很嫉妒他们能够陪在你的身边。

多年来，我通过别人发给我的照片和视频看着你长大。当我不得不周旋于治疗中心和医院，不得不保护你哥哥的安全的时候，我就非常感激那些带你去看世界的人们。他们不知道这对于我来说是一份多么珍贵的礼物。

最后，我想告诉你一些也许会（也许不会）让你惊讶的事情。我不知道你和库珀的关系将来会变成什么样子。不过，我还是对此充满希望。某一天，你会看到他给我们的生活带来的礼物和美丽，而不再是攻击、打斗和一个个错过的遗憾。

你能在生活中认识自闭症，这也是一种幸运，因为你可以看到大多数成年人从未见过的世界的另一面。

你可以从中看到希望、坚韧和不同。你还可以看到斗争、恶意和悲伤。我在你还小的时候总是很难过，但现在的我不一样了。你很了解库珀，你有个选择，孩子。你可以为他改变世界，帮助我给予他最好的生活。这是一种福分。

当你有一个残障的兄弟，你会因此而变得更好，因为你能看到差异，看到弱者，看到那些被歧视和被遗忘的人。孩子，为他们争取一个发声的机会。即使当你害怕的时候，也要用颤抖的声音为他们呐喊。

我爱你，小家伙。

妈妈

我在写完后，立刻把信塞进了索耶那本几乎空白的婴儿成长记录本里。这个小本子和他在医院的小手链、我的手链、他出生后戴在头上的蓝帽子，以及一张印有他脚印的纸放在一起。小本子上记录了一些其他的日期和笔记，但明显比库珀的那本少得多。不过我还是记下了他第一次笑、翻身、坐、爬行和走路的情景。我写下的最后一个条目是他开口说出的第一个词语——“妈妈”。

许多年前，当库珀确诊自闭症后，我在一家曾经去过的治疗中心的候诊室里遇到了一位女士。她的儿子比库珀大十岁，同样无法说话。我们进行了一次短促而深刻的谈话。她说："当你迈进特殊需求的世界中时，你最快乐的日子也会变成你最悲伤的日子。"直到索耶的发育状况超过他哥哥的那一天，我才彻底领悟了这句话的含义。一方面，我所感受到的喜悦使我感到充实；但另一方面，我对另一个小男孩的悲伤却愈加强烈。在我的余生中，在类似这样的时刻，喜悦都将同时与悲伤作战。我和这位女士的谈话给我留下了不可磨灭的印象，并改变了我。但当时的我还不知道这番话会对我产生如此之深的影响。

我几乎回想不起我怀索耶时的任何事，甚至他出生后的头几年的记忆也模糊了。但我还记得我在他出生时差点死了。很多人都不知道这个，可能是因为这种感觉太牵强了。但事情确实发生了，而且非常恐怖。

在我生产的那天，正好是第四十周，我斜着身子，弓着背，趴在病床边，双脚悬在地面上，脸顶在杰米的胸口，等待着只有硬膜外麻醉才能带来的缓解。

这是我分娩生涯中的第二次硬膜外麻醉，所以我并不害怕。我知道最艰难的部分是保持坐着不动，知道疼痛很快就会过去，也知道之后我就可以深吸一口气，放松一分钟。

库珀的出生是一个冗长的过程，而索耶的出生则是快速而猛烈的。一秒钟后，我就感觉到了第一次宫缩。回头看来，这样的反差很有趣。每个孩子的出生都完全符合他们的个性。

麻醉师告诉了我整个过程："你会感受到压力，但你不会感到任何疼痛。"我先是感受到了胶带，然后是擦拭我背部的棉签。最后，那股压力来了。

手术后，护士告诉我要坐直，摆动双腿，但要慢慢来。"你可能会感到头晕。"她说。我遵照她的指示，从丈夫的胸前抬起头来。在护士的帮助下，我转过身把麻木的腿抬到床上。我看着她的眼睛，十分镇静地说："我要生出来了。"

这是我记得的最后一件事。当杰米讲述这个故事时，他笑着说我当时很平静，就像只是躺下小憩了一会儿似的。在我告诉你产房里到底发生了什么之前，我先来告诉你我当时的感受。

我感觉棒极了，就像飘浮在半空之中。我的头上有个黑乎乎的东西在打转，还有个声音叫我去睡觉。终于，我可以休息了。要是这些人让我一个人待着就好了。我清楚地记得，那是我多年来感觉最佳的时刻。

当我陷入不可阻挡的睡眠中时，房间里充斥着各种声音。蜂鸣器和警报器开始响起。我的血压降到了零，我的心脏停止了跳动。我在分娩时，明明一切都很正常。那一刻，我真的快要死了。

杰米说护士爬到我身上想要叫醒我。她一边摇着我的肩膀，一边喊："凯特！凯特！你能听到我说话吗？"她见我毫无反应后，立刻把手伸到我床后，拍了拍墙上的按钮，尖叫道："我要呼救了！"

杰米说几秒钟，甚至更短的时间内，产房里就挤满了人。当他讲述这个故事时，他强调至少涌进了几十个人。他被推到了角落里，很多人围着我，他连我的脸都看不到了。

然后，我苏醒了。我睁开眼睛，但我的身体动弹不得，于是我试着抬起头。我知道我周围有人，因为我能听到他们的声音。但是，我的头动不了。我感觉自己像被封在了水泥里，四肢过于沉重。那些说着话的头围着我，我觉得自己被困在了床上。我产生了一个绝望的想法：逃离这里。

我扫视四周，试图避开明亮的灯光，搜寻着我丈夫的身影。我只是想看到他的脸。我很害怕，真的害怕。

有些地方不对劲，但我不知道是什么，而杰米是我的镇定剂，他一直都是。

我经常开玩笑说："我们的房子可能着火了。"杰米则会坐在躺椅上，对我说："放松，我们有的是时间。让我们列一张我们应该留存的物品清单，但在此之前，让我完成我正在做的事情。"他的冷静有时会逼疯我，但在那一刻，我比以往任何时候都更需要他。

当我意识到他在哭泣时，我的恐惧开始积聚。我从未看到我的丈夫哭过。我试着伸手去抓住他，说我没事，但我说不出话来。护士不停地重复我的名字，试图引起我的注意。在经历了一场持久战之后，我才终于能重新集中注意力。

我的护士问道："凯特，你回来了。你把我们吓坏了。感觉怎么样？"我只是看着她。所有的人都站在那里，盯着我看。我对刚刚发生的事情感到迷惑。

然后，我听到有人喊"婴儿没有心跳了"。我永远不会忘记那句话。

"婴儿没有心跳了！"

这句话让我猝不及防，就像灵魂出窍了一样。谁的宝宝没有心跳了？一定不是我的，我想。

有人慌乱地掀开我的褂子，毫不客气地把心跳监测器绕在我的肚子上。有很多只手在我的肚子上推来推去，试图同时移动和重新定位。什么都没有，没有孩子的动静。

我清楚地记得当时的想法：我不能失去这个孩子。他是我的。我现在就要他。我看着杰米，想让他做点什么。

在那一刻，他们的注意力都集中在我的身上。在他们的眼里，我是最重要的，必须让我的心脏跳动起来，他们必须救我。但我需要他们来救我的孩子。

我听到了“剖腹产”这个词。我听到了“准备手术”。我听到了“哔哔”声。我听到了心电图警告的鸣响声。我和医生进行了眼神交流。天哪，他太年轻了。他不是我的医生，我甚至不记得他的名字了。我的医生是那个给我和姐姐接生过的人，他可能已经七十多岁了，总是很冷静，让人安心。他在的时候，我一点儿也不害怕。但他还没有出现在我的产房。

这个年轻的医生看起来手足无措，他在揉动我的大肚子，好像要把里面的索耶摇醒似的。我看到了他的脸，他显然很害怕，也很惊慌。我很可能误读了他的表情，但他的表情实在把我吓坏了。

有人尖叫道：“快叫医生来！现在！”这是最戏剧性

的部分。(每当我在睡前和索耶讲起这个故事时，他的脸上总会绽出微笑。)突然，我的医生来到我的身边。他走进来，显得很不安。机器还在发出“哔哔”声，其他人在到处乱跑。这就像电影里的一个场景：男主角在迷雾中穿行，脸上没有一丝惊慌失措。

他看着我，捏着我的胳膊说：“坚持住，孩子。”我不知道他说的是我，还是我的孩子。然后我的医生把手伸到我身体里，使劲地摇了摇索耶。我全都感受到了，但感觉并不太好。

“哔——哔——哔……”胎儿心率监测器终于发出了熟悉的声音。产房里发出了一声异口同声的感叹。我和婴儿都很好。

我的医生救了我的孩子，他是个头发花白的传奇英雄。索耶喜欢这个故事，他认为一位超级英雄拯救了他，他喜欢自己在出生前给我们带来的巨大恐慌。

我本来很想告诉你，他出生后的篇章是静谧和充满禅意的。但混乱的插曲也同样存在。这才是我的孩子。我那吵闹、狂野、让人筋疲力尽的儿子。我一早就应该知道他会让我吃一顿苦头。

谢天谢地，索耶还是给了我几个小时，让我休息一下，从创伤中恢复过来。我吮吸着冰块，杰米和我玩着手机，开玩笑说这感觉就像在度假。当然，差点丧命的剧情除外。

上一秒，我还跟杰米说我想多待一晚，让这些好护士照顾我；下一秒我就嚷着让杰米立刻把护士喊来。

“杰米，快按呼救按钮。”我要求道。“孩子就快要出生了。”

“护士前脚刚离开，凯特。不可能那么快的。”

“快按下那个该死的按钮！”我尖叫起来。

杰米用略带讽刺的语调回应道：“好的，凯特。我按了这该死的按钮。”

“再按一次！”

没人回应。

“你快去找护士来。我感觉到他的头了，杰米。你还想要你的儿子吗？”

接下来，上演了杰米一贯冷静的态度起不了作用的一幕。

他叹了口气，从椅子上站起来，像树懒一样慢慢地向门口走去。他脚上的人字拖在地板上发出声响。谁会穿着人字拖去生孩子啊？他就是慢吞吞的。我在心里记着，等这一切结束了，就把他干掉。

我知道我当时在尖叫。这个人在他的生活中就不能有一丁点紧迫性吗？我甚至听到他和护士在赶来的路上仍然有说有笑。

我听到护士说："我刚刚检查过她，但这可能会发生得很快。尤其是在有了第一个孩子之后。"她坐下来，看了一眼，然后告诉杰米再按一次按钮，是时候生孩子了。然后，她建议我别再催促了。她已经看到了索耶的头，我们得等医生来。

最后，感觉像是过了好久，医生终于来了。当他转过拐角时，一位护士为他穿上了医用外套，戴上了手套。我看着他先是瞄了一眼，然后索耶像火箭一样冲了出来。医生像抓橄榄球一样，接住了他。

这一幕就像令人难以置信的戏剧。接着，索耶就出现在我怀里了——那个差点死掉的孩子。他是完美的，而且接近八斤重。我就像第一次看到库珀一样，第一眼就爱上了他。

我的家庭关系很复杂，很难用一句话解释清楚。我有一个同父异母、大我五岁的姐姐，她和她的生父一起长大。我还有两个同父异母的哥哥，他们和母亲一起长大。直到二十多岁，我才和他们建立了关系。我基本上算是在威斯康星州的农村长大的独生女，我的母亲和继父陪伴着我。我姐姐有时会和我们住在一起，但正如我所说，情况很复杂。随着年龄的增长，姐姐来访的次数越来越少了。我父母需要工作，所以我经常一个人。夏天，我和我的狗聊天，在树林里建堡垒，看肥皂剧和鲍勃·巴克的日间电视节目。我有着丰富的想象力和对独立活动的热爱。但是，我多么渴望有兄弟姐妹的陪伴啊。我可以在集市上和他们一起骑旋转木马。然而，我的朋友只有我自己。

早在我和杰米结婚之前，我就确定自己至少想要三个孩子。我喜欢家里吵吵闹闹、乱七八糟、满是孩子的那种混乱感。早在我怀库珀的时候，我就已经在想象未来会有很多孩子和孙子一起过圣诞节的场景。

尽管我和姐姐在成长的过程中相伴的时间很短，但她每次的到来都给我留下了宝贵的回忆。我在上世纪90年代长大，喜欢姐姐的厚刘海。妈妈让我剪了一个男孩子的短发，而她却有一头漂亮的长发，对此我暗自嫉妒。她那越买越紧的牛仔裤让我感到敬畏。当她来我家住时，我有时能和她睡在同一张床上。我永远不会忘记那时的我多么为此高兴。她会熬夜在床上阅读V.C.安德鲁斯的书，而我会因为灯还亮着而假装生气。我在那些时刻体会到了拥有一个姐姐的美好感觉，这也是我最期望儿子们能拥有的。

库珀和索耶经常主动待在一个房间，这让我感到温馨，也让我对未来充满希望。晚上给他们掖被子时，我拥抱他们，亲吻他们，在每个人的耳边轻声说“我爱你”。索耶会答以“我爱你”，然后对哥哥再说一遍。我会对库珀说两遍，只是为了确定他听到了。每天晚上我都在他们的门外停留片刻，寂静会在那时再次将我吞噬。有些晚上，我会听到索耶的自言自语，但我不清楚库珀在想些什么。

我不知道库珀和索耶的未来会怎样，我不知道他们是否会有一段正常的兄弟情义。但我对此抱有希望，正是如此坚定的希望支撑着我渡过一个又一个难关。

我看着索耶长成了一个非常善良，又有耐心的男孩，对与众不同的孩子也很友善。我观察到索耶在停车场出自本能地抓住他哥哥的手，引导他走到安全的地方。我观察到索耶系好了库珀的安全带，甚至喂了他一口食物。我目睹了库珀自然而然地跑去拥抱索耶，用平板电脑向索耶展示一些有意思的东西。多年来，有好几位老师曾在家长会上告诉我，索耶很有同情心。对我来说，这比任何数学或阅读考试成绩都重要得多。我还观察到他们俩会像所有兄弟姐妹一样扭打和争吵。当然，这不是我为他们设想的兄弟关系。但这段关系正在开花。杰米和我会在他们长大后，继续培育他们的兄弟情。我们会继续在家和社区中谈论自闭症，为索耶亲身示范怎么才算倡导。我知道有些人一提起“自闭症”，就好像这个词很肮脏似的。但对我们来说，它绝对不是。

我们将继续让索耶接触不同的孩子和成年人，这样他就会明白这个世界上没有放之四海而皆准的东西。我坚信，人们盯着我们看并不是因为蔑视，而是因为他们不理解。同时，他们也害怕不理解的事物。我希望索耶能发现那些外表或行为不同的人，而不是避之不及。想要做到这一点，需要从我们做父母的开始。

对我和杰米来说，自闭症儿子和正常儿子之间从来都没有任何区别。他们都是我们的孩子，我们对他们的爱一样热烈。当然，库珀有时会需要额外的照顾，我们会诚实而优雅地面对，所以索耶对此可以理解。这两个男孩能拥有彼此真是太幸运了。我知道，总有一天他们也会这么认为的。

“妈妈，你知道有一天我会住进公寓里吗？”

“真的吗？”

“是呀，等我十八岁的时候，我会搬出去和我的朋友德里克住在一起。妈妈，你会难过吗？谁来帮我穿衣服？谁会开车送我去学校？我们要把热水浴缸直接放在客厅里！”

“好吧，宝贝，我当然会难过。我不希望你离开。”

“但是你会永远拥有库珀的，妈妈。我听到你和爸爸在谈这件事。”

“嗯，是的。的确有这种可能性。他可能，呃——是的，可能永远会和我们住在一起。”

“那就好。我真的不希望离开的时候，看到你难过。因为我要长大了。你知道的，对吧？”

停顿了一会儿。

“那永远之后呢，妈妈？在你走后，谁来照顾我的哥哥呢？我一定要照顾他吗？”

“索耶，我们现在不用担心这个。”

又停顿了一会儿。

“我想也许他会住在我的公寓里，但也许不会。我可以选择吗，妈妈？我可以选择他住在哪里吗？你到时候会住在天堂。对吗，妈妈？”

“宝贝，只要对你来说是正确的，你都可以选择。你的选择可能会改变很多很多次。好消息是，我们有很长的时间来思考这个问题。永远是很遥远的，索耶。只要库珀需要我们，爸爸和妈妈会照顾好他的。”

“也许库珀可以和我住在一起，也许我们可以互相照顾。”

当我看着索耶爬进用毯子和椅子搭成的堡垒时，我开始思考未来。我很难想清楚，我还没准备好，但也浅浅设想了一下。

库珀很可能需要终身照料。总有一天，我会离开人世。索耶会照顾他的哥哥吗？他会给他刮胡子，给他洗澡吗？库珀会被送往疗养院吗？我永远不会把这种压力施加给我的小儿子。把这事加在兄弟姐妹身上是不公平的。但这些想法越来越困扰着我，我不可能一直避而不谈。我的孩子们都在长大。

我希望索耶能考上大学，结婚生子。我希望他不用担心库珀的事，有一个充实的人生。但最大的问题是，他确实有一个有特殊需求的哥哥。当我离开这个世界的时候，无论库珀将来是否会生活在弟弟的家里，无论索耶将来是否会照顾哥哥，我都只是祈祷索耶会像我一样爱他的兄弟。

第十章

向世界讲述库珀的故事

虽然还没到早上七点，但感觉就像已经到了中午似的。由于失眠，我一夜也没合眼。库珀依然在凌晨三点准时起床。当他把遥控器塞到我手里时，我觉得自己像被货运火车撞了一样。但我挺了过来，六点半把他送上了大巴车，然后出了门。

我坐在公司大楼外面的停车场里，下车后还需要再往前步行十分钟。我不想去上班。我哭了大半个晚上，也没用化妆品掩饰我的倦容。我怎么能像什么都没发生过一样，和往常一样走进去上班呢？

我最近创建了一个名为“寻找库珀的声音”的社交账号，这样我就可以在上面谈论我和库珀的生活。我厌倦了把恐惧锁在心里，假装儿子的自闭症并不严重，厌倦了陷入自我麻痹的状态。不能谈论我们如何不能离开家，也不能谈论我们如何在一些场合不受欢迎，这让我感到窒息。无法大声说出自己的恐惧是一种毁灭性的打击。

关注我账号的人虽然不多，但她们的内心都很强大，其中大多数都是像我一样的母亲，她们的孩子往往都是刚刚确诊自闭症。我知道她们能理解我的感受。

我们探讨自闭症，甚至讨论了更多的话题。即使没人回应，作为父母，倾诉确诊自闭症和走出自闭症的心路历程也仍然是一种解脱。我从中得到了拯救。欣喜的是，我很快意识到我的坦率和诚实也帮助了其他的父母。

我上传的视频并没有什么特别的。只有我自己，通常是我坐在车里，谈论艰难、悲伤、美好和担忧。我从来没有写过脚本，也没有做过任何剪辑。就在刚刚，我还在对着摄像机说话。今天早上也不例外。我说出的只有我的心声。

“我想说一些我认为所有自闭症父母都能感同身受的事情。我想谈谈上次的事。‘上次的事’是一个有趣的词，每个人在生活中经常听到这样的措辞，比如你上次接孩子，你上次照看孩子，上次孩子握住你的手……但对于大多数父母来说，照顾特殊孩子的父母拥有一个独特的‘上次’，即你上次认为一切会好起来。这对其他人来说并不容易理解……”

“昨天对我们这个自闭症小世界来说，真是难熬的一天，我根本睡不着。在我们的家里，库珀生活在他自己的小世界里。他很安全，很快乐，很健康，无忧无虑。”

“但有时我们不得不抽身离开孩子的世界。我们必须出门去做一些事情。当我们这样做的时候，我就犹如坠入深渊。”

这就是我当时的处境，我一落千丈。诊断为自闭症的时间接近第三年了，我一直以为一年会比一年更好。我以为诊断后，得到援助，就能继续生活。

也许其他的一些家庭的确逐年好转了，但我们没有。我们止步不前，几乎被冻结在了时间里。被冻结的不只是库珀的发育、治疗服务和资源，还有我自己。我看不见未来，也看不清现实。

前一天，我通过工作收到了一个特别的邀请，前往全国最大的购物中心——美国购物中心。我为我们是否应该应约前往而苦恼。这家购物中心正好就在我们家的附近，库珀最爱的《芝麻街》的艾摩届时也会出现在商场中。我们有好多年未能成功完成一次外出旅行了，而且能去的地方几乎已经少到可以忽略不计。

杰米和我权衡了利弊，最终得出了一个简单的结论。我们的儿子爱艾摩，所以我们要带他一起去。

我制定了一份严密的外出计划，包括停车的地点，甚至是前往的路线。我拿出地图，给举办见面会的组织拨打了电话。在我们的世界里，没有什么是能靠运气解决的。为了成功，我们需要不断地制定计划。

我们很早就抵达了，希望库珀能在空荡荡的商场里玩耍、游荡一番。我很庆幸我们见到艾摩的时间是在商场正式开业之前，这样就不会有拥挤的人群。库珀从一家商店跑到另一家商店，从未放慢脚步，透过橱窗往里偷看。杰米和我跟在儿子的后面，大一些的孩子从我们的身边大步走过。在其他人看来，库珀就是一个正在享受自由的正常小男孩。

我抓住了他，把他紧紧抱在怀里，准备来一张合影。拍照一直是我最爱做的事。尤其是在这样的活动中，我会经常尝试多拍一些照片。就像过去几年里我们拍的其他照片一样，我抱紧他，他则拱起背，一边尖叫，一边扭动身子。我在脸上挤出一抹假笑，汗水顺着我的脖子淌个不停。

杰米试图引起库珀的注意，但没能成功。“快拍吧。”我厉声对他说道。就在库珀用拳头打自己的头之前，我听到我的相机“咔嗒”了一声。他一边不停地打自己，一边尖叫。我把他放下，叹了口气，他就跑走了。当他穿过人群时，行人们纷纷散开，杰米和我则在后面追。

我们向购物中心走去，尽可能地让库珀对人群、噪音、艾摩，甚至排队的情况都做好准备。我不知道他是否兴奋，或者他是否真的听懂了。当我们快到之前，我跑到前面去和主持演出的人聊天。我在找前一天给我发邮件的那位女士。我向她解释说，我儿子患有自闭症，排队对他来说几乎是不可能的。我问能不能跳过这部分，先让他见到艾摩，然后我们就回家。我收到了她最贴心的回复：“当然。等你到了，就从绳子下面溜过去找我。当艾摩和艾比登台时，你儿子可以先上台。没问题的。”

我立刻找到了戴耳机的女士，她挥手让我们一家人进去。我们从绳子下面钻了过去，跳过了排队登记的队伍。我左顾右盼，打量着周围的环境。我比任何人都了解我儿子，知道他能在瞬间面临怎样的危险，也知道他可能随时造成的破坏。

我是一个典型的自闭症母亲，就像联邦调查局的探员一样扫视周遭。我看到《芝麻街》里的布景，这是为合影做好准备的。我推测着眼前的道具是否牢固。我看到放火车的桌子和五颜六色的桌子，它们很容易翻倒在地。该死，居然还有几把小椅子，它们甚至可以被直接扔出去。我还看到一张大桌子上堆叠着高高的艾摩玩偶，它们很容易被掠夺一空。库珀能在几秒钟内将桌子一扫而空。

我看到我的同事和他们的家人，他们在一个用绳子围起来的地方排队等候。我立刻注意到我的儿子是最大的那个孩子。大多数孩子都刚刚学步，有些甚至是婴儿。他们都穿着可爱的衣服，耐心地排着队。熟悉的刺痛感向我袭来，提醒着我们是与众不同的。但我迅速地把这种感觉深深地压在了心底，因为我很高兴库珀有机会见到他喜欢的角色。我才不在乎他是五岁，还是二十岁。在内心深处，我想我早已经知道我们会看一辈子的《芝麻街》了。

我们一进入用绳子包围的区域，杰米和我就用尽最大的力气控制住库珀，同时等待着艾摩。艾摩显然不知道有个小男孩一直在等着他。当我伸手去拉库珀的手时，他倒在了地上，一边滚，一边尖叫。他胡乱摆动着双臂，伸手去抓任何他能抓住的东西来扔。我感觉到了众人注视的目光。当我想要伸手抱他起来的时候，我的脸颊立刻烫了起来。我知道人们想知道他为什么会这样，而答案是“我也不知道”。自出生以来，库珀一直很难保持安静。不管我们在哪里，无论我们在做什么，他都会跑开，就好像他不能在场似的。

我们尝试用火车和蜡笔来分散他的注意力，但都不起作用。戴耳机的女士想要和我说话，告诉我艾摩马上就会出场，我们可以走上舞台了。杰米想把库珀抱起来，但库珀立刻像果冻一样从他的手中滑了出去。杰米低声对我说：“就这么上去吗？”我很熟悉他那种绝望的声调。“我不知道！”我小声回答道。我觉得自己进退两难。我想哭，我能听出杰米声音里的沮丧，我知道我们很快就会大吵一架，这种事经常发生。库珀反抗的激烈程度每次都能让我们的压力水平飙升到十级。

我看了杰米一眼，他的脸也涨得通红，额头上渗出一层汗。我们俩就像在跑马拉松一样。最后，音乐、掌声和欢呼声从舞台上爆发出来。艾摩和艾比悠闲地走了出来，一边跳舞，一边向孩子们挥手。库珀从地上坐起来，看了一眼，捂住耳朵，尖叫着向另一个方向冲去。他从远处的绳子下钻了出去，然后就不见了。我张着嘴站在原地，杰米紧追在后。

“你要我们等他吗?”那位女士问道。窘迫的我结结巴巴地请她跳过我们。

我看到舞台上的一对父母在挥手致意，他们蹒跚学步的孩子笨拙地向艾摩径直走去，拥抱在一起。所有的人都发出“哇”的惊叹。我的眼泪夺眶而出。大家看起来都很开心，他们的动作也很轻盈。接着，他们摆好姿势，拍了一张全家福。“说‘艾摩’!”摄影师说道。一个小男孩应声喊道:“啊么!”

库珀回来了，躺在他爸爸的怀里，紧挨着我。杰米低声说:“我们走吧，凯特。这次计划失败了。”但库珀指了指艾摩。我看着他，我可爱的、没人理解的小男孩……“我们就不能再试试吗?求你了，杰米?”

我们面面相觑，眼神之间进行着一种再平常不过的无声对话。这时，我的脸颊又热了起来。我想再试试，杰米却想离开。这是一个僵局。事情总是按照这样的剧情发展。如果失败了，那就是我的错。我，是那个一直往前推进的人。

“好。”杰米放下了库珀。库珀再次跑开，来到了舞台上，尖叫着向艾摩挥手，打断了一个正要登台的家庭。我不知道自己应该高兴，还是悲伤。我跟在他的后面跑，在第三级台阶上绊了一跤，一边向他的家人道歉，一边重新站起来。我跪在我的小男孩旁边，有那么一瞬间我可以呼吸了。我们成功了！库珀笑了，伸出手去碰了碰艾摩巨大的红胳膊。我松了一口气。他是在笑吗？是的！然而，美好的一幕转瞬即逝。

库珀倒在地上，将头一次次地撞在地板上。在我把他抱起来之前，我觉得自己僵住了一会儿。我用身体挡住了他，让他不被大家炙热的目光伤害。我把他转向我，他长长的身体，几乎有我一半大。我在他耳边轻声说："好了吗，小家伙？"

"你想要拍一张照片吗？"

我看着周围的人群，看见了戴耳机的女人、摄影师，还有杰米。"当然。"我咬紧牙关回答道。我的脸上挂着假笑，而库珀则前后摇晃着，他的额头最终撞到了我的下巴和嘴唇。我的眼睛里立刻噙满了泪水，嘴巴里还能尝到血的味道，但我一直保持着微笑。

我意识到场地里变得非常安静，每个人都盯着我们看。我和一位母亲进行了眼神交流，她紧紧地抱着襁褓中的女儿。我扫视周围，看到了他们的脸。有些人表示同情，有些人一脸震惊。我相信会有人为我们的离开而感到开心。

我想有些人会想知道我们为什么会到这里来。答案是，因为我们的儿子和其他孩子一样喜爱艾摩，他也应该去享受生活。但出于某种原因，给他带来最大快乐的事情也给他带来了难以置信的焦虑。作为他的母亲，我束手无策，不知道什么时候该鼓励他，什么时候该退缩。

当我们不尝试的时候，我们会被评判，我们也会感到内疚，因为我们的孩子错过了机会。当我们尝试的时候，却总是失败。我们仍然会被评判，我们仍然会感到内疚。当然，希望一直是存在的。希望下一次会成功。

拍完照片后，我们马上就离开了。杰米走到舞台边缘，把库珀从我怀里抱了出来。他一句话也没说就转身走了，他就这么走了。我跟在后面，抓着我们在骚乱中掉在地上的东西：他的夹克，我的钱包，还有一个水瓶。戴耳机的女士露出了一个悲伤的微笑，递给我一个艾摩玩偶，说道："也许这会让他高兴起来。"

在那天剩下的时间里，我一直在迷茫中度过，无法将刚刚的一幕从我的脑海中清除。一切都很混乱，全都挤在了一起。我感觉自己被上下颠倒、里外翻转了。一些话在我脑海里一一闪过：自闭症、重度、无法说话、永远。最后冒出的一句话是，他会永远自闭。

这一天要结束时，"永远"的场景在我脑海中循环往复，我只能借酒来缓解焦虑。我想到了自闭症，库珀的自闭症。没有人告诉我，这一切会如此具有挑战性，每天都感觉像在攀爬一座高山。也没有人告诉我，这一切会如此令人情绪化。看到其他同龄的孩子在一起说话和玩耍，我几乎要下跪投降了。我感觉这个世界似乎早已与我们擦肩而过，遗忘了我那美丽的儿子。我不禁陷入想象：如果库珀没有患有自闭症，生活会是什么样子？他会有什么变化，不变的又是什么？如果没有自闭症，他现在应该会说话了，会叫“妈妈”“爸爸”和“弟弟”。他会学习做游戏、打棒球和骑三轮车。我们一家会一起去迪士尼乐园度假，还会去露营。我哽咽着，想象着每一个场景，折磨着自己。

那天晚上，我一边给他洗澡，一边听着他哼歌，看着他前后摇晃。我伸手洗他的腿和脚，心中充盈着我对他的爱，我想让他的生活更加轻松。那个我一直为他祈祷的小男孩就在我的面前，如果我想的话，我可以触摸他，甚至抱着他，但他的某些部分对我来说是封闭的。我突然非常想他，我迫切地想离他更近一些。

我扶着他的脚，用毛巾擦洗每一个脚指头，给他唱《这只小猪》。他开心地笑着。唱到最后，第五只小猪“呼哧呼哧地回了家”。我端详着手里的小脚，眼眶里盛满了泪水。那双脚已不再是婴儿的脚了，我在擦洗的时候，抬头看着儿子的脸。在库珀的生命中，我头一次把他看成了一个男人，而我觉得自己像是一个正在为他洗脚的老妇人，满脸皱纹，头发花白。

这幅画面就像一辆货运列车，深深击中了我。库珀的自闭症是永远的，一生也不会消失。尽管这一想法在过去已经打击了我无数次，但我从来没有像现在这样难过。在过去，我表面上承认自闭症是永远的，但暗地里总认为也许还有转机。我生活在中间的地带，由此产生的情绪对我来说太过沉重了。我儿子可能永远不会说话，他可能永远无法独立生活。这不是我所能控制的。谁会照顾他呢？在我死后，谁会继续爱他呢？

我突然对这一切的不公平感到愤怒。我想，为什么非得是他？我想让我的孩子知道每个人都值得拥有生活中所有的美好。我想让他打出一个本垒打，在倾身接受初吻前感受那紧张的心情，了解工作面试的压力，甚至是论文不及格的痛苦；我想看到他大学毕业，找到工作，结婚，给我生好几个孙子和孙女；我还想在我儿子的婚礼上和他跳舞。但我突然意识到，这些事情永远不会成真。几个月来，我一直站在接受现实的悬崖边缘，而这次去见艾摩的经历让我彻底坠落谷底。

那天晚上，当我的两个儿子都上床睡觉后，我几乎无法离开沙发。我任由自己跌入最低谷，永远困在这万劫不复之地。

我死后，库珀会明白吗？还是说他还是那个小男孩？

库珀会参加我的葬礼吗？他自己母亲的葬礼？还是说他会因为无法停止“刺激行为”（即一种自我刺激的行为，通常包括做出重复的动作或发出重复的声音）或无法静坐而被关在家里？他会明白我不在了吗？他知道我会在某一天消失不见吗？他会像他每天都做的那样，一直在前门等我吗？我属于他，我就是他的世界。他会用语音设备反复说“我要妈妈”吗？

希望库珀五十多岁的时候，我还健在。但即使在那时，这个延迟发育的脆弱男孩会理解他的老母亲有一天会离开人世吗？泪水开始从我的脸上流下来。我甚至在哭之前就已经感受到了泪水。这些想法、这些恐惧、这些担忧是这个世界之外的人永远也无法理解的。

谁会在他每次经过的时候偷亲他一下？谁会擦他的脸、鼻子和屁股？谁来检查他身上的肿块和擦伤？谁会给他挠痒痒，给他掖好被子，检查他的情况？谁会笑着看他激动地展示各式各样的小火车呢？谁又会理解他发出的每一种声音呢？

我不在乎他是七岁，还是六十岁。即使库珀看起来像个男人，他也仍然是一个小男孩。他的残疾和脆弱也许不会像现在这样美好。未来的某一天，对某个人来说，他可能是一个负担。给他擦屁股对某些人来说可能很恶心。他的“嗯哼”声，摇摆手臂和尖叫声不会被微笑以待。他的偏执、古怪的行为不会给他带来欢笑和拥抱。

我的儿子从来不是我的负担，一次也没有。即使是在自闭症最困难的时候，焦虑、不眠之夜以及那些攻击性的行为也未曾改变我的想法。保护他的安全，支持他，为他战斗，爱他是我的人生目的。他是我的世界。但总有一天，我将离开这个世界。

我甚至有时会猜想库珀会不会比我先离开这个世界。我能这么说吗？我可以吗？我想要我的孩子长寿、健康、快乐。显然，这是每个母亲的希望。但是没有我和他父亲，他能活下去吗？我有一种强烈的感觉，一切都不会再好了。现在，我已经敞开心扉，承认了现实，我再也不能回到无忧无虑的状态了。

我的话源源不断地涌进手机的录像里：

我尽量做好充分的准备。我想我知道自己在做什么，我准备好了，我采取了所有的预防措施；我为自闭症做好了准备。我们为‘第三次世界大战’做好了准备，我们准备好了，我们出发了，然后你站在那里，等着见艾摩。你抱着你六十斤的孩子，他激烈地扭动着身体，一边尖叫，一边不断撞击着自己的头，你向左看，你看到所有的父母都抱着他们可爱的孩子。你从眼角的余光，可以看到他们在和配偶窃窃私语。我知道这是人的本性，如果是我的话也会盯着看。所以我没有愤怒。

你意识到这是不对的。我不想骗你。

你知道，当库珀两三岁的时候，我们尚且可以伪装。我儿子患有重度的自闭症。我在今天上班的路上，一直在哭，因为在过去几个月的某个时候，我不再祈祷他未来能成为一名医生或律师，现在我们仅仅在为他的生活质量而祈祷。这是一个艰难的转变。因为你恨自己放弃希望，但这是事实。

他可能是百万分之一的人选，但他不是。我知道，他也有足够的快乐，很多时候确实如此。真的，不骗你们。但昨晚，我躺在床上想到了他的葬礼。如果我不在人世了，还会有人去他的葬礼吗？他谁也不认识。

我是他的母亲，了解他真的很快乐。昨晚，我和库珀的爸爸谈话时，我告诉他这样不行，他也这么认为。他告诉我，他害怕当库珀长到一百六十多斤的时候，仍然排着队见艾摩，然后踢打我们。

我只是感觉到我们永远无法离开我们的家了，自闭症的隐秘世界令人难以置信。昨天晚上，在经历了一天的混乱和拳打脚踢之后，我坐了下来。我在想，我明明原本是一个幸福快乐的母亲。我看待未来的视角究竟是从什么时候开始彻底改变的？这实在是太残酷了。

我暂停录像，擦干了眼泪。有那么一瞬间，我犹豫要不要上传这段视频。我以前从未在网上哭过，我不确定自己是否准备好公开分享如此脆弱的一面。但我安慰自己，关注我的网友并不多，没有人会真正看完我的视频。于是，我按下了上传键后，投入工作之中。

几个小时后，当我拿起手机时，我收到了几十条朋友发来的短信。那段视频在网上迅速传播。在很短的时间内，播放数量就已经达到了几十万次。当我浏览评论时，陌生人的爱和支持深深打动了我。成千上万的父母和我有着相同的感受：孤独，精疲力竭，遭到世界的遗忘。

尽管如此，我还是感到孤独。我已经跌到谷底了。对我来说，抑郁和沮丧是我以前从未经历过的。但这一次，我感到绝望。我辜负了儿子和家庭。

那天晚上，杰米负责带孩子，所以我一个人回到家，拉上窗帘，打开一瓶红酒。不管根据什么标准来看，我都不是一个软弱的人。我很坚强，非常独立，所以我很难承认我又坠入了这样的低谷。

我六岁的儿子患有无法说话的重度自闭症。这是一种没有人谈论的自闭症，它使家庭孤立，让人无法入睡，迫使一个人去争取每一种可能的治疗服务和基本权利。这种自闭症是一种彻底的消耗，有时会令人陷入绝望。

身为母亲，我们应该是坚不可摧的。但作为照料者，我却感到困难重重。照料者需要像战士一样，拥有强健的体格。虽然我不愿承认，但照顾一个有特殊需求的孩子让我郁郁寡欢，因为我会在照料的过程中暴露自己软弱的一面，然而，母亲们理应把孩子放在第一位，并且坚强地支撑下去。我们不能向挑战屈服，也不能展示这到底有多难。

有些日子里，我的状态很不错。但还有一些日子里，我甚至连起床都很困难。谢天谢地，我有两个小男孩，他们需要我起床，但这并不总是那么容易。人们经常问我如何面对库珀的诊断结果。说实话，我也没有答案。我挺过了大多数的日子，但每隔几天，就有一个新的行动、一次新的面诊和一份新的表格要面对。我让自己坚强起来，做我必须要做的事，因为我用尽每一口气去爱我的孩子，我愿意为他倾尽所有。但我并不耻于承认，有时我需要休息。有时我也会生气，生自己的气，也生上帝的气。我经常会问自己，我到底做了什么，才会落得这样的下场？为什么偏偏是我的家人？

抑郁症会让一个人感到自己像是一个隐形人一样孤独，我想这就是我公开谈论自闭症的原因，所以我才上传了我在车里哭泣的视频。有些人认为我是在寻求安慰和鼓励。但我只是需要有人知道我每天坚持下去有多难。当我一心只想放弃的时候，我想让其他人知道，他们并不是孤独的隐形人。

第二天早上，我给杰米发了一条短信，问他是否愿意和我一起吃午饭。在一家拥挤的餐厅里，我们吃着蘸着萨尔萨酱的薯片。我没有和他浪费任何时间，而是直奔主题：我再也无法独自承受儿子的残障了。我推开了我生命中的所有人，把注意力集中在自闭症上。我在周围筑起了又高又坚固的围墙，让自己完全陷入了孤立无援的境地。我犯了很多错误。我曾尽我所能地帮助库珀，试图填补我心中的空洞。我推开了所有不和我站在一边的人，告诉自己孤军作战更好。

但当我一想到理想的生活时，我比以往任何时候都更加孤独。我已经完全放弃了自己的生活来帮助库珀。但在每一天结束的时候，他的自闭症仍然是那么严重。他的病情不但没有好转，反而似乎每况愈下。我觉得自己像个傻瓜，因为没人比我更加相信我能帮助他渡过这一切难关。没错，我们会去往谱系的另一边。

泪水从我的脸上流下来，我挥舞着我的白旗，这是我从未让杰米看到过的。

我为自己做错的一切道歉。但最重要的是，我为自己独自承担了自闭症的重担，却未能治愈我的孩子而道歉。

我告诉杰米，我多年来一直因为我们之间的争论和他对儿子自闭症的反应而责怪他。我责怪他，只是因为他是成年人，而我不能责怪一个孩子。我告诉他，我错了。我流着泪，大声地道歉。在某种程度上，我觉得每个人都相信我能让库珀变得更好，但我失败了。我告诉他，我之前真的相信，我注定要一个人承担儿子的残障；我注定不会快乐。那时的我最终接受了我的命运。那个几乎不动声色的男人，把手伸过桌子，放在我的手上。然后，他站起来，拥抱了我。我情不自禁地在餐厅中央哭了起来。

在这段旅程中，杰米第一次说出了我一直期待听到的话。他感谢我为我们的孩子牺牲了自己，感谢我在他无能为力的时候挺身而出。他为自己不能成为我需要的依靠而道歉。他还说我救了我们的儿子。

“但是我失败了，杰米。我做了我能做的一切，但他的病不但没有好转，反而越来越糟了。”

“你救了他，凯特。是你救了他！”

我不知道该说什么。当我开口说话时，我问他为什么不多帮我一些忙。他当时肯定知道我快崩溃了。他的回答是：这太难，太伤心，也太可怕了。

我恍然大悟，原来我们坐的是同一辆过山车。他只是在用自己的方式面对问题。他从未抽身离开过。我一直被自己的悲伤笼罩着，因此没有看到这一点。虽然我可以肯定他没有我哭得那么多，也没有我担心得那么多，但他一直参与了每一次医疗预约，一同走了每一步路，他从未离开过。

他爱我们的儿子，他在用一种他的方式和儿子沟通，而我以为只有我能做到。他和儿子坐在一起，没完没了地看着小火车。他和儿子摔跤，为他挠痒痒。他在混乱中保持着耐心。我明白了，我和他都一直在承担父母的责任。我既是研究者和决策者，但也是那个更容易情绪化的人。是他出现了，是他让我们冷静了下来，是他让我们继续前进。

就这样，压在心头的情绪被卸除了。我把憋了这么多年的气一口吐了出来。他告诉我，只要我需要他帮忙，他都会帮我，他说我不再孤单。我们会一起努力。

我极其渴望听到的话终于从他的口中大声说出。从那一刻起，从那个拥抱起，我们开始一同疗伤。那天，我们手拉手回到我的办公室，变成了不同的人。晚上，杰米、我和孩子们一起在我家休息。几周后，他就搬了进来。

我不会说我们的关系在一夜之间就重修于好。但这次的感觉的确大不相同，我的压力减轻了。我们终于站在了同一条战线上。

四个月后，春天降临明尼苏达州，杰米和我花了一个周末的时间准备将我们的房子挂牌出售。我们在一个满是住户的社区找到了一个面积更大的房子，并提出了报价。但我们首先需要将小房子出售掉，才有钱购买新房。为了尽快搬家，男孩们被送往我母亲的家中过周末。杰米让我在家休息一天，他去五金店买油漆。

杰米外出的时候，我决定在沙发上休息，刷一刷社交软件。当我打开手机上的社交应用时，一个句子跳了出来："你儿子死了，也比有你这样的妈好。"

我又读了一遍，确定没有看错。

我的眼睛一定是进沙子了。于是，我攥紧拳头，揉了揉眼睛。我想，这一定是个误会。这条评论不可能是发给我的。为什么会有人希望我儿子死去？这完全没有道理可言。

我继续扫视了一下之后的评论，但也好不到哪里去："你为什么不把车直接开下桥？没有你，世界会更美好。"

我突然觉得虚弱无力，但还是继续读了下去。

时间仿佛停止了。我的耳朵里嗡嗡作响，脸颊发烫。我听到周围一片嘈杂，就好像我穿着内衣暴露在众目睽睽之下似的。

到底发生了什么？我显然惹恼了一些网友。我仅仅在"寻找库珀的声音"的账户上发了很短一段时间的帖子，而且以前从未收到过这样恶意的评论。当然，偶尔也会有人侮辱我，比如当我在州议会大厦倡导医疗补助计划时，有人叫我"寄生虫"。还有一次，当我说我们在滥用医用大麻时，有人说我是“嬉皮士怪胎”。我这个妈妈从不回避难堪的对话和侮辱，虽然我会遇到唱反调的人，但他们从来没有让我去死。当然，也没有人希望我的孩子去死。

人们躲在电脑屏幕的后面，竟然可以如此“英勇无畏”。

随着我越来越多地参与宣传倡导活动，分享我们的秘密世界，有一席人似乎并不想看到我们的真实处境。如果我说自闭症很困难，他们就会认为我是在发牢骚。如果我说我在担心患有自闭症的儿子，他们就会认为我失去了希望。如果我分享我们的日常生活，他们就会认为我悲观、消极。他们禁止我谈论自我伤害、攻击性行为、终身照料，否则我就是一头怪物。

一般来说，只谈论自闭症、养育子女或做母亲的好处不仅是不切实际的，还是一种“有毒”的盲目乐观。对我来说，这反而是一种伤害。我认为教育和倡导很重要，但同等重要的是不要粉饰这些斗争。

我必须弄清楚到底是什么内容引起了一些人对我的仇恨。我回想起过去的几天，想到了我在昨天分享了一张男孩们坐在后院的可爱照片。在那之前的一天，我在视频里介绍了一个辅助技术，评论区里没有任何的争议。

我点开了那条说我在发牢骚的评论，但现实像火车一样撞击了我。我发现这些评论都来自我的一段视频，而这段视频被《今日秀》（*The Today Show*）的官方账号转发了。有那么一秒钟，我屏住了呼吸。我喜欢《今日秀》！我知道《今日秀》的育儿团队会分享我的视频。他们告诉我，只有非常出色的视频才会被官方账号转发。我想，我成功了。

我点开了自己和库珀拥抱的视频封面。在一个简短的广告之后，视频开始播放。我坐在我的车里，穿着灰色的外套，涂着亮蓝色的指甲油。我在视频中说的话在安静的浴室里响起："我想谈一些我认为所有自闭症父母都能理解的事情……"

这个视频是什么时候上传的？日期竟然是今天早上！抬眼一看，就会发现视频浏览量已经超过一百万。我继续深入了解，一探互联网黑暗、丑陋的区域，我让仇恨淹没了我。威胁和诽谤让我突然感到无助和渺小，但最大的感受还是脆弱。在网络上阅读关于自己的言论，这一感觉十分奇怪。我很想大声疾呼："这些都是谎言。"我在想，我应该为自己辩护吗？

我从来没有想过自己会因为对儿子的感情而遭人憎

恨。事实上，我从来没有想过有人会和我有不同的感觉。因为对我来说，我对儿子的爱是一件简单明了的事，也是我的心头大事。他可能永远无法说话和独立生活，我为此而伤心。我不知道表露这样的情绪会冒犯别人。

当杰米回到家时，他发现我躺在浴室的地板上，眼睛死死盯着手机，手指疯狂地滑动屏幕，刷新着评论。眼泪顺着我的脸流下来。他立刻卧倒在地上，看我怎么了。

我几乎说不上话来，他的关心反而激起了我压抑已久的剧烈抽泣。当我缓过气来，他确认我身体状况良好后，我告诉了他我在车里拍的视频——它在网上疯传了。

“杰米，他们得知了我的电子邮件、工作资料、电话号码，甚至我们的旧住址。如果他们想找到我们现在的地址……”我的声音逐渐弱到发不出声。他拉我起来，轻轻把我扶到沙发上，给我倒了一杯水（尽管我当时更想来上一杯烈酒）。

“凯特，你需要冷静下来。你需要解释一下到底发生了什么，因为你说得不太明白。谁在乎人们在网上讨厌你？关掉你的手机。就是这么简单。别管它。或者，直接把视频从网上撤下来。”但这件事对我来说并没有那么简单。我认为作为父母，尤其是像库珀这样的孩子的父母，我们都应该站在同一阵线。我决不是在期待我们一起高声合唱《到这里来吧》[1]，但我感觉网民们的仇恨是莫名其妙的。

我当时就考虑过注销我的社交账号和博客。我可以关掉这一切，从此不上网了。但后来，我读到一位女士的评论，她说是因为我，因为我的勇气，她才不再觉得那么孤独了。事实上，多年来，这是她第一次感到自己被人关注和倾听。我花了一些时间来对所有这一切的讥讽一笑而过。那个导致一部分人讨厌我的视频，那个此刻给我带来巨大压力的视频，实际上拯救了我。因为直到那天晚上，我才真正接受了自闭症是永远的，所有的“可能”永远都不会成真。

在去看过艾摩之后，我本以为自己会抑郁几天，甚至几周，但我没有。在过去的五年里，我一直在为自闭症的未知性而担心，然后暗想如果我再多做点，疾病就会消失。我一直处在一个没人触及的奇怪境地。我告诉自己，当库珀开始说话，当他交了一个朋友，当一切最终都好起来的时候，我就会开心起来。但正因为如此，我错过了他真正的生活。

---

1 *Kumbaya*，一首传统圣歌，该歌曲曾流传至安哥拉，之后又流传到了美国，并发展为一首流行的夏令营孩子们的必唱曲目。——译者注

在那些黑暗的日子里，我探索了我对库珀的每一种恐惧。我让未知为人所知。我想到了最坏的情况，我想过听不到他对我说“我爱你”的生活，我想到了终身照料，我想到了我们的未来，我想象着退休后门廊上的三把摇椅……

这一切的设想在我眼前一闪而过，就像一部关于别人生活的电影。后来，我才认识到我们会没事的，因为我们会照顾好我们的儿子的。突然间，我感到一股平静涌入了我的身体，这是我多年来从未有过的平静。因为有我就足够了，有他就够了。我会给他最好的生活。他的自闭症并不是有始有终的，而是编织在他的身体里，就像一缕缕光线透过他的身体。我发誓永远不再试图改变或修复我的儿子。

我打算在他所在的世界里和他见面，然后从那里出发。我要帮助他，照看他，提高他的生活质量。我要让他开心。因为如果他开心，我也会开心。

我生命中最糟糕的一天反而拯救了我，帮助我接受了现实，让我对可能的事情抱有希望，不再把注意力集中在那些我们无法掌握的事情上。我只花了五年的时间，经历了一次离婚和一次崩坏，就完成了蜕变。

晚上，我在关掉手机前，又看了一条评论：“那些

‘乞怜的妈妈们’都以她们的孩子为中心。她要讲的不是她自己的故事，而是她儿子的。”

当我看着我的孩子们玩耍时，我细细思量着这句话。库珀把他最喜欢的东西排成一排，索耶用蓝色和橙色的乐高积木搭起了一艘宇宙飞船。他们是我的一切，每个人都以各自的方式达到完美，不多也不少。然而，一个能为自己说话，另一个不能；一个孩子能讲自己的故事，另一个不能。

我成为了一个“乞怜者”吗？杰米可能在某些时候给出肯定的答案。也许，我也会这么认为。但那只是因为我觉得我被扔进了战区，打了一场我没有准备好的仗。我在努力让库珀健康快乐，让他能像其他孩子一样上桌吃饭，让他能发声（即使他不能说话）。这个世界应该了解库珀，他也应该了解这个世界。我想我可以不说话了，但我拒绝对严重的自闭症保持沉默。我的梦想是有一天他能够为自己发声，为自己辩护，看着我说：“我能行，妈妈。”

在那之前，我想我只能讲述我自己的故事了，讲述一个母亲和一个不被世界理解的神奇男孩的故事。如果这个故事最终只能激励到一个人，那么，好吧，我也达到了我的目的。

第十一章

重归于好

杰米和我离婚之后，我在很多个深夜里，在约会软件上左右滑动，寻觅完美的男人。考虑到我生活的疯狂，约会并不是我真正适合的选择。不过，线上约会看起来没有什么害处，而且能为我提供一些娱乐。

我知道谁会是我心仪的对象：一个有幽默感、有相似的兴趣爱好和价值观、有一份好工作的人。很明显，这就是会吸引我的男人。我在内心深处，一直在寻找与我前段婚姻不同的东西。压力和挣扎已经对我造成了伤害。我觉得自己已经是个百岁老人了，急需找回生活的情趣。

事后回看，那时的我很可能正在经历中年危机，试图逃离，寻找一个不存在的童话故事。这实在太荒唐了，就像人们常说的，不切实际。当一切尘埃落定时，谢天谢地，我有了一个爱我的男人，他愿意重新来过。

就在我们一起吃了一顿“感动午餐”后不久，杰米搬进了我的房子。没有人认为我们是冲动的，事实上，每个人都松了一口气，我也不例外。我们的朋友和家人甚至表示“是时候了”。作为一个四口之家，团聚就像回家一样简单，完全没有尴尬的适应期。

在经历了生儿、离婚和复合之后，我会笑对自己的“好丈夫标准”。他会默默给我的车加油，因为他知道当库珀在车上的时候，我无法停下来安全地加油。他还会为孩子洗澡、擦鼻子、换尿布、在晚上喂奶、在疹子上涂乳霜、给扭来扭去的婴儿穿睡衣、亲吻小伤口……我喜欢看着杰米擦拭库珀的小脏脸，拉直他的腰带和恤衫，确保他看起来是最好的自己。他会陪着库珀没完没了地玩火车，在客厅里跳舞。他参加了每一次个体化教育项目的会议，给治疗师打电话，完成每一次评估，从不放弃希望。

杰米是一名曲棍球和棒球教练，从不错过任何一次训练。他经历了崩溃、尖叫、自我伤害、无眠的夜晚和清晨，但现在他仍然和我待在同一个战壕里。在艰难的岁月里日复一日、年复一年地坚守着。

这些特质对某些人来说可能听起来很傻。但对我来说不是，至少不再是了……婚姻是艰难的，为人父母亦是如此。即使生活变得非常艰难，那个选择孩子和家庭的人，那个即使被推开也不离开的人，才是你的最佳人选。

在接下来的几个星期里，杰米和我详细地讨论了我们需要做出哪些改变才能成功地长期经营我们的关系。当我们各自退后一步，客观地审视我们婚姻的破裂时，我们对彼此的需求是显而易见的。我需要他对我敞开心扉；他需要我放松一点；我需要他和我一起经历特殊需求教育的过山车；他需要我放弃一些控制权；我需要他承担更多的事情……与此同时，我们都需要接受现实，正面承认儿子的残障。一段成功关系的答案就在我们面前，而我们只需要采取相应的行动。

在此之前，我们一起经历了很多磨难，我很确定这一切并不会很快结束，杰米的入住也不会奇迹般地解决所有的问题。库珀依旧非常需要我们的照料，而且他的需求似乎在随着年龄的增长而增加。在所有人看来，我们的生活很艰难，打个响指是无法改变这一事实的。

每隔一段时间，我就会看到我和杰米在生孩子之前的照片。库珀常常会翻出一本旧影集，然后把它藏在沙发或电视柜的下面。我会再次把影集收回来，细细端详着我和杰米的笑脸，感叹那时的我们看起来是多么年轻，多么纯真。

我们花了五年的时间来弄清楚我们在经历自闭症后究竟成了怎样的人。我们优雅地弄清了一部分的自我，但还剩一部分的自我仍然有待探究。当你的孩子被诊断出患有疾病或残障时，你会感到心力交瘁。诊断不仅仅发生在孩子的身上，还会深刻地影响到你、伴侣、其他孩子以及整个家族。帮助和照顾那个孩子自然而然地成为一切的中心，但这一转变能够彻底改变人生，同时压力也是巨大的。你需要花时间去弄清楚自己在新的现实中会成为一个什么样的人。

有时候，我很惊讶我和杰米已经相伴走了这么远。我们依然站立着，还面带微笑。没错，我们明显老了很多。但我们更加善良，也更有耐心。我们不把库珀的微笑和挥手致意看作理所当然。我们因此而变得更加强大。这种力量激励我们回馈社会，我们支持弱者，为他们倡导权益，大声疾呼不公平，寻找能力有缺陷的成年人和孩子，让他们重新获得社会的欢迎和关注。

我们知道，像库珀这样的孩子是多么努力地生活在这个不是为他们设计的世界里。所以，我们庆祝一切值得庆祝的事情（不管是多么稀松平常的小事）。是的，这的确很难。但我不会说谎，我们的生活因此也获得了数不清的愉悦和美好。

几年前，当我和杰米分居时，我以为是自闭症导致了我们的离婚。我错了。但是，谢天谢地，自闭症让我们重新走到了一起。我们只需要想办法在同一个队伍里，而不是成为彼此的对手。当杰米和我开始努力重建婚姻的地基时，我很明显地察觉到，他不能给予我情感上的需要。在很多方面，他都是一个好丈夫和好父亲，但任何情绪化的事情都会让他感到不安，我很为此困惑。他现身，他留下，他坚持不懈，他从不放弃，但他从不善于为库珀而担心。我的一个朋友推荐我阅读盖瑞·查普曼的《五种爱的语言》（*The 5 Love Languages*）。她说这本书会帮助我理解我和杰米体验与表达爱的不同方式。她还说杰米不是不爱我，而是在用他唯一熟悉的方式来表达爱。我被这样的说法迷住了。

快速地去了一趟图书馆之后，我沉浸在一切事物中，理解了爱的语言和我们之间的差异。这五种爱的语言分别是肯定的言词、身体的接触、接受礼物、精心的时刻和服务行动。从理论上来说，这是一个人给予和接受爱的五种不同方式。那天晚上，杰米和我做了测试，并比较了我们的答案。我表达爱的方式是“身体的接触”和“精心的时刻”；而他的方式则是“接受礼物”和“服务行动”。我们俩的结果堪称两极对立，但得知这一结果大有益处。杰米通过洗衣服和为我的车加油来表达他对我的爱。他是一个实干家和一个调停者。如果我想获得成功的婚姻关系，我就必须在他所在的地方遇见他。

我立即邀请杰米参与所有和库珀有关的沟通活动。我称之为自闭症的“联络圈”，其中包括与社会工作者、财务工作者、教师、医生和治疗师之间进行电子邮件、信件、传真、电话和短信沟通。我曾经计算过，在库珀的成长过程中，我们常常要与二十多人联系：这里一个评估，那里一个电话，等等。保持一切信息畅通无阻的工作量非常大，严重干扰了我的工作。我也为自己一个人处理这些事而感到沮丧，但当我在过去将这个任务委派给杰米时，他似乎并不理解其重要性。这些事情都与库珀的治疗服务和福利息息相关。我们必须圆满地完成这项任务，否则一切努力就会付之东流。但现在是我转交接力棒的时候了，杰米开始负责医疗预约和打电话，也会单独带库珀去面诊。毫无疑问，他还需要经历一个曲折的学习过程，但我非常感激能有他的帮助。

几周后的一天，他走到我的面前，沮丧地举起双手。

“我不知道你是怎么一个人搞定这一切的，”他继续说道，“这简直是一份全职工作之上的全职工作。”他终于明白了这是一项多么耗费精力的任务，我之前的付出也获得了他切身的认可，这让我很欣慰。

我们还同意一起做重大决定。我过去最大的挫折之一便是，重大的决定似乎总是落在我一个人的身上。虽然独自驾驶飞机很惬意，但我确实需要一位副驾驶来帮我指路。我向他解释说，我们需要一起决策各类大小事件；即使失败了，也是我们这个小团队的决定。让他更多地参与决策听起来很简单，但这件事为我们的生活带来了变化。最终，我们处在了同一阵线，想要实现的目标也一致了。离婚后，我们比以往任何时候都更加明白团结的重要性。

我谈到了破坏许多家庭的无声杀手——特殊需求的养育所带来的孤独感。我指的是“物理隔离”，即拉下窗帘，关在家里。我的好朋友杰西把她的房子比作坟墓，有时她会怀疑自己是否能活着从家里走出来。但另一种隔离会发生在一群朋友玩乐或喝酒时。由此而生的一种孤立感会让你意识到自己不再适合曾经的娱乐场合。一些女性声称，在孩子确诊自闭症后，她们被朋友抛弃了。我个人的经历可能不太符合上述情况。当库珀出生时，我有一群非常亲密的朋友，其中许多人是我从小学就认识的。在命运的转折中，我和很多朋友们在同一时间段生下了孩子。

我认为，我在内心深处主动把朋友们推开了，因为我很难接受自己的孩子不能和她们的孩子一起成长。也是这个原因，我选择了离婚。当时的我只是觉得这样做对我来说好过一些。

在我成为母亲之前，我和我的朋友们都一样，看不出什么区别。我们在同一时间从中学毕业，上大学，结婚，怀孕。但在我们的孩子出生后的几周内，差异开始显现。我的宝宝不会入睡，她们的孩子却可以；我的宝宝一直在哭叫，她们的孩子却轻声细语，面带微笑；更糟糕的是，我的宝宝还患有慢性耳部感染和便秘，我无法睡觉。她们可以回归正常的生活了，我却无法做到……

我开始悄悄从各类聚会中溜走。起初的感觉很微妙：我仍然经常和朋友聚在一起，但不会像孩子出生之前那样去酒吧聚会。我们会带着孩子们一起见面。大家喝了一两杯酒，知道孩子们会起得很早，就早早回家就寝了。我有很多住在朋友家的回忆，他们的孩子很容易睡着，而我的儿子却会整晚哭，经常把大家吵醒。等天亮了，我会撒谎，说我们睡得很好，我羞于说出真实的情况。

后来，我的孩子开始表现出显著的差异。他不再是一个睡眠不好或难带的婴儿了，情况更加严重了。当我们的孩子并排坐在毯子上或在房子里爬来爬去时，我们孩子之间的差别昭然若揭。再假装和掩饰，也已经无济于事。

我和朋友们会详细地探讨库珀为什么不是一个自闭症儿童。我们会交换我们认识的其他经历过同样事情的母亲的故事……讨论出来的结论都很美好。她们都没事了。当时的我深信，会没事的，一切都会好起来的。

但我们错了。他就是有自闭症。我完全没有意识到飓风即将吞噬我的生命。

我的生活很快就被医生、治疗和个体化教育项目填满。我再也没有时间和朋友相处了，她们绝对无法理解我。一切就像电影一样。我看着自己在一个满是和我一起长大的高中女同学的拥挤房间里，变成了一个隐形人，感到自己格格不入。但与此同时，我感到嫉妒。这是最矛盾的一点，因为我爱她们的孩子就像爱自己的孩子一样。但我想不通为什么灾难会落在库珀的头上。

随着时间的推移，他们的孩子达到了一座又一座成长的里程碑：学会了说话，学会了上厕所……我退出了，也不再打电话了。这是一个扎眼的事实。我不愿再绕圈子了。

我不知道怎么才能当好一个朋友。我刻意忽略了电话和短信，我不再制定聚会的计划，因为我知道我到了最后只会取消所有的计划。

医生的办公室、治疗预约和自闭症构成了我的新世界。我曾经听说，一个所谓好友称我放弃了生活。我可不这么看，我认为我的行为是我对儿子的承诺。库珀残障的重担比我个人还要大，完全落在了我的肩上。因此，我不得不和一些对我很重要的人和事告别。不管是对是错，我不知道如何在这两个世界生活。

我想向我无意中推开的朋友们道歉。我针对的只是我自己，而不是你们。太艰难了，所以我宁愿一走了之。我以我的方式让你们摆脱了我的困境。感谢你们，我的朋友。无论我怎么推开你们，你们仍然不离不弃。你们知道我在挣扎，你们一直在给我打电话，发短信，一直在邀请我。你们永远不知道这对我有多么重要。

我有时会在社交媒体上看到你们的孩子，隔几个小时才去庆祝他们的成功。我仿佛真的来自另一个世界。

我不希望你们为了我而不去分享孩子成功的喜悦之情。如果说我有时不得不抽身离开，那只是我在请求同情。我们的孩子还小，成长的里程碑也很少。但我已经提前知道未来会怎样。我知道，因为我已经沉浸其中了。现在的我无法想象看着你们的孩子第一次拿驾照，为毕业舞会盛装打扮，在大学录取通知书上签名。我知道那会有多痛苦。给我点时间，我会一直是你们和孩子们的啦啦队队长，但我需要一些慈悲才能迈出那一步。

库珀和我都很努力地在这个世界上找到方向，从而融入这个世界。虽然库珀第一次自己穿鞋、系安全带已经比同龄人晚了很多年，但也请庆祝我们的成功。对我来说，这些小成就就是我们的大学文凭。

我从来没说过我的做法是对的。事实上，我知道自己犯了很多错误。我推拉个不停，但我也从中学到了很多。你生命中的好人会一直在你身边，他们永远不会离开。

我也很感谢能遇到新朋友，她们都是每天和我走在同一条路上的人。我会在半夜给她们发短信，她们端着咖啡现身，我不用在她们的面前假装一切都好。有时，最善意的举动来自陌生人。那些我们根本不认识的人能在我们身上认出自己。有特殊需求的孩子把我们这些家长联系在了一起。

我和杰米在新婚时最喜欢的家庭消遣活动之一是划船。早些年，我们住在苏必利尔湖附近，很多周末都是在湖边度过的。我一开始会和杰米一起钓鱼，后来常常因为在太阳底下看书而晒黑。

生了两个孩子后，划船的爱好就改变了。索耶是一个顽皮的孩子，他想在每一个鱼钩上都挂上鱼饵，钓出海里的每一条鱼。库珀也真的很喜欢在水上漂流，他想把所有没有绑在船上的东西都扔到海里去。啊，细数那些日子里我们失去的东西，有鞋子、电话、碗、鱼竿、平板电脑……只要你能报上名字的东西，库珀很可能早已经把它们扔进海里了。我们起誓要让划船一直成为我们共同的爱好，也感到非常幸运一家四口能有一起享受的活动。

在一个阳光明媚的日子里，我们正准备把船停靠在一个非常繁忙的码头上，我能感觉到库珀的焦虑正在加剧。他是个跑步健将，从不走路和散步。他跑来跑去，被海水、繁忙的街道，甚至混乱所吸引。为保证他的安全，我们一直要保持高度警惕。

那天，我们靠在码头，我伸出手来防止船体遭到撞击。库珀看到了他的机会，一下跳到码头上，伸开四肢，双脚悬在船边。“妈妈本能”立即发挥了作用，我猛地扑向他。膝盖被粗糙的木头刮伤了，我还掉了一只鞋。还没喘上一口气的功夫，他就跑了起来。我抬头一看，只见两辆载着船的卡车一头扎进了水里，人们在惊慌中四散而去。

我这辈子都没跑出过这么快的速度。

我做了一个迅速但不像运动员的动作，扑过去抓住了库珀的脚踝。我们都在原地躺了一会儿。我目瞪口呆，四肢伸开，感到肾上腺素在我体内疯狂涌动。当我感到我甚至不能放松下来弄清楚我在哪儿时，一个女人走到我的身边，停了下来。我首先看到了她的鞋子，然后是她的脸，她弯下腰，把手放在我的肩膀上。

“你做得很棒，女士。我也是一个自闭症孩子的母亲，”她在我耳边低语道，“我保证，后面会越来越容易的。”我抬头看着她和善的眼睛，流出了眼泪。她理解我，明白这一切有多难。

我永远不会忘记那位女士。当众人面对我的崩溃时，似乎都躲得远远的，而这位女士却走进了我的生活。她的到来恰逢其时。

第十二章

第三个儿子

我会成为一个完美的母亲，也许不会十全十美，但也要力求十有八九。我知道我想成为一个超级投入的妈妈，一个带孩子参加活动、主持游戏聚会、举办精彩的生日派对的妈妈。

甚至在我有孩子之前，我就知道我不想做的事情有什么。我十几岁的时候大部分时间都在照顾孩子，我讨厌脏兮兮的汽车座椅上满是金鱼牌饼干和水果零食，我和杰米会亲切地称之为“现在和以后”。我不喜欢小孩子的鼻子上起皮，也不喜欢被口水浸湿的衣衫。我也不喜欢和其他人睡在一起。我还记得在我们生库珀之前，一对孩子大得多的夫妇告诉我们，他们是如何一家人睡在一起的，这一度让我很困惑。后来，我夸下海口，我们永远不会那样。我们的孩子会自己睡在自己的房间里。这些统统都是我在有孩子之前的想法。

有一天发生的事情深深地烙在我的记忆里，就像昨天才发生一样。那天，我和六个月大的库珀来到公园。我那小肉丸子几乎坐不起来，我们躺在毯子上，享受与这个季节不符的温暖。

我们旁边坐着一对母子。她的孩子看上去大约六七岁。在我看来，这正是表现得体的年龄。男孩每隔几分钟就会跑开，然后又回来。忽然，男孩开始对他的母亲尖叫。我注意到他不是在说话，而只是在发出声音，而且他看起来有点笨拙。但请注意，当时的我尚未了解自闭症。

我听不懂那男孩在叫些什么。我只记得他妈妈试着让他冷静下来。她似乎对他那刺耳的叫声和那一刻的紧张气氛镇定沉着。公园里的其他妈妈和孩子都开始盯着她看，但她似乎毫不在意。

接着，男孩猛扑过去，速度很快。他抓起她的一把头发，使劲拉扯。我在现实生活中从来没见过这样的画面，他扑得那么快，手里的头发也有很大一把。

这位母亲保持着令人难以置信的冷静。她继续用一种镇静而严厉的声音和儿子说话，要他松开双手和深呼吸。我本应该会对这一幕印象深刻，但我那时还没想到这一层。相反，我感到震惊和羞愧，甚至可能还有点害怕。每一个孩子都不应该那样做，永远不应该。

我开始在内心评判那对母子，心中没有一丝慈悲。我记得当时我还低头看了看库珀，心想我这辈子都绝不会允许这种行为发生在我们身上。我的孩子是不会那样做的。我是个好妈妈。当我喂库珀小块切碎的新鲜草莓（而不是含糖的水果零食）时，我对自己的母亲身份很有信心。

然而，“绝不”是个有趣的措辞。自闭症的诊断有办法让你亲口吞下一个个你曾经坚信的“绝不”。

随着时间的推移，我的自信开始动摇。库珀最终不想再吃健康的食品了。事实上，他只想吃五种不同的食物，而且它们都来自碳水化合物家族。他不想去公园，不想和我玩，也不想和任何人互动。

他没有学字母歌，没有学童谣，也没有报名参加“妈妈和我”亲子班。相反，亲子班的老师主动劝退了我们，说一定有一个更好的地方适合像库珀这样的孩子。库珀会懊恼地拿手拍打脑袋，或者直接将脑袋撞向墙和地板，还会无缘无故地又哭又叫。

他的睡眠并没有像我说的那样好起来。事实上，情况变得更糟了。然后，我们发现他患有自闭症。成为完美母亲的计划揭开了帷幕，暴露出我有多无知，有多需要补习。

我同样遭受了评判，而且不是悄无声息的评判。人们一直可以看到我对库珀的照料。形势反转了，我成了多年前在公园里默默被我评判的那位母亲。我突然明白了她每天都在进行的战斗，以及她想要保护孩子的心情。

多年以后，在一次有特殊需求儿童的母亲的活动上，我与那位女士重逢了。我一眼就认出了她，唯一不同的是，我这次没有任何评判，因为我们是同一阵线的战友。她讲述了自己的故事，展示了儿子多年来的诊断清单，就像印有英文字母和数字的通心粉一样望不到尾。她的儿子恰巧也患有溃疡性结肠炎，经常疼痛不已。直到多年后，他们才发觉这一点。她谈到了儿子的慢性疼痛、无法沟通，以及他们为寻求帮助而付出的努力。

她说她一直很自责。她在演讲时，我的眼泪顺着脸颊滚落下来。我曾经居然批判过一个天使。我想起了曾经的自己是多么愚蠢：以为把蔬菜泥加入自制婴儿食品里，加入家长教师协会就是完美母亲了。我领悟了“完美”有各种形状和大小。我们都在尽各自所能，做到最好。作为交换，我们请求慈悲。作为有特殊需求的父母，有时候感觉整个世界都在和我们作对，有时候觉得自己很失败。但我们必须忽略他人的目光，回家，哭泣，然后重新振作起来，这样我们就可以继续做厉害的父母，为我们的孩子尽一切努力。这个勇敢的女人袒露了自己的灵魂，设定的标准很高，她才是完美母亲。我想像她一样。

从幼儿园毕业后，库珀在作业治疗方面取得了巨大的进步。人们常说每个人走进你的生活都是有原因的，而找到能成为库珀病例的首席管理者的治疗师更是意义非凡的。就在开始家庭治疗一周后，她请我坐下来，共同制定了一个计划。我告诉她，我现在不关心教育，也不在乎教他如何读书或如何投球。我唯一关心的是如何能让生活得轻松一些。

我们必须关注安全问题，他的攻击性行为越来越多了。当我看着他越长越大的时候，我知道我再也无法控制住他了。一个简单的要求似乎就会使他歇斯底里。如果我给他不合心意的食物，他就会扔椅子。如果他的视频暂停了，他就会把播放器扔出去。他很容易冲动，会想突然冲到马路上。这一直困扰着我，我开始做噩梦，梦见我不能永远保证他的安全。

我们一起列出了一个目标清单，其中包括安全地从房子里走到车里，使用他的语音设备发出请求（而不是尖叫和投掷），用杯子喝水，尝试一块水果等一系列能显著改善我们和他的生活的目标。

她还教了我如何与儿子相处。这一难题常常让我感到恼火，教导和激励库珀与正常的小孩相比简直有天壤之别。她介绍了一种划分先后顺序的教育方法：先激励他做不喜欢的事，然后再做他喜欢的事。她教我如何使用视觉效果来帮助他理解接下来会发生什么，还教我用计时器和清单来记录我们做的每件事。我们练习关掉电影，用其他方式吸引库珀参与进来。我专心致志地为库珀介绍周围的世界，我使用了“图片交换交流系统”[1]来帮助库珀借用家中的每一个物品进行交流。我鼓励他发出声音和主动选择。我以教师和治疗师的身份投入其中，终于获得了回报。

在几个月内，我们目睹了巨大的进步。当库珀开始用杯子喝水，自己穿上鞋子，用他的语音设备“说”出

1 Picture Exchange Communication System，为自闭症儿童的沟通行为所设计的替代沟通系统，此系统透过将学生所想要的项目图片，传给沟通对象来换取其物，以此来达成沟通，以一种有阶段、有系统的教导方式，使学生产生有效的与功能性的沟通。——译者注

了包含三个词的句子时，我激动到热泪盈眶。但“安全目标”就困难多了，他似乎在这一方面没有任何突破，我非常担心他或其他人会受到伤害。但我仍然坚持尽可能地取得一些进展。当库珀所在的治疗中心有一个面对面治疗的名额时，我感到如释重负。

我觉得我们好像已经渡过了难关。在很短的一段时间里，我感到了一种很久没有体会过的平静。

在库珀的一生中，我一直在寻找帮助他的方法，但找到那些愿意倾听并接受他挑战的人是不可能的。我想知道他为什么不能说话，我想知道他为什么睡不着，我想知道他为什么要撞自己的头，然后痛苦地尖叫，我想知道他是否患有遗传病……但让医生听我说话就像拔牙一样困难。即使他们真的听了，他们也会去找其他的医生讨论。全身心地治疗库珀是没有任何希望的。后来，我得知了梅奥诊所及其著名的自闭症项目。当时，自闭症部门的负责人参观了我工作的电视台，我的老板知道我有一个自闭症儿子，于是主动介绍了我和负责人相识。我在电视台工作已经有一段时间了，我非常感谢又遇见了一个能理解我的生活有多困难的老板。他允许我灵活办公，让我不至于丢弃我生活的重要组成部分——工作。我向那位负责人简要地介绍了库珀的情况，她邀请我们一家去诊所。

梅奥诊所提供的正是我所寻觅的医疗服务。一个主治医生配有八个预约医生，他们会一起管理库珀的病例。我们前往诊所四次，每次分为两次面诊，会从遗传学、神经病学、胃肠病学到语言学等不同方面进行诊断。主治医生会在评估所有的信息后，制定一个帮助我儿子的计划。这是我多年来梦寐以求的医疗服务。我把所有的鸡蛋都放进了一个篮子里，也就是把所有的希望寄托在一家诊所上。我相信最终我会找到问题的答案。我非常渴望有人指导我该怎么做，我认为我找到了。在此之前，我们必须先完成八次面诊。这对任何孩子来说都很困难，但对库珀这样的孩子来说，这尤其是不可能完成的任务。

第一次面诊的那天，我和杰米在收拾行装准备出发时，几乎头晕目眩。我们花费了一个多小时的车程才赶到诊所。趁着杰米开车的时间，我整理了库珀的文件，希望能让他们的团队了解到我们儿子的生活。那一页又一页的评估、报告和笔记——困境、现实和希望——都堆积在一个活页夹里。

库珀团队的主治医生负责我们第一次的面诊。她是自闭症方面的专家，只是她似乎从未见过像库珀这样的自闭症儿童。当库珀一遍又一遍地把房间里的椅子排好，调整到恰到好处的时候，我能感觉到她很紧张。她似乎不知道如何与他交流。每隔一段时间，他就会大喊大叫，对椅子的排列布局感到烦心，还将一两把椅子扔了出去。他发出的每一个声音都让她畏惧。

她甚至在检查他时显得很紧张。我看着她射出一束光，对库珀的身体上下检查，寻找可能表明遗传性综合征的迹象，比如他两眼之间的距离和手指的弯曲度。但她什么也没发现。

在那个小房间里待了两个小时后，库珀受够了，敲打着墙壁，试图逃跑。杰米试着控制他，我试着问一些我想知道答案的重要问题。我知道我们的时间有限。

“他能好起来吗？他能取得进步吗？他还能学会说话吗？”

这些问题很快就从我嘴里蹦了出来。通常情况下，我不会这么大胆地提问，但我以前也从未与如此有名的医生面对面，我拼命地寻找希望。她的回答很客观冷静，丝毫没有照顾我的情绪。

“是的，他可以通过治疗改善，但这种严重的孩子通常不会有太大的改善。他很可能永远学不会说话，基准是五岁前能说出三个单词，而他七岁时没有达到这个基准。我估计他将来不会说话了。”

当她飞快地说出统计数字时，我能感觉到自己的畏缩。这已经不是我第一次听到这种对库珀前途无望的预言了。多年来，无数专业人士都说过同样的话。我似乎在寻找一个压根就不存在的答案，也许是时候停止追问了，不要再企图找到神奇的治疗方法了。但我已经找寻了太久，我几乎不知道如何停下来。

时间快到了，但我还有最后一个问题要询问这位医生，这个问题我和杰米已经讨论了好几个月了——我想再要一个孩子。当然，我很害怕，也很紧张，但我也不想让恐惧统治我的生活。我希望我的儿子们多一个弟弟或妹妹，我想再要一个心爱的孩子。杰米对此有点犹豫不决，我们花了很多个晚上争吵，哭泣，辩论我们是否应该这样做。

在我们深夜的谈话中，我们设想了每一种可能的情景，有些情景不太好说出口。如果再生出一个患有自闭症的孩子，尤其是重度自闭症，会给我们的家庭和索耶带来巨大的压力。库珀已经占据了我们那么多时间，倘若再乘两倍，对我们两个儿子来说都是不公平的。

我们问自己，再生一个孩子是不是一个草率的选择。我们甚至讨论了如果库珀伤害了婴儿，会发生什么，因为婴儿的哭声是最容易激怒库珀的因素之一。我们的讨论没完没了，就像是在原地打转。

但我想要个孩子，我拒绝放弃。我做过研究，再生一个自闭症孩子的概率是五分之一。这种可能性并没有给我们带来安慰，但我心里知道，无论如何，我们都会爱我们的孩子。

当我们看医生的时间接近尾声时，我看着她说："我们想再要一个孩子。"我不知道我为什么要告诉她这些。也许，我只是想对我丈夫以外的人大声说出来。我都不知道我到底从她那里期待得到怎样的回复。

我注意到她直视着杰米，而不是我，然后说："在没有见过遗传学专家之前，不要再要孩子。如果你这样做，这种情况可能会再次发生。"她说这句话的时候，抬起手指，指着杰米的脸，好像在责备他似的。我回想起许多年前，当听力学专家告诉我们库珀是聋子时，杰米不想再听听其他人的意见，因为他相信医生总是对的。难道这个女人，用一句话，就可以剥夺我生第三个孩子的机会吗？

我踉跄着向后退。她怎么能说出这样的话呢？我感觉她在暗示库珀的生活不值得过，好像我们也不应该拥有他一样。在我的一生中，我很少无言以对，但这一刻是其中之一。

我们本应该先去大厅，等下一个神经科医生的面诊。在接下来的几天里，我们还剩七位医生的预约面诊。但库珀在挣扎，他一边尖叫，一边伤害自己。这一切对他来说太过分了，杰米和我当时就决定离开。第一次见面时，我对库珀的未来充满了希望，但现在希望破灭了。我想把我儿子带回家，我不想再听下去了。

当我们穿过梅奥诊所望不到尽头的大厅时，我感到筋疲力尽。但库珀没有，他又跑又叫，推着人，摔倒在地，打着滚。最后，杰米把他抱起来，扛着他，穿过医院。每个人都盯着我们看，但我们继续前进。我们的脸像石头一样硬，这不是什么新鲜事了。

过了好长一段时间，库珀终于安全地坐在了汽车座椅上，也终于安静下来了。我不得不说完我的话。

“这很荒谬，对吧？她说我们不应该再要孩子了？”

杰米沉默着。

“我想再要一个孩子，杰米。我觉得她太夸张了。我们不会听她的，对吧？”

我不知道自己在期待他说什么，但他接下来的这句绝对不是我想听到的。

“别逼我再生孩子了，凯特。如果婴儿有什么问题，我永远不会原谅你，别把这事强加在我的身上。”

他的情绪和话语狠狠地打击了我。我简直不敢相信我再也不能再要一个孩子了。我觉得自闭症从我身边夺走了库珀，现在又夺走了另一个孩子。但我在内心深处，明白他在说什么。虽然我永远不会强迫他做任何事，尤其是生孩子，我也确实无法想象倘若我们又有了一个有重大需求的孩子，我会感到多么内疚。他会怪我的。我也不想那样。

我哭了一整夜。我为本可以发生的事，也许是本应该发生的事而悲伤，我为这一切感到悲痛。第二天，杰米不停地道歉。他不是一个刻薄的人。我知道他只是害怕，我同样也是。虽然他的话很鲁莽，但我不能因为他的诚实而责备他。这是我多年前对自己提出的要求。

如果我们选择再生一个孩子，那就表明我们愿意承担自闭症的风险。我们不再是无忧无虑的年轻父母，我们已经老了，做决定真的很难。

过了几个月后，我们最终决定还是再要一个孩子。三十天后，我怀孕了。当我看着超声室屏幕上闪烁的小心跳时，我对自己许下了一个承诺。我发誓要享受怀孕的每一秒，不去担心那些我无法控制的事情。接下来的九个月里，我们一直为库珀适应新生儿而准备着。

2018年4月，我们家第六次搬家（也是最后一次）。我们选择了一所足够大的房子，可以容纳三个正在成长的男孩，而且这片社区有很多孩子。我们签合同的时候，我告诉杰米他需要把我的身体拖出这间房子，因为我已经累得完全走不动路了。第二天，门铃在早上八点响了起来。两个小男孩站在门廊上笑着，我知道他们和库珀差不多大。“这里有小朋友吗？”其中一个男孩说道。我还没来得及回答，索耶就绕过我溜出了前门。我开玩笑说：“估计一直到冬天，他才会想起来回家了。”我们了解到，社区里到处都是孩子，以至于道路的尽头时刻停着一辆校车。在我们以前的房子里，门窗总是锁着三道锁。但我们马上就知道这种老办法对这栋房子不会起任何作用。当孩子们跑进跑出时，门开了又关，根本停不下来，房间里充满着细小的声音。

那些小朋友都是来找索耶玩的，库珀自然还是独来独往。但他们对库珀很好奇，提出的问题也没完没了。

“他为什么不说话？”

“什么是自闭症？”

“他为什么不玩？”

这些问题往往会引起我的悲伤，更别说提问的人是同样年龄的男孩了。但这次悲伤，并没有到来，有些东西变了。我欢迎大家提问，我愿意向他们讲解自闭症和库珀，我欣赏这些孩子的好奇心。这些年来，我明白了成年人之所以不问问题，是因为他们不想冒犯任何人。他们没有意识到的是，他们在试图礼貌的过程中，实际上疏远了我们，并强化了“不同就是不好”的观念。如果你的问题是出于善意和求知欲，那么你就可以大胆提问。

在住进新家的头几个月里，我瞥见了我的未来，说实话，我有点害怕。我们搬到这里是为了给我们的家庭带来一种社区的氛围，我们的确达成了这一目的，但我们还是要保证库珀的安全。当一个孩子对危险一无所知时，你怎么能保证他的安全呢？我们在整个房子的每扇窗户和门上都安装了警报系统，如果有任何窗户和门被打开，就会响铃。我讨厌我们的房子被锁得这么密不透风，但恐惧是真实的，我们必须保护好库珀。

杰米爱上了他的车库，他花了很多时间建造一个专属于男人的洞穴，里面有一个大屏幕电视和他最喜欢的啤酒招牌。杰米是一个非常善于交际的人，每当有邻居过来聊天时，他都会很高兴。这是他的梦想，我看到他正乐在其中。

至于库珀，我们尽可能多地鼓励他到外面去玩。我们家附近有很多条安全的小路，甚至还有两个公园。但他没有站在我们的身边，也没有玩耍，而是朝相反的方向跑去，这非常危险。大路、移动的汽车和池塘吸引着他，而且他常常跑得又快又远。说服他走回来，感觉就像拔牙一样困难。最后，陪库珀待在家中成为我们唯一的选择。这通常落在我一个人的肩上，因为我是他的人。

我真希望我能告诉你，我对此泰然处之。但透过窗户看着索耶在邻居的后院打棒球，看到杰米和我们的新邻居聚集在车道的尽头，我的心里很难受。我不知道到底是因为妊娠期间激素的变化，还是因为孤独感，在我搬入新家的头几个月里，我感到非常孤独。库珀和我坐在客厅里，他玩平板电脑，我玩手机，唯一的声音是动画片里的角色发出的。我们的未来在我的眼前闪现。索耶和我肚子里的孩子长大后，生活将会是什么样子的呢？我不知道库珀和我是否会像一对年轻的老夫妻一样，默默地熬过我们的时光。我们会从那些不需要说的话中得到安慰吗？我什么也不知道。

同年十月，我们的第三个儿子哈珀（这是我们刚结婚时居住的城市名）顺利出生。事实上，这一次生育太顺利了，以至于我那经验丰富的医生不得不提醒身旁的实习生："事情并不总是这样的。"

当我在医院里度过最后几分钟的时候，我对回家感到很紧张。杰米和我为未来的生活制定了应急计划，但我仍然缺乏信心。我们做出了一个艰难的决定，无论去哪里，我们都要分开开车，直到库珀学会在车里静坐为止。我们知道库珀永远不能和其他孩子单独相处。房门是开着的，我们也不确定孩子在婴儿床里是否安全。但我们也是乐观主义者，我真的相信我们最终会解决每一个问题，一切都会好起来的。

我们的计划是在早上八点出院，趁着另外两个男孩在学校的时候回家，安顿下来。但生活另有安排，库珀在奶奶家醒来时耳朵感染了，我们不得不直接带他去医院看医生。当我们试图把他放进车里时，他看到了写着"是个男孩"的气球，感到欣喜若狂。但当他听到从婴儿车里发出的声音后，他就没那么兴奋了。我坐在长子和新生儿中间，一路往家驶去。

一个多月后，库珀才第一次摸了摸他的小弟弟。起初，当我抱着婴儿的时候，库珀不肯靠近我。但慢慢地，随着时间的推移，他终于做好了"热身活动"。我永远不会忘记，他第一次走到哈珀的面前，用手指揉着弟弟的头发，被头发挠得哈哈大笑。然后，他就跑开了。对我来说，这一幕就是一个吉兆，预示着一切都会好起来的。

一个婴儿能治愈一个家庭吗？当我怀孕的时候，我很担心，我不知道这个问题的答案。我很害怕我们会犯错，再要一个孩子会让我承受不起。现在，我知道答案是积极的，婴儿具有治愈人心的能力。

哈珀给我们的生活带来了很多的欢乐。他以一种我甚至都不知道我们需要的方式，团结了我们的家庭。他看着两个哥哥，就像他们的身上挂着月亮似的。他是索耶和库珀都需要的小弟弟。索耶花了很多时间亲吻哈珀，抱着他，和他说话，索耶终于不再在家中感到孤独。还有库珀，他一直都很棒，我们担心的攻击和伤害从未到来。他坐在哈珀的旁边，给小弟弟挠痒痒。当我们要离开的时候，他会为我抓起哈珀的汽车座椅，好像在说："妈妈，弟弟和我们一起。"现在，我发现我们一家人晚上都围着哈珀，对着他咕咕叫。

哈珀为我们的家增添了欢笑。他甚至治愈了那些我们避而不谈的心碎，治愈了那些伴随着美丽的特殊需求而来的悲痛。

我和每个人都一样，没有水晶球，无法预知这些男孩的未来会怎样。但我知道，在我离开很久之后，他们仍然会互相依靠。我仍然无法得知他们中是否有人愿意做库珀的监护人（也许，他们俩都愿意）。我知道压力不会来自杰米或我，但我很感恩他们三个能有彼此做伴，在需要做出艰难决定的时候陪伴在一起，互相关爱。

第十三章

库珀的“引爆器”

我听说过一些母亲不得不在孩子之间做出抉择的故事。在车祸、溺水、火灾等悲剧中，她们只能救一个人。在电影《苏菲的抉择》（*Sophie's Choice*）中，梅丽尔·斯特里普饰演了一个第二次世界大战后的波兰移民，她背负着一个黑暗的秘密：在逃离祖国的过程中，德国士兵强迫她在两个孩子之间做出选择，只有一个孩子能得救。这是任何家长都不想面对的抉择。

当库珀刚被诊断出患有自闭症时，我决定参加一个为像我这样的母亲开设的互助小组。我听闻了关于忧虑、悲伤、希望和现实的故事。这对我来说是一个完全陌生的世界。我遇到一位母亲，她告诉我她有四个孩子。她最小的女儿珍娜患有唐氏综合征和自闭症。她的女儿和库珀一样不会说话。

她向我讲述了这些年来她不得不做的选择，比如，如果家里发生火灾，她必须告诉她的三个大孩子先逃走，不要管小妹妹。“救助妹妹不是你们的责任，”她是这样告诉他们的，“我需要你们三个先救自己。”她向我描述的措辞是如此冷静客观，不带有任何的感情。

那次谈话给我留下了极为深刻的印象，我记得当时的自己十分沮丧。她怎么能说出这样的话呢？当时的我不理解她的那种思维方式，我希望我的其他孩子能一直照顾库珀。这是所有母亲的希望。

多年后，我在另一个为孩子们举办的活动上遇到了她。我们俩都老了不少，我不再是以前那个天真的母亲了。我问她我们之前的那次谈话，为什么她要让其他的孩子撇下妹妹呢？

她的回答迅速而坦诚：“我的珍娜不会和她的兄弟姐妹一起逃的。如果失火了，她会僵在原地，拒绝离开。她不会乖乖听话的，而他们也不会丢下她不管的。那样的话，我就会一次性失去所有的孩子。救她的责任不应该由他们来承担。”

她的回答一直让我难以忘怀。

选择。多么重要的一件大事呀！

我无法想象要放弃一个孩子而去保护另一个，也无法想象不得不选择送走一个孩子。对于许多有残障孩子的家庭来说，这种不可能的选择是普遍的现实。这种情况发生的频率远比你想象的要高。

在某些情况下，照顾一个有特殊需求的孩子太过沉重了。随着孩子身体年龄的增长，任务量超出了父母的承受能力，也不能像以前那样灵活调整了。当孩子成长为成年人时，当他们变得具有攻击性或表现出不安全的行为时，他们可能会压倒一切。简而言之，成年子女所需要的照顾是年迈的父母无法继续给予的。

我在现实生活和社交媒体上的育儿小组中都看到过这种情况。家长无论出于何种原因，都会选择让孩子住院治疗。孩子也许已经变得有暴力倾向，他们知道现在付出努力可以让孩子以后回家生活。或者，就像我之前提到的，是因为父母不能再继续照顾孩子了。

以上都是非常艰难的选择，父母们通常不会公开谈论这一话题。其中掺杂着太多的错误信息、判断和羞耻，但这种经历是无比真实的，而且太过常见了。你能想象你面临着把孩子留在某个地方，然后开车离开的选择吗？我当然不能。我看着我的儿子，他太天真，也太脆弱了。没有人能想象到如此可怕的事情，直到这样的事情发生在他们的身上。因此，请不要轻易评判那些陷入同样境地的父母们。这些父母需要的是希望和支持，而不是放弃带来的羞耻感。事实上，他们所做出的选择并非放弃；相反，他们只会做他们知道的对孩子最有利的事情。

我知道也许有一天我会被迫面对同样的选择。我一直告诉自己，我要永远留住库珀，他会与我和杰米一起变老。只要我们能保证他的安全，他就会和我们一直在一起。这就是杰米和我一致认同的计划。事实上，每当我出门旅行，我在把手机调到飞行模式前，发给杰米的最后一条短信一直是一样的："照顾好库珀。"他知道这条短信的意思。我们本应该马上去律师办公室谈谈死后的事，然后记录在案。但我还做不到。我还没准备好。

我想到我们的未来，想象着我、杰米和库珀开着一辆房车旅行，参观美国每一个历史悠久的火车站，并在沿途传播自闭症的知识。两个年迈的父母和一个成年的孩子，手牵手走着。另外两个男孩在上大学，他们会在有空的时候回来看我（至少我希望他们会这样做）。

我能想象到那些美好的时刻，因为我丈夫和我曾就退休生活进行过一场痛苦的讨论。我们谈到了长期照料和终身照料，谈到了财务影响和住房影响。我们了解到，许多退休人员住的社区将允许接纳残障的成年子女。我听到这个消息，既惊讶，也松了一口气。但我同时还感到心碎。我掐了自己一下，不敢相信是真的。库珀会没事的，我只是在傻傻地研究终身照料而已，他不会需要终身照料的。我已经这样九年了，但我仍然会怀疑我们生活的严重性，甚至是真实性。

我们甚至讨论过，在我们离世后，谁会来照顾我们可爱的儿子，一个可能不明白爸爸妈妈为什么会离开的大男孩，一个可能连自己父母的葬礼都参加不了的大男孩。这个问题很难想出答案，我们花了好几年的时间才能够进行建设性的对话，而不再是争吵。我们俩都没有预测未来的水晶球，因此当我们的儿子只有四五岁的时候就开始谈论终生照料，我觉得我们是在低估他的潜力。有时，我们中的一个人会理性地表示：“重度的自闭症不会消失。”另一个人则会用愤怒和戒备的语气回应。有时，我们中的一个会开始哭泣，因为一想到这件事，情绪就像一冲而下的过山车一样沉重。

后来，我们中的一个，常常在吃饭的时候又试着小心翼翼地提及了这个沉重的话题，只不过是从财务角度来切入的。杰米会讲一些他听到的关于监护程序的事情，我会分享一些我在新闻上看到的关于当地日托的计划，由此产生了更多的争论和泪水。“终身照料”，想起这个词，我都感到可怕。在我们的心灵和思想一起准备好之前，开展这些谈话实在是太困难了。

然而，这些艰难的谈话也非常重要。如果你还没有和你的配偶尝试过，我建议你现在就可以开始。留出一些时间，写下你对孩子未来最大的恐惧。记住，不存在正确或错误的答案。然后，开始对话。温馨提示：有时候最好准备一瓶葡萄酒。我们花了很多年，现在几乎可以谈论所有的事情，而不再会争吵和哭泣了。

当库珀还小的时候，我坚定地认为他没有任何攻击性。那时的他既不暴力，也不容易生气。在我们最艰难的日子里，杰米和我会对彼此说：“情况可能会更糟。”我从其他父母那里听到的故事一直困扰着我。孩子们攻击他们的妈妈、爸爸和兄弟姐妹。一个简单的声音、一种气味、日常习惯的改变就能让他们大发雷霆。因为我是自闭症领域的博主，父母们经常给我发送一些遍体鳞伤的照片。即使在他们每天都遭受虐待的视频里，他们也不敢吐露心中的恐惧，只能绝望地求助：“告诉我该怎么办！没人会听我的！没有人会帮助我们！医生才不管呢！学校才不管呢！我拒绝报警！他们不理解我的孩子！他们会把他带走的！”

这些家长会全天候把自己封锁在家里，门锁、警报系统、摄像头，还有栅栏会让任何人不得进出。我听说，兄弟姐妹在特别困难的时候不得不去祖父母或朋友那里暂住一段时间。这些信息往往都是在强调：“我需要保护我的孩子。”

我们一家还没有走到这一步，或者说暂时还没有。

多年来，我一直都觉得我们中了头彩，因为库珀没有攻击过我，也没有攻击过他的父亲和哥哥。事实上，除了我之外，他几乎无视所有的人。早些年，我称他为我的“小鬼魂”。我能知道他的方位，我能听到他的声音，他却混混沌沌，没有互动，只有声音。我的金发小男孩，不停地到处溜达，双脚在走廊上荡来荡去，排列着几张草稿纸，仿佛在铺垫一条寻宝之路，而背景音则全部来自《托马斯小火车》。是的，他有情绪失控的时候。但哪个小孩没有呢？是的，他的行为很难控制，但那主要是由于他无法沟通，而且他的行为持续时间并不长。只要我尽我所能让他感到开心，我们就会很好。我知道他的每一声咕哝和每一个指点的意思，所以我们可以避免给他压力。有时我觉得自己像一个穿着戏服的小丑，在他的身边跳舞，总是要努力比他的需要和要求抢先一步行动。

然而，随着库珀年龄的增长，一切都变得越来越困难。他的身体变大了，声音也越来越大。他的紧张和焦虑似乎能在一瞬间爆发，让他暴怒的事情一天比一天多。我们意识到离开这所房子几乎是不可能的，我感觉自己的世界消失了。拜访朋友、在餐馆吃饭、在公园休闲或散步……所有我喜欢做的活动都不再有了。我感到房子周围的墙都竖起来了，包围着我们的家庭。门锁上了，警报安装好了，栅栏也建好了。

我们选择了安全，随之而来的代价是孤立。

有些人认为我们应该继续出门，我们应该继续尝试。他们可能是对的。但当时，我们正处于危机模式。抱起一个心烦意乱的两岁孩子，把他们从不安全的环境中带出来是很容易的。但是一个九十斤的八岁孩子呢？那就是另一回事了。库珀变得更容易生气，更容易让人失望。他弟弟的哭泣、红灯、左转、离开我们家、坐车、开关灯的声音……我有举不完的例子。我们一家称之为“引爆器”，需要尽一切可能避开它们。但不幸的是，这种育儿方式往往就像在玩一个不知道游戏规则的游戏。我们能控制的环节有限，因此在家里育儿显然会更容易一些。

在我为人父母最艰难的一天，我意识到没有人可以自由地选择，每个人都不例外。

那是一个周六的凌晨四点，我的卧室一片漆黑。突然间，库珀站在了我这侧的床边。我总是能在他发出声音之前，就知道他在我身边，我能感觉到他。

库珀就像每天早上做的那样，通过抚摸我的脸颊来叫醒我。当我睁开眼睛，他挥着手，喘着气笑着，就好像好久没见到我似的。这是我最喜欢他的一点。每次他在分开一段时间后见到我，不管是隔了三十分钟还是一整天，他都会激动地喘着气。这是最美好的一刻。

他笨拙地从床头柜上抓起我的眼镜，戴在我脸上，只不过戴反了。然后，他拿起我的手机，放在我手里，等待着。

“给我一点时间。”我想了想说。凌晨四点，没人会在周六起得这么早，小家伙。

他还是等待着。我埋怨了我的丈夫和儿子，埋怨了睡眠不足，然后从床上爬起来。我飞快地瞥了一眼索耶的房间，他睡得很熟。索耶是我的安睡宝宝。我又看了看我们三个月大的宝宝，他正舒适地蜷缩在床上。希望他也能成为一个安睡宝宝。

库珀跟着我从一个房间走到另一个房间，不耐烦地等着。当我们走到楼梯上时，库珀弯下腰，抓起一把他的“宝贝”：书籍、文件、照片、邮件、光碟、明信片……上百件或更多的东西。他无论走到哪里，都会将它们带在身边。我们走下楼梯，这些东西从他的怀里掉了出来。

每走一步，他都会掉下一件。每当这种情况发生时，我总会想起《查理·布朗》里蹒跚而行的莱纳斯。

我只是摇了摇头。

我开始喝咖啡，上厕所，为他准备早饭。每天早上的流程都是一样的：一碗谷物圈早餐麦片和一杯果汁饮料。我将食物放在旁边的沙发上，他正在和（大概）六张羊毛毯以及他的宝贝依偎在一起。如果我哪件事做得不对，他就会像昨天和前天一样，大声尖叫。我尽我所能避免惹怒他，因为其他三个人都在睡觉。但我也知道他很快就会发作的。紧张的气氛似乎总是在酝酿之中。

我还没坐下，他就起身，开始踱步，蜿蜒曲折地穿过我们的房子。我起初认为这条路线是随机的，但有一天，我在观察他之后，发现这是一条几乎经过每个房间都停下的路，而且不断重复着。

当我向陌生人、医生和治疗师介绍我的儿子时，我总是说他要么在睡觉，要么在运动，没有中间地带。他不会安坐，很少看到他静坐的场景。当我这样说的时候，人们有时会质疑我。他们很难相信一个孩子可以一整天不坐下。但这是真的。从早上四点到晚上八点，如果碰上一个好日子的话，库珀可能会坐上两到三次，每次最长只能维持五分钟。他连吃东西，都会站着，他站着看他的节目。他上厕所有困难，正是因为上厕所需要坐下。

从厨房里，我能听到他像个小老头一样在屋子里走来走去。所有的灯都突然亮了。他从沙发到椅子，从书房到浴室，从厨房到客厅，他的脚一直在踩着硬木地板。我听到亚历克·鲍德温在他的平板电脑上喋喋不休地谈论着托马斯和珀西。我还听到咕哝声、嗡嗡声和尖叫声。

所以，千万不要以为没有语言就意味着安静。

我能听到他在我的书房里的地上打滚的声音。他喜欢我的书房。我听见他在地毯上滚来滚去，一边哼着歌，一边笑着，尖叫着，脚和手一起在地上敲打着。我听到他美妙的傻笑声，那是我最喜欢的声音之一。我听到相框从桌子上掉下来的声音，抽屉被打开的声音和纸张的沙沙声。我知道他正把地毯贴在脸颊上，双手感受着墙壁的凉意，因为当他接触的东西的纹理和温度有变化时他的喘息也会变化。我听到咕噜一声，他又站起来了，从我身边跑过，只留给我一个模糊的身影。他今天的心情特别好。

他在屋子里不停地巡视。当我端着咖啡，坐在椅子上拿起手机时，我发现已经是凌晨四点十七分了。我累坏了。

我能听到他走进了洗手间。我之所以知道，是因为我听到他用手指在轻敲水槽的陶瓷。他喜欢听那种声音。“哒，哒，哒。”他迅速关上了门。我知道他躺在黑暗的地板上，惊叹于他的平板屏幕在黑暗中发出的光亮，他喜欢光和色彩。我总是说，库珀眼中的世界比我们的更鲜艳，就好像他单独研究过每种颜色。

门砰的一声撞在墙上，弹开了。我听到他在收拾他的宝贝，我猜他的怀里塞满了东西。我听见他转动前门的门把手，检查我们是不是忘了锁门。如果我们没锁的话，他现在已经在出门的路上了。当然，我们不会忘记锁门——这道门总是锁着的。门锁有三种不同的形式——门把手、插销和门上的翻转锁——因为我知道他最终会弄清楚每一种解锁的方法。杰米和我每次经过前门的时候都会拧锁，一天要拧几十次。我们会提醒索耶和每一个来做客的邻居家的孩子。我们有一次犯了错，没有锁门。谁知道是谁忘了锁？可能是我，可能是杰米，也可能是索耶。总之有一天早上，我正在叠衣服，朝窗外望去，看见库珀正盘腿坐在街道中央。他的平板电脑在他的面前，他的双臂伸向天空，他喜欢云。当时的他看起来很平静，那一幕有一种诡异的美。我这辈子从没跑得这么快过，虽然感觉像是过了很长时间，但我几秒钟就来到了他的面前。他对我笑了笑，喘着气，挥了挥手，指着天上的云。我天真可爱的儿子完全不知道自己刚刚身处险境。

我听到马桶冲水的声音，他一定是绕回来了。我立刻跳起来，跑向浴室。他喜欢用一整卷卫生纸堵马桶。卫生纸应该一直放在壁橱里，但有时我们会忘记。谢天谢地，没有卫生纸。他只是为了好玩，才冲了厕所。他对我笑了笑，又溜走了。我们家每个人都有各自不同的“引爆器”，我丈夫的是堵塞的厕所。所以，我今早躲过了一场争吵。我再次坐下，喝了一口咖啡，打开社交媒体。

突然，他又出现在我的面前，真是我的小精灵。我强行来了一个拥抱和一个吻。他用夸张的动作，指着地下室，哼了一声，告诉我他想要纸和照片。这是我守在早晨等待的一部分，我知道这一幕终究要拉开序幕，这就是事情开始变糟的时候。他认为地下室里有无数的纸张和照片，我们刚搬进来的时候，有一段时间的确如此。但随着他越来越痴迷，我们不得不把纸张和照片全部清理掉。任何纸张，旧照片，信物，文书，或者我们称为“违禁品”的东西，现在都存放在我的亲戚那里。库珀无法在家中克制自己不去玩那些东西。当时，他一度为此非常难过。现在他记起来了，而且相信它们还在地下室里。

我们是最近才搬进新家的，地下室里堆满了盒子和浴缸。对库珀来说，每个盒子和浴缸都像是一个宝箱。只要逮到机会，他就会把所有的时间都花在地下室里，在装满高中成绩单、年刊、相册、情书和用于制作剪贴簿的用品的旧盒子和箱子里翻找。老实说，我们没有料到他的翻找和囤积最终会破坏我们所有珍贵的回忆，直到我在客厅里先是发现了一张2001年破旧的钓鱼许可证，然后是我们订婚通知的剪报，最后是大学男友寄来的情人节贺卡，这让杰米一时很尴尬。从那以后所有有价值的东西都被锁起来了，比如那些“违禁品”。

我平静地喝了一口咖啡，问库珀要不要来点煎饼和果汁。我正在尝试转移他的注意力。这是专家告诉我们的方法：“提供一些有价值的新目标。”

他开始尖叫。

我知道他想要什么，他也知道我知道他想要什么。但我按兵不动，他开始打自己的头（有时他会这么做：站在我面前，用拳头狠狠地打自己的脸）。自我伤害是我的“引爆器”，我不能接受。但我保持镇定，抓住他的双手，把它们放到我的脸颊上，让他捧起我的脸。“我应该把巴尼放到大电视上吗，小家伙？”

他看到和我在一起毫无进展，就倒在地上，把脚放在我的腿上，踢来踢去，故意想把我的咖啡洒出来。

现在是凌晨四点二十四分。

我放下了咖啡，等着它洒出来，拒绝给他任何回应。

他在地下室门前，倒地不起，用脚撞墙。他知道他的弟弟们应该都在睡觉，这样会引起我的反应，因为我最不想看到的就是他们被惊醒。他认为只要他足够大声，我最终就会让步。于是，我做了我该做的事情——站在他和门之间的地上。我的胸部开始遭受他不断的撞击，虽然没有那么痛，但足以让我陷入沮丧。

这就是焦虑，这就是注意力缺陷多动症，这就是自闭症，这就是我们的世界。已经很多年了，从早上四点到晚上八点，每一周中的每一天都是如此，以及未来的许多年都将如此。这就是为什么有时我觉得自己像一根敞开的神经，像一个过去的我的躯壳。

我知道他会对着地下室的门断断续续地尖叫一整天，直到就寝时间为止。这让我感到很疲惫，我甚至无法解释原因。当我的丈夫和另外两个男孩醒来的时候，已经是早上八点半了。我感觉像跑了一场马拉松一样。

现在楼上的人都醒了，库珀开始了他的踱步。上楼，到每个卧室拆床，再到浴室把所有的东西都放进浴缸里。

我们想不通他为什么要做这些事。一些专家说这和感官刺激有关，还一些专家说这是他获得控制权的一种方式。

作为一个母亲，拆床是我最讨厌的行为。他会扒下毯子、床单、床垫。如果门没有锁上，他甚至会把床垫从每个房间的弹簧垫上取下来。当我听到楼上抽水马桶的声音时，我立刻冲了上去。谢天谢地，卫生纸早被收了起来。

我还要阻止他把他能找到的东西都放进浴缸里。垃圾、牙刷、肥皂、地毯、洗手液、洗发水，凡是你能想到的物品，他都要全部放进浴缸里，而且是通过一种迅速而细致的方式。如果带浴缸的浴室门开着，这种情况就会发生。我必须承认，我有时候太累了，只能扭头不管那个塞满东西的浴缸。当我弯下腰去捡肥皂用来洗手，甚至在浴缸里翻找我的隐形眼镜盒时，我会苦笑数声。在那些时刻，我很确定自闭症击溃了我。

接着，我回到楼下。

我做好煎饼，播放动画片。小男孩们穿好了衣服，库珀一直在走动，从不在意弟弟们的存在。然后，门铃响了。是索耶的两个朋友，他们来后院玩。

自行车被骑走了。石头被收集了起来。堡垒建起来了。

杰米和我透过窗户看着屋外的世界，库珀则在屋内继续踱步。他没有注意到同龄的孩子正在后院里玩耍。我们很少再提起这件事了，但我知道我们有时都在想，如果情况有所不同，如果我们都能出去踢足球，或者全家一起骑自行车，那会是怎样的情景。

我们轮流做家务和出门办事。一个人洗澡，另一个人看着库珀。一个人倒垃圾，另一个人看着库珀。我们互相交换着带孩子，我们都知道库珀需要一对一的监督。

那天晚些时候，索耶和他的朋友们回了我们家。他们满身是泥，脸颊因为在太阳下玩耍而晒得通红，他们浑身散发出小男孩的味道。他们还制定了宏伟的计划，说要一起骑自行车去附近的公园。

他们很兴奋，但这次我拒绝了他们的提议。我疲惫不堪，再也不想让他们离开我们的后院了。索耶看着我，告诉我他也想一起。他大步走到门口，戴上帽子，打开门离开。他表现得很强硬，因为他的朋友在那里。我立刻意识到，一个有同伴的小男孩会有多么大的勇气。

我在厨房的水池边大声叫他进屋，然后关上了门。然后，我的眼角湿润了。库珀跑着，手里拿着平板电脑，传出巴尼唱字母歌的声音。突然，库珀冲向索耶，推了他，在他的脖子下戳了一下。于是，索耶的头向后撞在了门上。

有那么一秒钟，全世界都安静了。

索耶立即爆发出刺耳的哀号，这是库珀的“引爆器”。他受不了他弟弟的声音。我看见索耶的朋友们站在前廊上盯着我看。

我僵在原地，目瞪口呆，我从没见过我的大儿子这样攻击过人。接着，我冲了过去，抓住库珀，握住了他的衬衫领子，试图把他从索耶的身边拉过来。他已经长得太大了，我真的做不了什么。我似乎无法把他和他弟弟分开。我把我的身体夹在他们中间，尽全力保护索耶。

索耶继续尖叫，我能看出来他伤得不重，但绝对很狼狈。我站在他们中间，大声呼叫杰米。我在想，他到底在哪？几秒钟后，他出现了。当他看到我夹在两个尖叫的男孩之间时，脸上露出了震惊的表情。

“现在就把他带上楼！”我吼道。

我从无数父母那里听到过关于自己孩子的事情。索耶就是库珀的“引爆器”，库珀受不了索耶的尖叫。如果索耶在他生命中的任何时候哭泣、抗议或不同意我的意见，那就会把库珀逼到崩溃的边缘，库珀会捂着耳朵尖叫。每当索耶尖叫，库珀就会更大声地尖叫。小哈珀也会受到惊吓，导致库珀尖叫得越发大声。许多年后，我听说了一个故事，讲的是一个家庭决定分开生活，母亲抚养一个患有自闭症的儿子，父亲抚养另一个患有自闭症的儿子，他们的孩子不能住在一起。我只是无法想象这就是我们的生活。

但今天的情况完全不同了。库珀以前似乎从来没有击打任何人的想法。事实上，我总是说他根本不知道究竟何为刻薄。而且，他也没有手眼协调的能力。直到今天仍是这样。

我坐在门廊的地板上，喘不过气来，门还开着。

索耶离开了。我猜他跑出去躲起来了，那是他的风格。当他感到尴尬或遇到麻烦时，他会躲起来。库珀也被带走了，我能听到他在房间里号啕大哭，杰米在用低沉的声音试图让他平静下来。

我爬起来，对站在门口的两个小男孩微笑。我告诉他们没关系，现在可以回家了。在我的脑海里，我的心声却是，回家不要告诉你们的父母，不要害怕到这里来。

门一关上，我就倒在门上。更多的想法在我脑海中闪过：“为什么会发生这种情况？索耶还好吗？库珀还好吗？库珀怎么能这么做？”

这些想法不断涌现。直到最后一个想法出现：“如果我不能保证我另外两个孩子的安全怎么办？如果这种情况继续发生怎么办？如果我不能把库珀守在家里怎么办？”我必须做出选择。现在是做出选择的时刻了。这是我从一开始就知道的时刻，也就是其他家长告诉我的那个时刻。

我站起来，走到厨房，发现索耶躲在食品储藏室里。他只是坐在那里，弓着腰，双膝向上，头缩在交叉的双臂里。他看起来是那么弱小，挤在超市买来的大号水果零食盒和装苹果酱的袋子之间。我把他抱起来，放在厨房水槽的角落里。五分钟前，他看起来像个反戴帽子的少年，要求和他的朋友一起去公园。现在，他的脸上满是泪水。

当我开始打量他时，他开始歇斯底里地尖叫起来。我打湿了一块毛巾，给他洗脸。我等他缓过气来把话说出来。“他为什么这样做，妈妈？为什么？他为什么那样打我的脸？我又没做错什么。”我还没来得及回答，他就说：“让我走吧，妈妈。送我走吧，我知道他比我更需要你。如果我走了，库珀就不会再那么刻薄了。”

听到这话，我立刻沦陷了。真不敢相信，这个小男孩竟然如此可爱又无私。我不知道该说什么好，只能尽可能地紧紧地抱住他，一直在想，我必须做出选择，我必须做出选择。现在让我告诉你，在这种情况下，不存在所谓正确的选择。

库珀是我的长子，是他让我成了一位母亲。他无法说话，也就无法表达痛苦、恐惧和欲望。他需要持续的关心和爱、关注和耐心。他非常脆弱，容易遭受各式各样的错误对待。但我的另外两个儿子该怎么办呢？他们在一个大多数人一无所知的世界中长大。我称之为“重度自闭症的隐秘世界”。在这样的世界里，杰米和我尽我们所能去弥补，为他们提供美好的生活。

如果他们长大后需要从童年的创伤中恢复过来，那我永远不会原谅自己。一段记忆闪过我的脑海，那是许多年前的一次聚会，远在我知道这个世界上有特殊需求和我们所做的选择之前。在那次大学聚会上，我和一个男孩喝啤酒，他告诉我他哥哥身患残疾。他不能走路，而且需要经常去医院做手术。他告诉我他恨他的父母总是以哥哥为重。他谈到了一个特别的记忆——他的父母不参加他的滑雪比赛，因为他的哥哥更需要他们。他说他还在为此生气。在这一刻，我抱着我的儿子，他埋下的伏笔笼罩了我。

我突然怒从中来，全身都在沸腾，对这种情况感到十分愤怒，也为我的孩子患有自闭症而生气。之所以生气，是因为他无法沟通正在困扰他的事情，也是因为他伤害了我的另一个儿子。我还对上帝生气，对这个世界生气，对索耶的经历生气，对我的家人遇到这种事而生气，对我可能要做出的选择而生气。

把库珀送走？这不是一个选择，他太脆弱了。那把我其他的孩子都送走？更不可能！他们没有做错任何事。什么都没有错，我感到全身麻痹，没有正确的答案，也没取胜的方法。然后，杰米过来了。我问库珀在哪里。他说，库珀太累了，现在在自己的房间里休息。我把索耶交给杰米，然后上楼。

当我走过杰米身边时，低声说了一句："这很不好，杰米。"我一步一步，缓慢地爬上楼梯。我感到很失控，也很无助。我在想，我该对这个八岁的小男孩说些什么，他不会说话，而且刚刚攻击了他的弟弟。我有很多问题要问他。我想知道原因，还想知道我怎样才能帮他，怎样才能防止这种事再次发生。我想知道怎么处理这一难题。但我知道我不会想出任何答案。他就是无法告诉我，这让我很难接受。对于正常的孩子来说，当两兄弟为了某件事打架时，你可以和他们讲道理。但库珀是不同的。

我慢慢地爬上楼梯，心中充满了各种各样的情绪。我走进库珀的房间，坐在他的床角上。他蜷缩在大约十几条毯子的下面，那些毯子全都堆在他的身上。

“库珀，妈妈要和你谈谈。”

一个泪痕斑斑的小脑袋从毯子里探了出来。他一看到我的脸，就大哭起来，他伸出双臂拥抱我。我很了解他，知道如果他要求拥抱，那就说明他真的需要拥抱。

这是自闭症的一部分，也是不为这个世界所理解的一部分。我的儿子其实很热情，也很可爱。他非常需要，也渴望人们的关注和喜爱。他只是有时候无法控制自己的情绪和身体。他努力活在一个对他来说说不通道理的世界里。

我有时会换位想象他的感受。在他的世界里，声音、颜色、气味和感觉应该强烈一百万倍，而且这些都会同时向他袭来，从而压垮他。想象一下，你现在无法交流。没有办法说:“太大声了！”那么，你所能做的只剩下尖叫，而尖叫几乎不会让你得到你需要的反应。当尖叫不起作用时，你会怎么做？你只能通过自己的肢体展现。

我们常常对最爱我们的人表现出攻击性，因为我们知道他们永远不会放弃爱我们。我永远不会让别人给我的孩子贴上怪物的标签。他正在努力。而我的工作就是帮助他驾驭和理解这个世界。但他也不能攻击他的弟弟。

我能看出来库珀很后悔。我把他抱在怀里，听着他深呼吸，就像他在治疗环节中心烦意乱时被教导的那样。

“深呼吸。深呼吸。深呼吸。”

我一边安慰他，一边闻着他的头发，轻轻地摇晃他的身体，就像他还是那个小得多的孩子似的。他闻起来有风的味道，大大的身躯蜷曲在我的膝上。我深深地呼吸着他的气息，提醒自己这是我的孩子，我的宝贝。

我感到空虚、力竭，甚至麻木。我觉得我不再了解这个小男孩了。他举起双手，分别放在我脸的两侧，然后把他的额头贴在我的额头上。这是库珀表达爱意的方式之一，但对我们来说是最近才出现的行为。多年来，对他人表达感情对库珀来说并不是自然而然的。这也是自闭症患者的一个非常普遍的特征。但在这一刻，他一定知道我需要他的爱意。

一个坚强的超级妈妈可以承担自闭症，可以管理一个家庭，可以有一份工作，也可以成为一个完美的妻子和母亲，但我现在止不住地哭泣着。起初，我就跟自己约定，我会尽力对他隐瞒这一切有多艰难。我的目标是永远不要在他面前哭泣。虽然我到处碰壁，但今天我无法控制自己的眼泪。

我不知道他会怎么做，我知道我得跟他谈谈，我必须让他明白情况有多严重。

“库珀，你明白刚才发生了什么吗？”

一片寂静。

“我需要你听我说，小家伙。我需要你听我说。你不必回答，但你得听我说。你不能打你的弟弟。因为如果你这样做了，你将不得不去别的地方生活。妈妈无法接受这一切。你明白吗？我不能失去你。”

一片寂静。

“你需要表现得很好，否则你就不能再住在这里了。

好吗？小家伙。我需要你的理解。因为妈妈不能在你和弟弟之间做出选择。”

一片寂静。

我端详着他的脸，观察他的反应。他好像看穿我了一般，我不知道他是否明白我在说什么，泪水更猛烈地顺着我的脸颊流了下来。

突然，他把脸凑近我的脸，我们的鼻子几乎碰到了一起。我能看到他正在研究我的眼泪。他伸出一根手指，摸了摸我脸颊上的一滴眼泪，把它放到嘴里尝了尝。然后，他再次把手指放回到我的脸颊上，抓住另一滴眼泪，把它拖回我的眼睛上。一遍又一遍，他在试图止住我的眼泪。

一片寂静。

到这个时候，我已经快喘不过气来了。他看到了我的眼泪。他不想让我伤心。“你明白吗，库珀？妈妈不能失去你。求你了，别逼我做出选择。答应我，小家伙，你不会再动手了。求你了。”

一片寂静。

我不知道自己在期望得到怎样的回应。我知道他几乎不可能接受我说的话，但我必须大声说出来，希望他能明白这有多重要。

我们坐在原地，他的呼吸变慢了，身体也放松了。

我抱着他下了楼。我和杰米说我想出门，我问我是否可以离开一会儿，我需要时间。我把车倒在车道上，浑身是汗，面红耳赤，伤心欲绝，并觉得不适。在三十多岁的时候，我的身体不能像以前那样承受激烈的争吵了。

开车离开时，我向邻居们挥手，我对着院子里幸福的家庭微笑。我一直等到转过街口，才让眼泪从眼镜后面流出来。我把收音机的音量调大，把这一切都抛在脑后——攻击的行为与恐惧，还有我们必须做出的决定。我开着车，但没有目的地。有一段时间，我让自己失去了控制，让黑暗、可怕的想法吞噬了我。

我让自己去想为什么会这样，怎么会成这样。我想到了满月、日常生活的改变、药物治疗和自闭症的隐秘之处：专业人士和其他父母说的导致攻击性行为的所有事情，没有一件事情能给我带来安慰。事实上，为了找出原因，我早已经筋疲力尽了。说实话，我不想再继续下去了。

我让自己思考我们是怎么走到此时此刻的这个地步的。我任由自己哭泣，任由自己生气，任由自己担心。我想到了为有特殊需求的人群提供的“集体之家”，我想起了我可爱却又脆弱的儿子。但我想的最多的是索耶，这一切都不是他应得的。见鬼，我是妈妈，居然不知道该怎么处理。他要怎样才能熬过去？

我拿起电话打给一个朋友。她是我认识的唯一一个不仅不会评判我，而且能理解我的人。这次，她也确实这样做了。她倾听着不加评判。她让我哭，让我说我不能再这样下去了，让我感叹自己无法做出选择，让我抱怨这不公平。她和我分享了自己的故事，她把其他孩子送到祖父母那里，而她的儿子也有类似的问题，她过着同样的生活。突然间，我感到自己并不孤单。

当我把车开回我家附近时，天几乎黑了。我看到一些孩子在玩捉人游戏，还有一些孩子在骑自行车。我摇下车窗，几个孩子挥手对我喊着：“哈啰！”我看到人们聚集在离我们家一个街区的公园里，看到了婴儿车里的婴儿和追着球的狗。我住在这个郊外的社区之中，每个家庭都很像我们的家。我们都在工作，修剪草坪，在美好的日子里烤肉野餐。从外部看，我们的房子和这个街区的其他房子也没什么两样。但在房子里面，我们家是截然不同的。

转弯时，我看到一群男孩，索耶也在其中。他们利用太阳落山前的最后几分钟，在我们的车道上玩接球游戏，他一定感觉好些了。我想知道他的朋友是否问过他关于他哥哥的事，或者他们是否假装什么都没发生过。我试着想象如果他们问他，他会怎么说。他会像我们教他的那样谈论自闭症吗？

我端详着那个非常勇敢的六岁小男孩，他反戴着棒球帽，一个小时前他还说他希望他能离开这个家，这样他的哥哥就不会伤害我们了。我也看到了他的同龄人，他们都在笑。我想到了我们关起门来的秘密，以及像我这样的家庭必须做出的选择。

今天是我做母亲最辛苦的一天。这不仅仅是因为两个兄弟在打架，更是因为这是对未来的一瞥。今天的事提醒了我们自闭症不会消失，小男孩长大成人，而我在变老。我意识到我可能无法永远应对今天的局面。

当我停在车道上，并不想开进去的时候，我让自己考虑这样一个事实，也许在这之前我一直有点妄想。我知道我的儿子长大了。我知道他越来越大了，我知道这只会越来越难。但我一直以为我能应对一切的问题。我以为自己可以做得更好，营造成功的生活。我相信只要我是一个足够好的母亲，甚至是最好的母亲，我就能做到这一点，爱就足以克服自闭症的困难。只是，我错了。有时候，光靠爱是不够的。当他二十岁、一百八十斤的时候，我该怎么办才好呢?

我现在想到了我自己的母亲。她快七十岁了，一半时间在明尼苏达州，另一半时间在得克萨斯州的一个养老社区。她和我爸爸一起游泳，跳健美操，一起打高尔夫。他们正在一起度过自己的后半生和黄金岁月。等我七十岁的时候，我的儿子也就四十三岁了。他会长大成人，但他会和我们住在一起。我会帮他穿衣服，喂他吃饭。我会给他洗头发和脚，杰米会给他刮胡子。我肯定会带他去参加一些日间课程，但除此之外，他会和我们在一起。我知道这并不容易，我很久以前就放弃了轻松的希望。但我仍然相信我能做到，相信我们可以做到。

这么想是错的吗?我把精力花在社交媒体上，分享重度自闭症的美好一面。我展示了我们的家庭——三个男孩，我的婚姻，我们的家，以及我们融入社区的历程。我展现了重度自闭症的真实一面。说实话，那些事情并不都是令人愉悦的。

自闭症很可能会引发惶恐，尤其是当这个词与一个漂亮的三岁孩子挂钩时。我想让刚刚确诊的孩子的父母知道，自闭症并没有那么可怕。是的，的确会有艰难的日子，但也会有很多美好的日子。我不会撒谎和掩饰，因为那样做不会有任何好处。

过去的我会在适当的时候谈论未来，我祈祷我正在做正确的事情。那时的我愿意相信我们会好起来的。库珀不会变得咄咄逼人，他可以永远与我和杰米生活在一起。当我在泳池里做有氧运动的时候，他可以在一边看着平板电脑；他也可以在他爸爸打高尔夫球的时候，坐在高尔夫球车上。那时的我想生活在一个相信一切都会好起来的世界里。总有一天，世界会接受自闭症和有差异的人。那时的我愿意相信我的儿子终有一天会开口说话，交到朋友，顺利完成高中的学业……那时的我愿意相信他即使到了青春期也不会变得好斗；那时的我愿意相信他能永远和我在一起，而我会一直照顾他的。我不想在“集体之家”或与终身照料甚至疗养院周旋。那时的我在我的幻想生活里自得其乐，但这一天彻底改变了一切。

当我进家门的时候，整个晚上都很安静。库珀一整晚都蜷缩在床上睡觉。那些插曲真的使他筋疲力尽。我也不例外。我将其称为“崩溃后的宿醉”。

那天晚上，杰米、索耶、小哈珀和我坐在院子里，看着太阳落山，谈论着一天的事情，感觉夜晚好像还剩好多个小时似的。如果库珀醒着，我们就没法这么看日落了，因为那样太危险了。但现在我们一家人还是可以一起坐在房子的墙外，暂时放松一会儿。

我们和索耶谈论了自闭症的现实，也讨论了如何保证他的安全。我们提醒他，他的感受很重要。他又问哥哥为什么打他，还问我们这种事是否还会发生。我们和他聊了聊库珀的“引爆器”以及听到大声哭泣对他来说有多煎熬。我们请他想象每一个声音都是最大的音量，然后问他那是怎样的感觉。

我们讨论了各式各样的情形和治疗方法，以及照顾库珀需要我们付出的巨大努力。

很多家庭都隐瞒了自闭症的事实，他们对此避而不谈。我有一个朋友在她的其他孩子面前低声说自闭症这个词，就像不愿启齿说脏话一样。我们家没有隐瞒这个词，我们从第一天起就在讨论这个问题。我们这样做是为了使自闭症成为一个正常的话题。我们这么做是为了帮助索耶理解，也因为我们不想让自闭症成为一个秘密，或者成为可耻的事情。库珀就是库珀，他的美丽远远超过他固执的部分，这是我们需要铭记于心的。

于是，我们全家一起谈论自闭症。我不希望自闭症只能在我们家被小声提及，我希望大家能坚定地大声说出来。孩子们上床睡觉后，杰米和我讨论了发生的事情。我们都说我们必须做得更好。我们需要更快地识别

“引爆器”和各种迹象，因为这是我们的责任，因为我们是父母，我们不能让库珀再攻击他的弟弟。尤其是库珀更大之后，这件事更不能发生。我们谈到了我们很可能不得不做出的选择。这是一个十分紧张的话题，我们感觉糟透了。

我们谈到了最近新闻上的一个事故：两个严重残疾的成年妇女在她们的“集体之家”遭受了一名男性看护者的性侵犯。好几个月过去了，没有一个人知道这件事，直到其中一个女人怀了孕。当我们想到类似的情况很可能发生在库珀的身上，你可以感受到空气中的压力。

我们怎么能送走我们的儿子呢？我们商量过要分开住，也许要准备两套房子。我们商量过要掏空我们的积蓄，雇个人一直陪在库珀的身边。我们商量过把索耶的日程安排得满满的，运动、露营、玩耍、聚会——只要不让他待在家里就行。我们也商量过为他做心理咨询。

我们大部分时间都沉默地坐在一边，思索着我们是怎么走到这一步的，我们祈祷这只是一次性的行为，我们祈祷这一切都结束了，永远不要再发生。但事实并非如此。几天后，库珀又崩溃了，而且比上次更加严重。这一次，杰米需要出门办件事，只有我和三个男孩独自在家。

那是一个美好的夜晚。晚饭后，我刚打扫完厨房。两个小男孩坐在桌旁，库珀在踱步。我注意到他随身带着我的信件，我一直觉得他拿着医药费账单的样子很好玩。我跟他开玩笑："你拿着账单，那你付钱。"不过，这个笑话是开在我身上的，因为他似乎总是把那些信件弄丢。我会在几周后，在床下或电视柜的后面发现它们和其他物品混在一起。

索耶和我在聊家庭作业和电影。他想先吃爆米花，然后看电影，最后再做作业，我们来来回回谈判着。他商量的声音有点太大了，当我拒绝他的时候，他转而开始抗议。他才六岁，只会做六岁孩子会做的事。库珀受不了了，他无法忍受弟弟的吼叫，显得心烦意乱。我能看出所有的迹象：紧握的拳头，沉重的呼吸，尖叫，捂住耳朵……

我采纳了治疗师的建议，和索耶讲道理，成功地让他冷静了下来。但我忽略了库珀的行为。我转移他的注意力，和他谈判，甚至试图诱哄他。我问他是否想做几个谜题，或者吃点零食。但什么也阻止不了必然发生的事情，他已经陷得太深了。我没法把他拉出来。库珀的崩溃就像雪球滚下山一样：一开始很慢，然后加快速度，越来越快。事情如果发展得过快，就没有办法暂停了。提前阻止处于失控边缘的事态是应对的关键手段。

在接下来的二十五分钟里，他大发怒火。我追了上去。当他开始摧毁我的房子时，我做了我能做的一切。他扔椅子，拿起吸尘器扔进了客厅，猛烈撞击橱柜，把柜台上的东西一股脑扫到了地板上。厨房的桌子上放着婆婆送我的一束花——这是作为一个好妈妈的礼物。他把花摔到地上，花瓣撒得到处都是。

我无法阻止他。我觉得我只是在做出反应，却没能提前预防。落后一步是非常令人挫败的局面。

我想把库珀从这种情况中解脱出来，于是试着把他带到楼上的房间里，但我做不到。他太高大，速度也太快了，我无法强迫他上楼。两个小男孩躲在柜台旁看着。一旦他勃然大怒，他就会去找索耶。他推了一下索耶的脸，但没有做出伤害的行为，只是产生了敌意。

在厨房的地板上，我就像别人教我的那样，把他紧紧地抱在怀里。我坐在他的身后，用腿搂住他的腰，用我的身体裹住他的胳膊和头。我在他耳边低语：

“我爱你。我爱你。我爱你。”

我们这样做是为了让孩子不会伤害自己。我能为孩子牺牲自己的身体，这就是母爱。我宁愿他伤害我，也不愿他伤害他自己。尽管我抱着他，但他激烈的扭动还是让我们在光滑的硬木地板上摩擦。他的两条腿把垃圾桶都踢飞了，橱柜门砰砰作响，地毯来回滑动。库珀一直在尖叫，我在他的耳边轻声说：“深呼吸，小家伙。呼吸。”我努力保护他的安全，保护我自己，保护我的其他孩子和我的房子。但我控制不了他，我不够强壮。

有那么一瞬间，我以为自己完全失去了对局面的控制。我和我的孩子索耶对视了一下，他抱着哈珀在客厅里，两个孩子都在哭泣。当我的大儿子暴跳如雷，用头撞我的胸口时，我看着这两个看着我们的小男孩。我知道我失败了，我不能保证任何人的安全。我想，谁会这样生活？

我让索耶抱着哈珀去书房等杰米回来，我让他们把门锁上。索耶没有抗议。杰米回到家的时候，我们的家就好像被外人肆意破坏了一样。我仍然用仅剩的一点的力气抱着库珀的身体。库珀看起来也累坏了，我们就这样躺在厨房地板的中央。每隔一段时间，他就会把头砸到我的身上。但我一直在他耳边说“我爱你”，让他回到我的身边。我知道他会回来的，我只能等着。

杰米环顾了一下地板上的垃圾，到处都是花瓣，被打翻的椅子，还有抱着八十斤重的儿子的我。杰米抱起库珀，上了楼。我呆呆地坐在原地，环顾四周，想着刚才发生的事。然后，我跑向其他的孩子。他们坐在我书房的地板上，又玩又笑。在那一刻，我觉得我跨越了两个完全不同的世界，但又找不到自己的归属。我不知道如何把这两个世界联系在一起。

那天晚上，我意识到我最担心的事情终究还是发生了，我们也未能幸免，我们并不特别，我们没有中头彩。这些年来我听过的所有故事，现在都一一发生在了我们的身上。我麻痹了。没有人可以帮助我们，没有人可以倾听这件事，没有育儿书籍或网上的建议可以参考。我们俩只能靠自己想办法解决问题。

“妈妈，我们怎么知道库珀爱我们？”

当一个小男孩问出这么一个发自真心的问题时，我真的措手不及。

我把索耶拉到腿上，紧紧抱着他，让他深呼吸。我把脸紧贴在他的头发里，努力回忆着上次这样抱着他是什么时候。

“你怎么知道他爱我们？他连话都不能说……他有时对我们很生气。”

我们经历了一段艰难的时期，这是不可否认的。

我接着向他解释了不用语言表达爱的各种方式。

“索耶，自从我们搬进来以后，库珀每晚都睡在你的房间里。他明明有他自己的房间，但他选择睡在你旁边的矮床上。这就是爱。”

就在离我们几米远的地方，沙发的角落里塞着一百多件随意摆放的物品，那就像库珀的宝库。我把索耶带过去，让他看一看。

他把物品分成了好几堆。杂志页、书籍、光碟盒、扑克牌、信件碎片和一张合影。在照片中，两兄弟紧紧地拥抱在一起，两人都咧嘴笑着。

当索耶仔细看照片的时候，我看出他似乎有些理解的表情。

“爱不一定非要说出口，索耶。”

接着，我告诉了他，我对他哥哥的爱。

“库珀一出生我就爱上他了，就像我爱上你和哈珀一样。当我和你，还有小弟弟在一起时，你们喜欢拥抱、依偎和亲吻。你们都希望得到无尽的关注和爱。但库珀在这方面一直与众不同，他喜欢自己的空间。”

“一开始，我不知道他是否爱我，我担心他不爱我。然后有一天，在他四岁的时候，他第一次触摸了我的脸。当时，我的心都要激动地炸裂了。然后，他在六岁的时候，第一次亲了我。等待这些时刻对我来说很难，我没有说谎。即使到了今天，你哥哥单独对我表达感情的次数，用一只手也数得过来。所以索耶，当他拥抱你的时候，你要知道他是真心的，他的爱不是随便滥给的，他只给那些真正值得拥有他的爱的人。珍惜这份爱吧，并多给他一些爱。”

我不确定那番鼓励的话是对我自己说的，还是对索耶说的。我想我们俩都需要鼓励。在库珀的一生中，每当他上学的时候，每晚睡觉前，以及一天中的其他时候，我都会对他说“我爱你”。他从来没有说过这句话，也没有通过画图、写字的方式回应我，但我知道他爱我。当他看着我的时候，当他在沙发上依偎在我身上的时候，当他在房子里或在一群人中寻找我的时候，我都能感觉到他对我的爱。我知道我是被他爱着的，而我的任务就是确保他知道他也被我爱着。这就是我经常跟他说“我爱你”的原因。我这么说是为了让他确信他是安全的，也是被人疼爱的。我每次想象着他对我们说同样的话的那一天，都会面带微笑。

第十四章

不以残障为耻

“我儿子经常取笑班上的自闭症孩子，真是太好笑了。”

整桌人听到这句话，都安静了下来。你知道那句俗语吗？“你能听到一根针掉在地上的声音吗？”这就是其中的一个时刻。一个慵懒的下午，我和四位同事坐在餐厅里，一边喝着咖啡，一边聊天。我们五个都是母亲，我们会笑谈小女孩上演的闹剧和小男孩制造的混乱。

起初，我想我一定是听错了。不会有哪个成年人会公开说那样的话，更不会有人会为此感到自豪。我知道孩子们之间的确存在取笑的情况，我并不天真。我知道孩子们会因为各式各样的事情被嘲笑——他们的衣服、体重、眼镜或牙套。我还记得学生时代在体育课上排队等着去吃午饭时，有同学问我为什么穿这么短的牛仔裤。我低头一看，很困惑，因为我以前从来没有注意到我的牛仔裤有多长。接下来的一个星期，人们给我起了“高腰·凯特”的绰号。我现在可以一笑置之，但当时我觉得很丢脸。我知道孩子们有时很残忍，但我不知道的是，成年人可以更加残忍。有时，他们甚至会觉得欺凌十分有趣。他们宣传并嘲笑这些事，会在喝咖啡的时候和朋友们吹嘘。

“我儿子经常取笑班上的自闭症孩子，真是太好笑了。他对整个发病的流程都了如指掌：捂着耳朵，重复大叫，还会抖胳膊。他摆动手臂的样子真是惟妙惟肖。”

我的心猛地一沉。我儿子有自闭症，他会捂着耳朵，重复大叫，不停地抖胳膊，他也会摆动手臂。

桌上的其他女士和我都盯着她看，说不上话来。我等着她改口。我以为这个小组里的每个人都知道库珀的存在，但这并不重要。“哦，对了，他不会当面模仿的，”她补充道，好像察觉到了我们的反感，“他只是在家中模仿。他会在我们的客厅里上演一出好戏，有时还会爬到咖啡桌上表演。”

她很快澄清道：“那个男孩其实甚至都不知道有人在

取笑他。”

我想她是为了让气氛变得更好。我看得出来，她想让我们明白这到底多有趣，所以她就在桌子那边，真的开始模仿起了自闭症儿童的姿态。我看着她张开嘴，就像库珀开心和兴奋时那样，挥舞着双臂。

我一直很喜欢看库珀摆动手臂，这个动作是他的一部分。如果他在挥舞双臂，那就意味着他很高兴。但看着这位女士这么做的时候，我感到很难过，也很难堪。接着，我突然意识到，不仅她的儿子在课堂上取笑那个自闭症男孩，她自己也是一样——一个成年的女人，一个有孩子的女人，一个养育孩子的女人。这些孩子最终会走向社会，也会有自己的孩子。

那一刻，我不知道该说什么。我们总是认为，面对残酷，我们要去教育；面对欺凌，我们要去反对。但在那一刻，我僵住了。当她意识到她的听众并不觉得这有什么好笑的时候，她找了个借口，离开了餐厅。我和另外三个女人一样，静静地坐在原地。最后，她们中的一个人打破了沉默：“我很抱歉她会那样说，凯特。我觉得没人会这样取笑库珀。他看起来并不像患有自闭症的样子。”

我支支吾吾了几句，也起身离开了。

那天晚上，我仔细观摩着我的儿子。他快六岁了，有一头浓密蓬乱的金色头发（是在家剪的）。他的皮肤就像瓷器一样光滑，淡褐色的眼睛还带有一抹红色。他坐在我客厅的中央，周围是他的上百件宝贝。十多张毛茸茸的羊毛毯子在他身边搭成了一个窝，下面一层是纸、书、照片和光盘。我能听到巴尼正在他的平板电脑上唱歌。库珀九个月大的时候，我们就一起看巴尼了。从我朋友那儿，我了解到同龄的孩子们应该都很喜欢看《星球大战》和《忍者神龟》，喜欢玩玩具枪和积木了。但库珀喜欢的是纸和《芝麻街》的艾摩。我们被时间冻结了。如果不是他的裤子变短了，我真的会以为时间已经遗忘了我们。

先前朋友的话在我的脑海里回响：“他看起来并不像患有自闭症的样子。”

自闭症是什么样的？它有一个专门的样子吗？当库珀两三岁的时候，他看起来和其他学步的孩子没什么两样，人们对库珀会像对所有小孩子一样友善，挥一挥手，或者送上一个微笑。但随着库珀年龄的增长，人们不再那么友善了。一个六岁的孩子和一个两岁的孩子有很大的区别。不管我们在哪里，不管谁在看，库珀都会按照他的性格行事。

在这段旅程中，我有时会感谢上苍，因为库珀与他的同龄人在外表上并没有显著的差异，他的身体没有患有让生活更艰难的残疾。但随着年龄的增长，明显的差异显然在一定程度上也能带来一些体面。我的一个朋友曾经告诉我，陌生人起初对她患有自闭症的十几岁的儿子非常粗鲁，直到他开始坐轮椅之后，人们的态度才逐渐改善。我不知道这是不是真的，但我知道的是，人们希望库珀的行为与他的年龄相符。当他无法这样做的时候，他们就会对他很冷酷。

我没有对那几位女士解释，因为那样不值得。但库珀之前也被取笑过。就像那个女人故事里的男孩一样，只不过库珀同样也不知情。当时，我们在一个公园里，他无忧无虑地跑来跑去。他喜欢看来回摆动的秋千，但他不喜欢爬上去玩。秋千的铁链在移动时发出“吱吱”的响声。每发出一声“吱吱”声，库珀都会兴奋地挥动双臂，从他嘴里发出的声音代表着纯粹的喜悦。对其他人来说，这样的声音听起来可能很讨厌，但对我来说并不是。

当他还小的时候，早在我们知道这是自闭症的征兆之前，我们会说：“总有一天他会飞离地面。”拍打双臂是通知我们他很高兴的信号。

当他看着秋千跳上跳下时，一群比他大不了多少的男孩注意到了他。其中的孩子王走到库珀的身边说："嘿，小男孩。"库珀根本没理睬，完全沉浸在"摇摆乐"中。那个男孩再次打了一声招呼，然后转向他的朋友们，开始学库珀那样挥舞双臂。

就这样，那群男孩突然歇斯底里起来。我僵在原地，看了一会儿，等着看他们会不会有人站出来说些什么，比如让某个孩子停下来。这完全是从众心理作祟。几秒钟之内，他们全都拍打着双臂，对着库珀指指点点。库珀突然意识到了笑声，转过身来，看到了他的"观众们"。于是，他更用力地拍打着双臂。他并不知道这群男孩是在嘲弄他，他丝毫也不在意。

我突然暴怒了。我费了九牛二虎之力，才忍住不冲到那些男孩的面前，把他们一个个撂倒在地，然后再抱起我的库珀跑掉。相反，我平静地走过去，努力使自己镇定下来，想着该说些什么。那个孩子王一看见我走近了，就带着所有的男孩逃开了。原来，他们还知道自己是混球儿。

我一走到儿子的身边，就弯下腰，感受着他眼前的惊奇。他的脸上充满了好奇，我紧紧地抱住他，在他耳边低语："嘿，小家伙！"在接下来的一个小时里，我守在一旁，库珀开心地看着玩秋千的孩子们，他的快乐冲散了这个世界的残酷。在回家的路上，索耶问我为什么要保护他的哥哥。我解释说，因为他有自闭症，他需要一点额外的帮助。索耶知道自闭症是什么。我们一直在家里公开谈论这件事。

“妈妈，我也能得自闭症吗？”听到这话，我倒吸了一口气。我立刻把车停在路边，转过身来面对坐在座椅上的四岁孩子。

“妈妈，我也想得自闭症。这样，你就会在公园里看我。我可以和库珀一起玩，因为我们都得了自闭症。”

那一刻，我哭了，因为我有太多流泪的理由了。我为那个叫索耶的小男孩哭了，他居然嫉妒自己的哥哥患有自闭症。我哭了，因为他们本应该在一起玩。他们应该一起跑、一起跳、一起荡、一起滑。我哭了，因为库珀被一群本可以成为朋友的男孩们取笑了。但我哭的最主要原因是，这个世界对任何与众不同的人都是如此残酷无情，而我却无力改变这一点。

那天晚上，当我向一位老朋友倾诉男孩们取笑库珀的事情时，她问了我几个问题。“不过，库珀玩秋千开心吗？”

“他是很开心，但他被人取笑了。”我回答道。

“但这一点影响他的快乐了吗？他之后就不玩了吗？”

她的观点就像一列货运火车击中了我。她是对的，库珀不在乎别人怎么看他。他不会因为担心同龄的孩子不喜欢他而失眠。相反，他总能在他所在的地方找到开心、快乐的事情。我们从中吸取了教训。

我曾经听过这样一个故事，一个在政府工作的人坚决反对为残疾人提供福利和资源。他说：“谁会在乎他们是否学会翻身或从杯子里喝水？这有什么意义？”在我有一个残障的孩子之前，我可能不会那么关注那位参议员的这番言论。我甚至承认，过去的我可能会评判那些需要帮助来抚养孩子并使用政府资金的公民。过去的我很无知，我不知情，因为我从来没有经历过。直到有了库珀，有一个有重大需求的孩子，我感到了谦卑。这样的人生经历扒光了我的所有，曾经拒绝寻求帮助的我也开始对外寻求帮助。

当残疾找上门，无人能幸免。残疾与性别、种族、社会经济地位无关。任何人都可能在生命中的某个时刻遭遇身体上的损害。任何人都可能有一个有特殊需求的孩子。我说这些并不是为了吓唬任何人，而是为了提醒人们在评判别人之前请务必三思。根据疾病控制和预防中心的一份新报告，三到十七岁的儿童有六分之一的概率患有发育障碍，其中就包括自闭症和多动症。仔细想想，这一数据令人震惊。这些孩子很可能就住在你家的附近，他们的父母很可能是你的同事和朋友。然而，许多人声称不认识残障的人，因此可能会感到奇怪，为什么像我们这样的父母会如此主动地说出来。我这么做不只是为了库珀。我倡导的安全交通、住房、合理工资，有一半可能根本与他没关系。我之所以提倡，是因为当你为一个孩子辩护时，你也是在为所有的孩子辩护。

多年以后，我听说，在命运的偶然转折中，那位参议员的妻子出了车祸，失去了双腿。于是他离开政坛照顾她。我想这对他来说很难，就像许多有特殊需求的孩子的父母一样。这不仅是收入的损失，也是身份角色的丧失。从配偶、孩子或父母到一位照料者的转变是一个生活改变的过程，很少能在情感层面得到应有的支持。我时常想起那个人，倘若他当初多多了解那些每天都在帮助残疾人的故事，也许他一开始就会对帮助残疾人持有不同的想法。这也是我今天讲述我们的故事的原因之一。

库珀确诊自闭症的几年后，有一天，我结束了一天的工作，匆匆地赶往当地的杂货店，急着付钱买东西，然后回家陪儿子们。当我站在收银台前时，我看到一群穿着亮橙色衬衫的人正在打包货物。我立刻意识到他们就和我的库珀一样；我听到了他们的声音，也注意到了他们的举止。我不再对这个隐秘世界视而不见，因为我现在就生活在其中。我目不转睛地注视着排在我队伍最前头的那位年轻先生。他慢慢地拿起每样食物，举到眼前，仔细研究，最后再放进袋子里。他做得很好，但他也不会因为自己的速度而获得任何奖励。当我看着他为自己鼓掌时，我突然露出了最灿烂的笑容。要不是我手上提着东西，我也一定会为他鼓掌。

突然，我脑海里闪现出库珀在一家杂货店工作或做志愿者的画面，就像在这家杂货店一样。我真希望能跟这位年轻先生的妈妈谈谈，告诉她我是多么为她的儿子感到骄傲。然而，身后的一个男人粗暴地将我从白日梦中拉回了现实。他虽然嘟囔着，但我不认为他很小声。

“快一点！我可没时间一直看这些弱智表演。”

我立刻转过身，看向那个男人。谢天谢地，排队的其他顾客同样对他的言论感到震惊。我还没来得及说话，另一位女士抢先开口了。我以前从来没有见过一个人在受到言语抨击时，脸会变得这么红。我赶紧转过身去，想看看那个年轻人有没有听到。只见他一边吹着口哨，一边收拾着货物，完全没有注意到刚刚向他袭来的仇恨。

在那时，就在那一刻，我发誓要为我的儿子改变世界。我感到我内心的火焰燃烧得更明亮了。对此，我已经坚持写了很多年的博客了，并且取得了一些成果，但是时候做更多的事情了。我可能并不知道怎么做，我没有什么宏伟的计划。我只知道我必须为他把世界变得更美好。因为总有一天，他会像这个年轻人一样进入社区。我需要人们主动理解，打开他们的眼界，看到差异，最终变得友善。

很快，我开始代表残疾人及他们的家庭发表公开演讲。我参观了位于圣保罗的州议会大厦，并与我们的州长和参议员们进行了交谈。我打了电话，也写了信。我还加入了其他倡导团体。只要有机会，我就会公开谈论自闭症。

我分享了库珀的生活。我分享了他取得的进展以及遭遇的挣扎。我分享了他的声音，他的收藏，他的快乐，他的焦虑。我希望我能接触到杂货店里那个可怕的男人，以及每一个像他一样的人，然后尽我所能地解释库珀的与众不同。

多年来，我一直不知道我的努力是否有成效。后来，我收到了一位住在南部地区的七十多岁老妇人的电子邮件。她告诉我，在发现“寻找库珀的声音”之前，她对自闭症一无所知。她被我的故事吸引，为我人生的起起落落而感动。但她承认，她对库珀有时的行为方式感到困惑。有一天，她也在当地的杂货店看到一个成年男子。他捂着耳朵，挥动着双臂。他不说话，但也不停止发出声音。她说她知道他和我的儿子一样，便对他产生了一种保护欲。排在她前面的几个女顾客开始不那么友好地指责他，因为他实在太大声了，但根本的原因还是他太过与众不同了。她告诉我，她直接批评和教育了她们。

当我读到她的话时，我知道我一直以来的努力是对的。我从未收到过让我如此自豪的电子邮件。我们感动了一位先前对自闭症一无所知的陌生人，为与众不同的人带来了善意。从第一天起，这就是我的目标。如果我能教育一个不知情的人，消除诊断的耻辱，或者减轻父母听到“你的孩子患有自闭症”这句话时的恐惧，那么我就做了正确的事情。

第十五章

思考未来

在库珀的攻击性行为激增之后的几天里，杰米的父母邀请我们在周日晚上聚餐。在他们的家度过的时光对我们来说非常有治愈的效果，我不知道他们是否能理解我们是多么感激能去那里享受放松的一刻。在我们最艰难的日子里，身边有爱我们、接受我们的人正是我们所需要的。

当我们到达时，我们惊喜地发现杰米父母的朋友们也将与我们共进晚餐。那对可爱的夫妇从杰米出生起就一直陪伴在他的生活中。然而，他们不再是他多年前熟悉的那对夫妇了，因为原本是教师的汤姆多年前被诊断出患有早发性痴呆，经常无法集中注意力。他的妻子安妮是一个坚强、富有爱心、积极向上的女人，她优雅地承担起了照顾孩子的角色。我可以想象，在这么年轻的时候确诊痴呆症，是一件多么不公平的事情。他们就像被剥夺了共同的未来。我想知道安妮是否也和我一样经历了悲伤的循环。

下午的大部分时间里，我都在厨房里和两位女士、库珀以及汤姆待在一起。杰米和我的另外两个儿子在外面沐浴阳光。当我们坐下来聊天时，我悄悄留意到库珀和这个比他大七十岁的男人之间的异同。汤姆就像被一根看不见的绳子拴在安妮的身上，如同库珀拴在我的身上一样。如果她起身离开了，他就会去找她。库珀也是一样。

汤姆静静地坐在他妻子旁边的桌子上，一动不动。他似乎没有意识到周围正在进行的谈话。安妮说，他的话似乎每天都比前一天更少。她知道他已经时日无多了。同样的，库珀也没有注意到周围的谈话，但他在厨房里跑来跑去，从一堵墙跑到另一堵墙，蹦蹦跳跳，滚来滚去。他每隔几分钟就会跑过来，抓住我的胳膊，用语言之外的方式要求我做点什么，然后大声尖叫。我努力让他冷静下来，向他保证我们很快就会回家，然后他又会跑开，几分钟后才回来。焦虑不安的情绪最近压倒了库珀。在我生库珀之前，我不知道孩子也会有焦虑症，但现在我知道了。当焦虑出现时，快乐和愤怒之间有一条细微的界限。那些本应该带来快乐的事情——看火车、游泳、和家人在一起——常常使他太兴奋了，最终让他期待太多，消耗太大，也让我们疲惫不堪。看着他被剥夺了快乐的权利，我这个母亲很难过。在那些日子里，我花了很多时间来驾驭他的情绪波动，试图让他保持平静。但我基本上都以失败告终。

安妮谈到了她与丈夫之间类似的挣扎——他失去了技能，他越来越焦虑，他连一秒钟都不能独处。我们的相似之处是：安妮是她丈夫的依靠，而我也是库珀的依靠。我知道杰米是个好爸爸，但库珀选择我来照顾他。我在更深的层次上理解库珀的心理，我们之间不需要言语。在某种程度上，我觉得我能读懂他的心思。成为别人的依靠有那么多的美好，但也有那么多的压力。我想知道安妮是否也有过这样的感觉。

晚餐的时候，我帮库珀把食物切碎，安妮也切碎了丈夫的食物；我喂库珀，她喂汤姆；我擦了擦库珀的脸，她擦了擦丈夫的嘴；我带库珀去了洗手间，她也是如此……

一天快结束的时候，安妮把我拉到一边，讨论我们生活中的相似之处。我们都是负责照料的人，我们俩从未想过自己会成为这样的女人。我很庆幸她也觉察出这一点了。

“我还需要照顾我丈夫几年，而你，凯特，你的余生都要做这件事了。你有着令人难以置信的力量和永恒的爱，但你一定很累。我不知道你是怎么做到这一切的。”接着，她笑着说，“不过，这番话我也可以对自己再说一遍。”她的声音里充满了悲伤，语调几乎充满挫败感。她是一个让我太过感同身受的人。

我看着她擦干眼泪，微笑着回到丈夫的身边。我杵在原地，她所经历的现实冲击了我。她和她的丈夫本应该享受他们的退休生活。他们本应该一起出门旅行，环游世界。他们工作了一辈子，现在应该携手度过最美好的时光。有那么一瞬间，我想象着没有自闭症的生活；不是没有库珀的生活，而是他从挣扎中解脱出来的生活。我看到他去迪士尼旅行，和兄弟们一起玩耍。我不知道我们是否能抵达这一步。

我又观察了他们一会儿。她帮丈夫穿上鞋子和夹克，把他领到车前，又为他系好了安全带，最后对我微笑，挥手告别。我看出了她眼角的悲伤，但我也看到了她对丈夫的爱和奉献。

在我为人母的过程中，我有很多时候都觉得自己做的事情与我应该做的不一样。当然，我是库珀的妈妈，从他被抱在我怀里的那一刻起，我就珍惜着这份我不会轻易接受的祝福。但多年来，我常常觉得自己更像一个治疗师、一个老师和一个护士，而不是一个母亲。我只是一个照料者吗？如果我今天在社交媒体上提出这个问题，我一定会得到不同的答案。我之所以确定，是因为我以前尝试过。许多人认为母亲不能成为照料者。但当我那天看到安妮照顾她丈夫时，我发现我们的角色竟然惊人地相似。

根据美国退休人员协会的数据，超过五分之一的美国人（21.3%）正在承担照料者的角色，在过去的十二个月里，他们曾在某个时候照料过有特殊需求的成人或儿童。虽然许多照料者（51%）觉得他们的角色给了他们一种目的感或成就感，但这些积极的情绪往往与压力或紧张的感觉并存。护理人员报告了身体、情感和经济上的压力，五分之一的人（21%）说他们感到孤独。

那天晚上，安妮和汤姆的身影在我的脑海中挥之不去。她曾私下告诉我，她觉得自己因为没有让丈夫住进养老院而被人指指点点，但如果她这么做了，别人的评价可能会更糟。我完全明白她的意思，随着库珀年龄的增长，他所遇到的困难也会越来越大。我生命中的许多人很快就和我分享了他们对我们未来的看法。我母亲经常告诉我，我永远不能把他送到护理中心，因为他太脆弱了。她说得没错，但照料的压力又是另外一回事。我生命中的另一个人告诉我，我们应该考虑多种选项，像库珀这样的孩子还有其他地方可去。

当库珀还小的时候，我在考虑未来时觉得就像生活在一片否认之地。接受我们日常生活的现实是一回事，接受儿子可能永远长不大的现实又是另一回事。不要误会我的意思，我的确在努力接受这一切。我试着描绘我们的未来，但当我这样做的时候，我又是如此百感交集。我会因为限制了他可能取得的成就而感到内疚。但如果冷静客观地看待未来，我又会感到悲观。我只能专注于我所知道的，或者至少是我认为我了解的。

我很确定库珀长大后会和我们住在一起。但他最终会说话吗？他会照顾自己吗？他的生活质量会怎么样呢？他会有很多朋友吗？他会有工作吗？当我和索耶在一起时，我能看到未来。我可以预见他会搬出这个家，我可以预见他开车、约会、工作。我可以预见他会经历所有人生必经的阶段。但对于库珀，我预见不到，我觉得再多的希望都不对，一切的感觉都不对。

随着库珀年龄的增长，我知道我有必要思考我们的未来。我找到了照料成年自闭症患者的父母们。这些子女不会说话，每天仍然需要妈妈为他们穿衣服，在拥挤的停车场里仍然需要爸爸拉着他们的手。

一开始，我没有做好准备。也许，我尝试得太多，也太快了，因为我没有来得及看到他们所有的成功，也没有来得及看到他们如何努力才取得今天的成果，而是仅仅关注他们永远做不成的事情，比如开车和独立生活。我那颗妈妈的心承受不了这一切。但随着时间的推移，我开始能逐渐以现实的眼光看待我们的未来，试着用喜悦取代悲伤，试着在现实中不失去希望。

在过去，有一些父母常常对我说教，甚至责骂我，因为他们认为我只关注未来，而不是一天天好好过下去。我想他们骂我，也是为了保护我，因为他们知道这一过程需要时间。我的建议是，当你准备好了，就踮起脚尖，小心翼翼地走向未来吧。但最重要的是，对自己慈悲一点。不管对孩子的未来抱有多少期望，都是完全正确的。记住，你是人。对我来说，接受我们的未来需要时间。

我是如何得知自己准备好迎接未来的呢？当库珀八岁时，我们第五次带他去看《托马斯小火车》。在此之前的几年里，库珀还不太容易被人群察觉。但到了八岁，他已经不再是小孩子了。我很紧张，因为我不仅要带着最大的孩子，而且他还是一个难以管教的孩子。

这一次的情况有所不同。活动方慷慨地接受了像我这样的家长的建议，他们考虑到拥挤的人群、明亮的灯光和嘈杂的声音会让库珀这样的孩子难受，因此他们愿意为孩子们主动减少感官上的刺激。而且，主办方也没有对这次活动设置年龄限制，因为他们明白，对火车的热爱不会在某些人的特定年龄结束。

当我们抵达活动现场时，我立刻看到了一个穿着亮蓝色托马斯小火车T恤衫的成年人。他至少有二十五岁，也许更大。他个子很高，比他母亲和大多数人都要高得多。

他兴奋得简直飘浮到了半空中。他的喜悦就像一道光，环绕在他的身边。他声音很大，双臂疯狂地摆动着。他径直跑到托马斯小火车跟前，低着头，一边自言自语，一边指指点点。他和我儿子一样来回扭动着身体。

“我喜欢火车。火车是我的最爱。我爱托马斯。你好，托马斯。”

这个男人（或者说这个“大男孩”）比我一生中任何时候都要幸福。在那一刻，我看到了我的未来和眼前的快乐。当我们大多数人步入成年，我们的生活就变成了完成工作、赚钱和实现目标的流程。但是这个年轻人仍然怀有一颗童心。我想靠近他，我想让他和他妈妈出现在我的生活中。我完全没有看到一个男人在参加一个儿童活动时的尴尬，我也没有看到悲伤；我只看到了神奇的喜悦。我希望我的生活的每分每秒都能体验这种喜悦。我没上前打招呼——我太害羞了——但我真希望我当时能认识他们。我真希望我能告诉那位妈妈她做得有多好，让她知道她和她的儿子会激励我在以后做得更好。

在这次的火车舞台上，我发誓再也不对重度自闭症遮遮掩掩了。我会让我的儿子像这个年轻人一样进入社会。我会毫不掩饰地表现出我的喜悦之情，人们可以自己决定他们看到后的心情是快乐的，还是悲伤的。全世界都应该了解库珀，他也应该了解全世界。

我把自己沉浸在残疾世界里——一个我从来不想成为其中一部分的世界，一个让我害怕的世界，一个我认为很悲伤的世界。孩子，我错了。它其实是一个美丽的世界。但要看到美丽之处，就必须改变自己的思维方式。

有一天早上，我看到一个保险公司的广告，播放着俗气的背景音乐，展示了完美的家庭和房子。广告中大儿子高中毕业时，标语是这样写的："这些都是我们为之准备的时刻。这是唯一重要的时刻。"

我一整天都在想这个广告。我一直在琢磨那句话——唯一重要的时刻……

开学第一天，毕业典礼，大学录取通知书，第一份工作，升职，结婚，生子，退休。如果一个人并没有这些人生时刻呢？那他们的生命难道就不重要了吗？

我儿子走上了另一条不同的人生轨迹。他的人生广告是什么？他人生时刻的广告该怎么写？如果他的时刻不是上述那些，那这些时刻只会带来消极和悲观吗？

我们的广告内容将是关于从心理治疗到成年的过渡，找到一个日托项目，志愿服务，成为叔叔，被监护，以及有一天被转移到一个"集体"之家。这些将是我们的重要时刻。我要告诉你的是，这些时刻不仅不会令人难过，而且同样无比重要。

昨晚是库珀有史以来表现最棒的一晚。他让我唱《可爱的小蜘蛛》，并用手指在想象的蛛网上移动。他用叉子吃了一整盘意大利面，用杯子喝水，而且一滴也没有洒出来。他独立完成了一幅拼图。他在上楼睡觉时，给了我一个飞吻。当我去给他盖被子时，他用手指在牙齿上蹭来蹭去，提醒我忘了给他刷牙，那表情好像在对我说："傻妈妈。"我坐在床边，告诉他"我爱你"。我想，这就是我梦寐以求的时刻，这就是我祈祷已久的时刻。我们的时刻也同样重要，由不得其他人随意否定。

第十六章

库珀会说话了!

在库珀经历了最艰难的一天后，我与他的治疗团队在第二天就召开了紧急会议，希望他们能想出一些办法来帮助我们。我不想承认我的心里很害怕，也不想承认他的攻击性行为超出了我的控制范围。但我提醒自己，养育像库珀这样独特的孩子是一件谦卑的事，向外寻求帮助是正确的。

他的主治医生告诉我，她和其他医生也都遭到了库珀的攻击。他每天都表现出许多不安全的行为。我描述了我最难熬的一个晚上：当我亲爱的儿子试图伤害我时，我抱着他的身体；他的治疗师说他们每次也都经历了库珀的这种行为。我不知道该怎么办才好了。伤害我是一回事，我能接受，因为我是他的妈妈。我会用他需要的温柔来应对这一状况。但是如果伤害的是另一个人呢?

当治疗师谈到库珀每天都有打人、踢人以及四十多种不安全的行为时，我觉得有必要道歉。我很难过，甚至有点震惊，因为没有人告诉我，与他相处竟然这么难。医生们也许是为了照顾我的情绪，才一直没有告诉我。但当她继续向我解释自闭症的级别，以及库珀在三级治疗中心的表现时，我产生了一种恐惧的感觉。三级治疗中心是为有特殊需求的儿童服务的。但最近，库珀的需求似乎在增加，下一个去处是住院中心。她接着向我保证，他们并不是赶库珀出去，但作为一个团队，我们需要在事态进一步升级之前迅速做出反应。我们查看了他的行为数据，发现他的行为曲线在十月有所上升，而十月正是他弟弟出生的月份。

计划的重点是确保索耶和哈珀的安全，治疗团队称之为“应急计划”。我们写下了“一旦库珀再次攻击，索耶会带着小弟弟进入我的书房，锁上门”的计划。只有我说“没事了”，他们才能开锁出门。我们也计划让索耶接受心理治疗，讨论他的所见所想。最后，我们会在家里安装额外的报警器、门锁和摄像头。我很难接受事情已经发展到了这一步，难道我们在库珀八岁的时候，就已经走到人生的尽头了吗？这可能吗？医生向我保证，我们还没有结束，我们一起制定计划。她劝慰我，我们一家并不会独自面对这一挑战。

我联系了其他有攻击性行为的孩子的父母。我从他们的理解中得到安慰，但听到他们中的许多人被迫做出的选择时，我感到难过。一位女士分享道，她的两个儿子不得不一天二十四小时都无法碰面。他们一家租下了一套公寓，她和丈夫轮流和患有自闭症的儿子住在那里。还有一位女士告诉我，为了让患有自闭症的女儿留在家里，她不得不将一切正常的孩子送去了寄宿学校。这是他们家唯一的办法。

我联系了一位急诊护士，她是我的老朋友，我问她是否见过攻击性严重的孩子。她的回答让我悲痛不已：“一直都有。家长们把他们送到这里，因为他们无处求助。我们最多收留他们五天，喂他们吃药，好让他们听话。”

我还有一位朋友在把儿子送到住院治疗机构时，签署了放弃监护权的协议。该机构在得知她的儿子不会说话后，拒绝接收他，称他们没有能力帮助像他这样的孩子。她告诉我，当她意识到自己孤立无助时，她感到无比绝望。一些父母告诉我，他们的孩子有严重的攻击性行为，包括打人、踢人，甚至毁灭性的自残。但他们也表示害怕公开谈论这件事，因为外人会评头论足，责怪孩子，责怪父母。他们一直保持沉默，生活在沉默和恐惧之中。

我不敢相信我们的生活竟来到了这一地步。我们生活在“求救模式”之中，远没有等来转机。我感觉我们如履薄冰，过着走投无路的生活。我们已经这样生活了一段时间了。在自闭症发生在我们家之前，我从来没料到自闭症会有这样的后果。

我深信万事皆有因果。我知道这句话很俗套，但宇宙总有办法温柔地推动我们前进。那天晚上是婆婆第一次和库珀会面。我知道，当我们告诉人们残障的危险，甚至可怕的一面时，他们并不相信我们，可能认为我们在夸大其词或添油加醋，但我们并没有。我们坐在她的厨房里，我拉着儿子的胳膊，防止他沮丧地撞自己的头。我陪着他一起前后摇晃。我在他耳边低语。他正在因纸张和少了一个颜色而焦虑，因为网速不够快而烦躁，一心想着回家。

杰米和另外两个男孩在外面，我和库珀在僵持。这是我第一次大声说出这些话……

“我无法坚持下去了，戴安。我想，我要放弃了。”

我的婆婆是一名退休护士，她说："凯特，看看他。他感觉不舒服。你必须考虑药物治疗，他应该在头疼。我很为他伤心，没人想经历这种感觉。如果他患有糖尿病，你就该给他注射胰岛素。药物治疗就是这样。"

在库珀走到人生的这个阶段，我承认我从未考虑过用药。我甚至不知道医生会给他开出什么药。我不想让我的孩子吃药。我不想让他变成麻木、迟钝的孩子，我一直都反对药物治疗。在我的心里，药物治疗是一种屈辱，甚至是一种耻辱。父母们不会公开谈论这类事情。说实话，我甚至不敢问这个问题，因为害怕遭到其他人的评判。但婆婆是对的。这个建议对我来说就像一道灵光。库珀觉得不舒服，我不记得上次看到儿子开心、微笑和大笑是在什么时候了。

必须明确的是：我永远不会因为给孩子服药而批评其他的父母。但对过去的我来说，接受药物治疗代表着宣布放弃，承认作为父母的失败。不久之后，我意识到药物可以是一个非常有效的工具，值得纳入"工具箱"之中。

当我和身边的人谈起这件事时，我百感交集。

"不要给孩子喂药！"

"药物会改变你的生活！"

“他会像僵尸一样。”

“我真希望我们早几年就开始给孩子吃药了。”

我听闻孩子们在服药之后，突然就能集中注意力，睡觉，甚至在社区里互动，他们口中的孩子对我来说似乎遥不可及。我甚至无法想象和库珀坐在一起，一起去餐馆，甚至是一来一回地交流。

利与弊都压在我的心头，但我在可能到来的好处中找到了如此多的希望。这似乎是我们最后的选择了。

我和一位备受推崇的医生约好讨论药物治疗后，又取消了会面。有一次，我们在家里举办了一次读书活动，但库珀在三个小时内不让任何客人坐在我们的椅子上，而且对着坐着的人大喊大叫。我们不得不提前结束读书会，请我们的客人离开。对库珀来说，让别人进我们家实在太难了。后来，我再次和那位医生预约了时间。

当我焦急地等待和医生见面时，“噢，不过是自闭症而已”在我脑海中反复回响。我已经听过这句话无数次了。但这到底有什么意义呢？我深入研究，阅读书籍和博客，并与那些有像库珀这样大孩子的家长交谈。我开始以不同的方式看待自闭症，把它分解成各个部分。我发现有很多与自闭症一并出现的疾病，比如焦虑、抑郁、多动症、睡眠障碍、智力障碍……这个清单似乎一眼望不到尾。多年来，我一直把库珀身上所有的症状都一并称为自闭症，但事实并非如此，因为其中的一些疾病的确可以通过药物实现治愈。

多年来，我一直十分厌恶“自闭症”这个词，甚至对此很愤怒。我们将遭遇的每一个困难都归结于“自闭症”。我自己都无法理解为什么，这是我们需要克服的问题。当我改变了我的想法，把自闭症看作不同部分的组合，而不再是一个整体之后，我就不再害怕这个词了。我儿子的焦虑症让他虚弱；他的注意缺陷与多动障碍折磨着他；他的失用症偷走了他的语言；他的智力缺陷阻碍了他的学习。当然，还有他的自闭症构成了现在的他。我曾经以为自闭症只是他的一部分，但自闭症实际上是他的每一个部分，这并不是一件坏事。不管怎么说，库珀患有自闭症。自闭症对我们来说并不是一个肮脏的词。我知道会有人对此窃窃私语，有些人甚至拒绝在孩子面前大声说出来。但我们不会这样。

自闭症不是借口，而是一种解释。

我希望他和自闭症一起生活，但不再受到焦虑症、注意缺陷与多动障碍和其他所有问题的困扰。我希望他最终能幸福，事情就是这么简单，幸福高于一切。

当我们去看医生的时候，我已经准备好了提议，准备好了数据，甚至准备好了乞求帮助。我很担心自己会受到批判，但当库珀在地上打滚，用脚踢我时，医生把手放在我的背上，向我保证她会帮助我们。她对我们的同情感动了我。在之前的很多次面诊中，我都觉得自己必须为自闭症辩护，甚至解释。但这次不一样，她问我现在生活中最艰难的部分是什么。

“他的焦虑。他的焦虑就像一头野兽，我们全家都为此而小心翼翼。”

我们带着处方和希望离开，但这种希望和之前感觉不同，充满了绝望和时间上的紧迫感。我们需要这个方法奏效，因为我们快没时间了。

1月23日，在库珀开始服用抗焦虑药物的两天后，他平生第一次坐了好几秒钟。要知道，他已经八岁了，但我以前从没见他静坐过。他永远不会安定，永远不愿坐下。

那天，他穿着一件红色保暖衬衫和他最爱的那条色彩鲜艳的开裆裤，坐在客厅的沙发上。我走过去，拿起一堆衣服准备上楼，然后看到这一幕，停了下来。杰米过来的时候，我正张着嘴。我们一起站在那里，眼泪从我们的脸上流了下来。

他的动作和声音并不迟钝，他只是一动不动地坐在那里。我们站了几分钟后，他抬起头来，微笑着，似乎很惊讶我们会如此专注地盯着他看。我放下洗好的衣服，二话没说，和杰米一起坐在沙发上，我和他都紧紧地挽着库珀的胳膊。

我们和库珀坐了将近三十分钟。以前从未发生过这样的事情。

在接下来的几个星期里，库珀摆脱了焦虑。我感觉他就像卸下了背上的重担。他站得更高了，用他的眼睛直视我们。他的眼睛显得炯炯有神。他也开始笑得更多了，起初笑得很缓慢。之后，他学会了咯咯笑，甚至还会取笑我、他的爸爸和弟弟们。

这种转变几乎令人难以置信，但同时又实实在在地发生了。几个星期过去了，接着几个月过去了，我们可以打开门，甚至可以打开窗户。他不再把椅子排成一排，不再把所有东西都放进我们的浴缸里，不再拆床和囤积照片，不再尖叫，也不再伤害自己和他人了。

后来，我们度过了第一个家庭电影之夜，第一次，享用了家庭晚餐。库珀去了百货商场和超市。他还拥抱了他的小弟弟。

再后来，他开口说出了第一个词——“妈妈”。只不过，他的声音拖得很长，说成了“么——姆”，但听起来仍然是完美的发音。逐渐地，他说了更多的话，其中最重要的是“索耶”。索耶听到后，感动地哭了。

我们的目标原来是帮助库珀找到内心的平静，让他大脑中的混乱平息下来。但他能开口说话是一份意想不到的礼物。

人们经常问我是如何一步一步接受现实的。对我来说，最重要的一步是我意识到交流可以以多种形式发生，不一定非要用语言来表达。库珀可以通过声音、手势，甚至平板电脑进行有意义的对话。这就足够了。他可以把我带到水池边让我给他水喝，还可以通过给我看巴尼探望动物们的一集来告诉我他想去动物园了……这就足够了。我曾为他无法说话而悲伤，但我选择继续前进。最终，生活的美妙之处会在悲伤之后到来。

当库珀能说出二十个单词时，我告诉自己，我丝毫不在意他能不能再多学一个新词。我很感激我们所拥有的一切，每一次开口说话都是一次赐福。没有人知道他是否会变得健谈，但我们不在乎这一点。当你的希望变得更加现实时，美好的事情就会发生。你不再会因为漫长的等待而压力倍增，如果真的等来了希望，那种喜悦是难以用语言形容的。

倘若有一只苍蝇长期寄宿在我们家，那么在我们缓解库珀的焦虑之后，它也一定会对我们家的变化感到惊讶。过去的我们一直生活在库珀焦虑的牢笼里，虽然这种焦虑可能永远不会完全消失，但如今的我们感到自由。

我永远不会说给孩子服药就是一种解药，毕竟事实并非如此。而且，药物治疗也不是我们的目标。相反，药物只是能让库珀的感觉好一点，让他从内心的煎熬中得到平静。在这一点上，药物的确有疗效。

当然，库珀还是那个库珀。他的过去和现在仍然遭受着自闭症的严重影响，这一部分的他不会有改变。但现在的他很高兴，很平静，也能外出参加一些活动了。他比我以前见过的任何时候都更像他自己。

有时候，我为自己过了这么久才能从另一个角度看待自闭症而自责。我想知道，倘若我早几年就有所转变，库珀会不会比现在更好。但“事后诸葛亮”毫无意义，敢于尝试所有的选项是第一步。我给父母们的建议是，要明白帮助自闭症儿童并不能采取“一刀切”的做法。仅靠一个办法很难帮助到孩子。为了库珀和我们的家人，我们得把“工具箱”装满。对他来说，治疗和药物必须与年龄相符，才会是正确的选择。

有一天，我在社交媒体上看到这么一条评论：“对一些家庭来说，隧道的尽头是没有光明的。”我整晚都在琢磨这句话。当我蹒跚学步的孩子半夜醒来想要一个拥抱的时候，当我喝着咖啡看新闻的时候，我又想到了这句话。

我回想起我们最艰难的日子，隧道的尽头的确没有显眼的光明。我们努力帮助我们的儿子，就这样生活了八年之久。我可以肯定地说，换作是我在网上听到某个老母亲说“隧道的尽头是光明”时，我很可能在脑海中筹划了她的死亡。当你在水中不断下沉时，没有什么比经历过这种事的人告诉你“一切都会好起来”更让人恼火的了，因为你想要的是一个救生筏，你希望有人能完全理解你所经历的一切。

我想说我能完全理解，因为我们一家经历过这一切。在大多数的时候，我们仍然在过这样的生活。即使冒着被人责骂的风险，我还是要说“隧道的尽头是光明”，因为有人需要这句话的慰藉。

隧道的尽头的确是光明的，只是有可能不是你起初设想的光明。那道光可能是找到正确的医疗服务和支持；那道光可能是找到正确的药物或正确的疗法；那道光可能是接受和越过一开始摧毁情感的创伤，不再去比较那些无法逆转的差异。

那道光可能是找到一个能理解你、支持你的团队，他们是可以一起哭和一起笑的朋友。那道光可能是有一天会找到的一个“集体之家”。那道光可能是找到一个你可以信任的人，他不仅可以在家里帮助你，还可以在你的其他孩子之间找到平衡。

当我三岁的儿子确诊这种疾病时，我的那道光是他有一天会开口说话，并且融入社会。我的那道光是我们一家去迪士尼乐园旅游，是毫不犹豫地参加家庭活动。我仍然不知道这些事情是否会成真。

现在，我的那道光不一样了。我那神奇的儿子现在过得很开心，他喜欢学校，学会了静坐；他不用语言也能交流。他和他的弟弟睡在一起。他经常微笑。他的身心得到了平静。

我们已经知道隧道尽头的光明是什么样子的了。我想这正是我多年前需要有人告诉我的。你可以选择，选择活在太过熟悉的世界里怨天尤人、自怨自艾，也可以在你最黑暗的日子里选择你的那道光。当我意识到我可以选择的时候，一切都改变了。我站得更加笔直了，看得也更清楚了。但最重要的是，我呼出了我一直屏住的那口气，耐心地等待儿子取得进步。过去的我错误地以为好转就意味着不再患有自闭症。而实际上，一个面带微笑的傻男孩在我的厨房里随着《哔哔巴士》的音乐舞动，我在他跑过来的时候趁他不注意来一个拥抱。这才是好转的意义。

库珀先是迈出了好转的第一步，接着我也转变了。我们成功了！

第十七章

拥抱专属于我们的美好

做母亲是一件有趣的事。有一天，你洗完澡，精力充沛，无忧无虑，自信满满地走在路上。忽然砰的一声，你成为一位母亲。突然间，你不记得你最后一次睡安稳觉是什么时候，也不记得你最后一次洗澡是什么时候，还遗忘了你以前的爱好。你照镜子，几乎认不出那个盯着你看的女人是谁。你需要改用免水洗的洗发剂，需要多喝咖啡。过去的你完全不需要这两样东西。但你并不在意这些生活上的改变，因为你是妈妈，你在养育自己的小孩，这是世界上最好的工作。

做母亲的某些部分对我来说真的很容易，尤其是关爱孩子的部分。当我发现自己怀孕的那一刻起，我就爱上了我的孩子，每次都是。当我第一次把他们抱在怀里的时候，我就知道我会保护他们，直到生命的最后一刻。

然而，我还没准备好在这一过程中完全失去自我。在有了三个孩子后，我还没准备好转变为一个完全不同的人。我可以称这都是自闭症造成的，但事情远没有那么简单。如果我说自闭症没有从最深刻的方面改变我，那我一定是在撒谎。我的其他儿子也改变了我，他们每个人都以各自的方式向我发起挑战，让我精疲力竭，也让我无尽充实。

我的儿子们现在分别是十岁、八岁和两岁。我会回想起成为妈妈之前的自己，会想起在自闭症进入我们的字典之前的生活。我喜欢用“优哉游哉”这个词来形容我的过去。许多人停留在过去，对特殊的孩子和一生相伴的差异浑然不知。如果你问他们，他们可能会认为自己很幸运，因为他们从未经历过我的遭遇，他们同情像我这样的家庭。但我可以非常肯定地说，我们同样是幸运的。我们天生就能看到这个世界的好、坏、艰难和丑陋。最重要的是，我们看到了这个世界有很多很多的善良。像库珀这样的孩子是降临在这个世界上的天使。我的库珀总能把好人带入我们的生活，把那些不值得的人剔除在外。

现在，我已经三十七岁了，我发现我的周围有很多好心人。在某种程度上，我觉得是库珀让我的生活不再无趣。我没有多余的时间和那些拖我们后腿的人或事纠缠在一起。在我们的世界里，悲观和丑陋不再是一种选择。我们的人生充满感激，因为我们选择了库珀。这意味着我们选择了快乐。

需要申明的是，我们生活中艰难的部分仍然存在，它们远没有彻底消失。在大多数人看来，我们最好的日子并不算一种胜利，因为我们不知道哪一天才不再有挑战。但这并不重要，我们庆祝生活中每一个小胜利，因为我们记得那些一败涂地的日子。今天的我们庆祝一切。

如果你想了解我是否已经渡过了我在这本书的几乎每一章都提到的悲伤，我很难给出一个明确的答案，因为悲伤并非是一条走到底的直线，它很诡秘，也不符合逻辑。对我来说，悲伤会暂时潜伏在生活的表层之下，然后会在我最意想不到的时候再次爆发。

昨天，有人按响了我家的门铃，是一个九岁的小男孩，他有着一头蓬乱的金发，说话轻声细语。他住在这条路的尽头。他骑着他妈妈的自行车，戴着一顶颜色鲜艳的头盔。他很高大，因为他的体型像他爸爸，就像一个橄榄球场上的中后卫。他的样子也让我想起了我的库珀。他彬彬有礼地问我能不能找索耶出去玩。不知怎么的，我的心头一阵刺痛，热泪也夺眶而出，一时喘不上气来。有那么一瞬间，本来可能发生的事情不由自主地在我的眼前闪现：我的库珀独自骑着自行车去邻居家，用他甜美的声音约一个孩子出来玩。这么多年过去了，我仍然期待着库珀的独立，等待着他能和其他孩子一起嬉戏。我很难想象这一幕成真的画面。我仿佛听到了“妈妈，我要出去玩了！”，仿佛看到我站在门口，目送库珀离开。

悲伤来了。你永远不会知道悲伤会从哪里冒出头来。我觉得悲伤永远不可能离开我。但悲伤同时是爱，是希望，也是接受。我想，我将永远背负着悲伤的重担。

我的一个朋友也有一个自闭症儿子，她将自己的悲伤比作被纸割伤后的感受。每一次看到自己的孩子无法完成一些最基本的小事，每一次目睹孩子过于刺眼的特殊之处，我们就会被纸割伤一次。我认识的另一位自闭症母亲则将自己的悲伤比作被针扎过的感觉。身为父母，当我们的内心变得更加坚强时，我们就会习惯悲伤的时刻，但悲伤的情绪仍然会刺痛我们，仍然会让我们无法完成手头的事情，会让我们感受和承认那份苦楚。

我对此感同身受。当我选择快乐度过每一天的时候，我的身体却布满了被纸割过的伤口：无法说话的伤口、无法交朋友的伤口、看到同龄孩子的伤口、想到未来无法驾车的伤口……但这些伤口会让你更加强壮。我愿意认为我的伤口变成了伤疤，塑造了我的个性。这些年来的经历使我变得更加坚强了。

随着库珀和我年龄的增长，我们都适应了自闭症，我现在对事情的看法不同了。现在的我能在曾经能让我悲伤的地方发现美好之处。多年来，我无法展望未来，因为那实在太痛苦了。但现在，我准备好了。几个月前，我在水上乐园看到一个成年人。当我追在库珀的身后，应对混乱时，他引起了我的注意。他看起来应该有三十多岁了，却一个人坐在游泳池的幼儿区。他一边笑，一边把脸紧贴着从滑梯上泻下来的水流。这种高兴的、发自内心的大笑声只来自纯粹的幸福。我和库珀不约而同地停住了脚步，站在原地，观摩着，微笑着。我可以肯定地告诉你，此情此景会让多年前的我悲伤不已，但现在的我不再如此了。我从中看到了快乐，我希望我的儿子也能像他一样快乐。

倘若我放任自己，我仍然会陷入悲伤的幻想之中。悲伤和幻想是如影随形的，我愿意付出一切去了解我儿子头脑中的奥秘。我希望我能走进他的世界，让自己完全沉浸在他的世界里，哪怕只有一天、一小时、一分钟。但现实与希望是相违背的，我可能永远不知道他在想什么，但我不能总想着这件事，我必须专注于我所能知道的事情。现在的他是开心的，这就足够了。

如果你从未留意过像我儿子这样的孩子，那你就错失了一个世界。今天就可以开始去留意那些有特殊需求或与众不同的人。我向你保证，“怜悯”这个词将从你的字典中消失。取而代之的会是喜悦、坚韧和胜利。

有时候，我会想起那个提醒我的朋友，她花了五年时间才接受了现实，我记得当时我还对这个时间感到不可思议。但她是对的，我儿子那时已经差不多九岁了。没错，我花了整整五年的时间，勇敢而自豪地进入了接受的境地。我不是被拉进去的，也没有艰难地爬进去，而是兴高采烈地走了进去。

今天，当悲伤的父母问我需要多长时间才能接受现实时，我的回答与我朋友的不同。她说得没错，但我有另一番看法。从我的儿子被放入我怀里的那一天起，他就一直是他该有的样子。但我呢？简直一团糟。我犯了很多错误。我跌跌撞撞，不断摔跤，失去了我的声音，然后又找了回来。那时，我之所以把我的博客命名为

“寻找库珀的声音”，是为了踏上寻找他的声音之旅。但如今的我不再这么想了，我一直都在寻找的是我自己的声音。现在，我终于找到了，而且是库珀一路指引着我找到的。

因此，我并不是花了五年的时间才接受了现实，而是花了五年时间才成为我命中注定要成为的人——一个经历了自闭症的人。

有时候，我在想如果我的生命中没有库珀，我会变成一个什么样的人？我会是那个悠闲地坐在泳池边的妈妈吗？我会安排无尽的假期吗？我会在家里举办晚餐派对和读书俱乐部吗？答案可能是肯定的。但我的生活发生了意料之外的转折。所以，我成了一个妈妈，背着十岁的孩子游泳，带他去上厕所，在他游泳前后为他换好衣服。我们从不旅行，因为库珀坐不了飞机，但我们确实会举办晚餐派对，邀请我们精心挑选的客人，他们会花时间和我们一向沉默寡言的儿子打招呼，对着他的火车屏住呼吸。如果有人因待得太久而不受他的欢迎时，他会在晚上八点准时脱下衣服，而我们的客人们连眼睛都不会眨一下。

我想说我是一个被扔进自闭症世界的人，这肯定是一个“要么游泳，要么沉底”的局面。而我选择了继续游泳。

如果你关注了我的社交媒体账号，你可能听说过我的一句口号——“寻找快乐”。每天都有父母告诉我，他们感到沮丧和疲惫，问我是如何在我们最黑暗的时期找到快乐的。他们看到现在这个版本的我，对孩子的囤积一笑而过，对语言之外的交流表示赞美，他们想知道我是怎么走到这一步的。他们之所以问我，是因为他们看到了那段在几年前广为流传的视频，视频里的我在车里哭泣，谈论着这种生活是多么不美好。

这就是旅程的意义。

在库珀确诊自闭症之后，我开始与时间赛跑，一心想要治愈他。我疯狂地从一件事跑到另一件事，从书籍、文章、博客到任何能帮助我了解自闭症之谜的事物，努力获取尽可能多的信息。我一秒钟也不愿停下来。如果我停下来喘口气，他迟到的现实会让我陷入崩溃。我必须继续前进；我必须不断地研究，不断地尝试。我的目标很简单：尽一切可能让他在上幼儿园之前“好起来”。

一开始，我相信可以帮助库珀的方法有很多很多，直到我一一尝试了补充剂、各种饮食配方、专家咨询、治疗项目……但都没有收到任何效果，我的希望也随之起起落落。我没有意识到的是，我自己已经成为治疗我儿子的困难的一环。诊断接管了我全部的生活，我的快乐被偷走了。我任由那些所谓专业人士的话粉碎了我所有的希望。

“你的孩子永远不会说话，不会骑自行车，也不会交朋友。”

“你孩子的自闭症是我见过的最严重的自闭症。”

“如果一个孩子到四岁还不会说话，那么游戏就结束了。”

我们走投无路的时刻，到来得远比我想象的要早得多，我没有再说什么。这个世界，这个社会，还有我，都想把库珀塑造成一个不同于他的人。我很难大声承认这一点。但我要为自己辩护的是，从他确诊的那天起，自闭症就被认为是一种需要克服的疾病。我是一个失败的家长，我本该得到一张通往新生活的入场券，却被判了死刑。

在库珀度过最艰难的日子后，我也必须做出改变了。我再也不用假装自闭症已经消失了。这一次，库珀不需要做出任何改变，需要改变的是我。过去的我生活在一片美丽的希望之地，一遍又一遍地做着同样的事情，却期待着不同的结果。直到今天，我都告诉父母们要尽可能紧紧地握住希望。但我过去的希望是错的。我想是时候希望幸福，希望接受，希望平静了。

经常有人请我讲述我意识到是时候做出改变的故事。实际上，我无法准确地用一个故事来概括，也就无法讲述一个接受现实的故事。接受的过程更像是一种进化。我记得有一次，我紧紧地抱着库珀，坐在百货商场的入口处，完全不在乎别人对我或我儿子的看法。我听到了窃笑声，我听到了恼火的喘息声，就好像我们母子影响到了他们似的。但我不在乎。我想教我的儿子如何去商店，但我知道在我们成功之前需要大量的练习。我让那些窃笑、评论和评判激励着我，让我的脸皮变厚，但不让这些事情扎在我的心里。

还有一次，我不小心走进了儿童医院的癌症区。当时，我在楼上的走廊里处理完库珀的一次崩溃。库珀很害怕，医生的面诊对他来说是一个大难题。我四处闲逛，想要放松一下。我为自己感到难过，想知道为什么所有的事情都如此艰难。突然，我听到一个病房里传出了声音："生日快乐！"我路过的时候偷瞄了一眼，看到一个家庭正聚在一张床的周围，对着一个比我儿子小的女孩唱歌。那个小女孩的头完全被围巾蒙住。我僵在了原地。盯着陌生人看，打扰别人，这一点儿也不像平时的我。我咕哝着道歉，然后跑向电梯，跪倒在地。我得带着我那难以管教、捉摸不透的神奇儿子离开医院。我深感自己的卑微。

我记得我不再认为库珀的生活是在和时间赛跑。以前，我太关注他的年龄和他应该做的事情，而忽视了他实际在做的事情。今天，库珀对我们来说已经不是一个年龄或等级了。他就是库珀，他的时间是无限的。

我曾经收到一位母亲的来信，她的儿子比库珀大得多，而且她对无语言自闭症和攻击性都很熟悉。她告诉我，当她和丈夫意识到儿子的疾病没有消失，甚至没有改善时，他们决定一起环游世界。他们买了一辆房车，带着儿子周游美国。她说儿子很开心，说让他开心是她唯一的目标。在那一刻，我受到鼓舞，决心要做得更好，不要在悲伤的情绪上多浪费一秒钟。

在某种程度上，我意识到过去的我正在错过我儿子的生活，因为我一直在期待他的生活变得更好。过去的我一直生活在一个永远充满悲伤的地方。而且，那时的我告诉自己：他说话的时候我会很开心；他上学的时候我会很开心；他开始睡觉的时候我会很开心。我一直都在设想一个尚未实现的时间点，这也成了我一直不开心的借口。于是，我不得不放弃我想象中的生活。但改变还不能止于此；我还必须学习并接受我们的生活总会与设想的生活有所不同，必须认识到生活会有困难的时刻，也会有轻松的时刻。我们没有机会走前人走过的路。我可能与现实抗争了太久，但当我意识到我们也能在这种与众不同的生活中过得很好时，我欣然接受了一切。

我的一个朋友有一个像库珀这样的儿子，她曾经对我说："凯特，每个人的生活中都会遇到一些困难。他们可能不会告诉你，但他们的确遭遇了困难。没有人能从中幸免，而我们的困难就是自闭症。生活就是这样，我们没有选择困难的权利，但我们可以选择如何应对我们的困难。"她说得太对了。我可以因为我的生活而愤愤不平，也可以继续执着于我们已经错过的东西。但是为什么要这样呢？生活就是选择。我选择快乐。我选择看到美妙的一面，并对我所得到的一切心存感激。一旦你能这样选择，你就能挺过来。

多年来，我一直希望能看到未来，希望有一个水晶球能告诉我一切都会好起来的。我想知道当库珀十岁、十五岁和二十岁时，我们的生活分别会是什么样子。我想知道他会不会开口说话，我想知道他会不会开心，我想知道我们是否能克服困扰我们这么久的挑战，我想知道这一切是怎么结束的。因为对我来说，唯一成功的故事就是库珀安然无事。

我有很多问题，却都没有答案。我做得够不够？我做对了吗？我是不是错过了能让库珀的未来变得更好的机会？在很长一段时间里，帮助库珀的过程就像走在一条有几百扇门、望不到尽头的走廊上。我不停地进进出出，有些门后的东西有所帮助，但大多数的门只会让我一无所获。养育有特殊需求的孩子总会让父母生活在担心和疑惑之中。我想，我和杰米最终适应了这种生活状态；甚至当我们有那么一秒钟觉得轻松时，都会怀疑我们是否错过了什么。有些医生称之为“创伤后应激障碍”。

即使到了今天，我也希望我能找到这些问题的答案。那个被时间冻结了这么久的男孩，现在已经走了这么远。他喜欢字母表、光碟盒、旧火车杂志和信件。每一天都是他生命中最美好的一天。在他最艰难的岁月里，他也从来没在醒来时暴躁过。每天早上，他都兴高采烈地醒来，跳着舞。他每天都让我带他去看消防车和飞机，参加生日聚会。于是，我们经常在家里举办派对，准备气球和蛋糕。

他的生活一点也不像他的同龄人，但他很开心；这才是最重要的，库珀就是一个成功的案例，他很了不起。他每天都生活在一个无法理解的世界里，但他指导我们如何变得更好。

我已经抗过了足够长的时间，我觉得现在的我有能力和经验帮助他人了。我经常在想，当我儿子确诊时，或者当我处于人生最低谷时，我需要听到什么呢？哪条至理名言对我最有帮助？所以，我留给你们的话是：

1. 专业人士对未来的许多预测可能是错误的。没有人知道孩子们的未来会怎样。是的，没有一个人敢打包票。所以，半信半疑地继续前进吧。这个星球上没有一个人能预测我们孩子的未来。即使预测最终被证明是准确的，那么你也会理解其中的原因的。但不要像过去的我一样，任由别人的话拖累你很多年。如果我有能力改变过去，那我首先会消除诊断后带来的消极情绪。我想到了我们多年来听过无数次的话，都是在谈论库珀无法做的事情。但想想看，如果家长们被告知的是积极的信息，那这对父母的看法会造成多大的改变。

2. 我们的孩子都会是终身学习者。就像我多年来被告知的那样，他们的发展不会在四岁或六岁时停止。当我完全接纳自闭症的世界，不再害怕未来时，我听到了无数关于孩子们在十二岁、十五岁甚至二十六岁时说出第一个单词的故事！如果有人告诉我，我们的孩子会在二十多岁时迎来学习的高峰期。这样的希望听起来怎么样？

3. 我们的孩子都有缺陷，但谁又完美无缺呢？否认这一点是毫无意义的。有些事是库珀永远做不到的。所以，不要把你的时间浪费在那些事情上。相反，把自己投入到可能性更大的事情中去。

4. 去感受悲伤，感受痛苦。你有作为父母的期望，只不过这些希望无法成真。你为此而伤心是自然的反应，你对你孩子的爱不会因此而减少一分一毫。悲伤的确让人难受，但不要回避，也不要忽视它。去感觉它，那就是痊愈的开始。然后振作起来，继续奋斗。

5. 对自己慈悲一些。作为一个母亲，我当众犯了很多错误。我并不完美，甚至跟完美还差很远。我永远不会自称自闭症方面的专家，但我确实是库珀的专家。记住，你也会是你的孩子的专家。豁免几年前无知的自己。当我们知道得越多，我们就会做得越好。

6. 知道什么时候应该推进，什么时候应该喊停。即使对今天的我来说，这条界限也十分微妙。库珀很高兴他每天能二十四小时坐在我的沙发上看火车视频，度过他的余生。但这并不能帮助他成长。他需要去外面的世界，需要学习技能（不管最终的成果如何）。我试着在力所能及的情况下，尽可能轻柔地推动孩子前进。成长和进步就是这样发生的。

7. 选择你要打的仗。如果你的孩子和库珀一样，也是有特殊需求的儿童，那么你几乎需要教孩子所有的一切。每当我想到这一点，我就会不知所措。安全、教育、自我护理……实在太多了。所以选择你要打的仗。对我来说，我不在乎我的儿子是否学会系鞋带，因为他可以穿拖鞋。但系好安全带可是一件头等大事，我们为此已经练习很多年了。我是不会放弃的，因为我知道他需要学会这一技能。有一天，当我老了，我就很难弯腰帮他扣住安全带了。选择你要打的仗，因为你的精力是有限的。

8. 我们的目标应该永远是让我们的孩子学会独立。在我看来，能够独立地过他们自己的生活是幸福的关键之一。我知道这对库珀来说可能永远不会完全实现，但我希望他尽可能地独立。帮助库珀为未来做好准备是我作为母亲最重要的工作。

9. 不要随便听信那些不了解你生活的人给出的建议，更不要信任那些你认为不会帮助你抚养孩子的人。你身边的每个人都会对你的生活方式产生自己的看法，而应该由你来决定谁的意见重要。不要让那些不了解你所面临的挑战的人批评你做出的决定。

10. 在生活中，你有你爱的人，也有爱你的人。但在自闭症的问题上，他们无法成为你所需要的人，因为这对他们来说太困难，也太复杂了。他们不一定是坏人，只是不适合这个角色。你越早接受这个事实，心痛的次数就会越少。

11. 优先考虑你的配偶。尽一切努力和你的伴侣在一起。对我们来说，为人父母不是一场短跑比赛，也不是人们常说的“十八个春秋”，而是我们的一生。找一个理解你的人，他能接纳你的奇怪和艰难，以及你那几乎令人难以置信的生活。如果你找到了那个人，就紧紧抓住他。

12. 接受帮助。你的生活很艰难，承认这一点是完全可以的。我说出了我需要帮助，而他人的帮助是我多年前迫切需要的。接受帮助，休息一下，接受朋友为你做一顿晚饭的邀请，接受经济上的援助。记住，在生命的尽头，那些遭受最多苦难的人并不会得到奖牌。

13. 找到适合的家庭活动。我们不能去公园，不能去电影院，不能去动物园，不能去餐馆。事实上，我们能去的地方少之又少。多年前，杰米和我决定找一项我们可以一起参与的家庭活动——划船。这是我们对现实的逃避。你需要找到你的出路。你找到的活动可能看起来异于常人，但谁在乎呢？参与可以参与的活动，为你的家人带来快乐。

14. 坚持多尝试一件事。我无法用语言强调这一点的重要性。当我处于最低谷，不知道如何帮助库珀，被这个世界打败的时候，我经常想要就此放弃（也许有那么几个瞬间，我真的是这么想的）。但我总是会振作起来，再多尝试一件事。我之所以告诉你这些，是因为没有人会像你一样为你的孩子而战。他们需要你成为他们的那个人；成为永不放弃，不懈战斗的人。

15. 庆祝一切。生活中每一件小事和每一个细节都是一次巨大的胜利。谁在乎有没有人在乎？谁在乎有没有人能理解？尽管去庆祝吧！

16. 说出你的真相。即使你的声音在颤抖，你也要分享你的生活。你不需要成为一个博主，也不需要写一本书。你可以在超市或公园里聊天，讲述你的故事。去成为讲述故事的人，不要让任何人因此而羞辱你。我们的生活是不同的，我们不需要隐瞒。

17. 最后，选择快乐。每天早上，在我的脚着地之前，不管是凌晨三点还是六点，我都会停下来，告诉自己整天都要选择快乐。我不在乎这听起来是否俗气或荒谬。我每天都这么做。我是唯一能决定自己感受的人，我可以选择。一旦你意识到这一点，你的精神力量就会惊人地强大。有一些父母在这个问题上质疑过我，他们说有几天，甚至几个星期都会闷闷不乐。我不会和他们争论，因为你无法告诉别人应该如何感受。我只是告诉他们我的故事。我们会经历那些充斥着攻击性行为、自我伤害和尖叫的糟糕日子，我也会带着对世界的愤怒上床睡觉。但在我醒来的几分钟里，我总能在回想前一天的事情时，找到一丝快乐。试一试吧，这么做会改变你的生活。

几周前，我在当地的一家咖啡店里匆匆喝了一杯咖啡。当我往杯子里倒奶精时，一张餐桌吸引了我的目光：我看到了一个女人，我猜她比我大一点；还有一个男人，可能二十岁出头。他戴着大红色的耳机。尽管离万圣节还有几周，但他还是穿着一身戏服。我的嘴角绽开了笑容。我能看出来，也能确定他就像我的库珀。我没有冲出去，也没有回避，而是溜到了他们身后的一桌。我想拥抱未来，想提前知道我和库珀的关系之后会是什么样子。我看着她为他切食物，再为他擦嘴。说话的人主要是妈妈。她和我一样，把一天的事情一一列出来，讲述他们的一天。她的儿子在听到某些词语后兴奋了起来；“图书馆”便是其中之一。他像库珀一样喘着粗气，兴奋之情洋溢在母子俩游玩的路上。他从来没有和母亲开口说过话，也没有大喊大叫，但他们之间的确在交谈。就像我和库珀的关系一样。母亲使用语言，儿子使用手势、声音和表情。我又多坐了几分钟，对他们一起出现在社区里感到由衷的敬佩。这对母子就是我的下一个目标，我和库珀最终也会和他们一样出门游玩的。

几年前，当库珀还小的时候，我也曾遇到过一对母子，但那次的经历让我感觉很糟糕。她的儿子和库珀不同，是一个健康的孩子。当我听着他们谈论大学申请和兼职工作的时候，我想到了库珀本可以拥有的未来，那种悲伤和失落劫持了我，我就像遭到了全世界的轻慢。

我不是一夜之间来到这里的。我的旅程十分曲折，我犯了很多错误。有些错误，我可能一辈子都无法释怀。但是，好吧，我总算走到了这一步，我做到了。

现在，我想请你帮个忙。

当你成功渡过难关后，请帮助另一位家长。给他们打电话、发短信，或者直接到他们的面前去。在他们最黑暗的日子里，陪在他们的身边，去成为你当初最需要的那个人。你很可能是他们一生中唯一能理解他们遭遇的人，因为你也经历过。你知道那种刻骨铭心的悲伤可能需要几个月或几年的时间来治愈，因为你也经历过。这种悲伤甚至可能在他们最意想不到的时候再度袭来。因此，你不要催促他们尽快熬过悲伤。我的朋友们，悲伤不是一条走到底的直线，而是一段来来回回、反反复复的历程。去成为你当初最需要的那个朋友吧。

当时机成熟时，向家长们展示黑暗之后的光明一面，让他们看到给予一个脆弱的孩子最好的生活的美好，请他们无论迎来多小的胜利，都要庆祝每一次胜利带来的喜悦。我们需要从一个完全不同的角度看待成功。孩子们在几个月或几年的努力后，才能达到一座成长的里程碑。家长们应该保护珍贵的小朋友，为他们庆祝每一次胜利的喜悦。

告诉别的家长，我们其实中了人生的头彩。人们应该嫉妒我们，因为我们得到了心灵最纯洁的孩子，他们不知道何为邪恶、贪婪和欺骗。我们的孩子将永远握着我们的手，提醒我们生活中真正重要的是什么。我们是幸运的。

告诉别的家长，这么一个完美、神奇、美丽的孩子能够成为我们的引路人，是多么幸运。他们将会实现目标，就和你一样，就像我们之前的所有人一样。

最近，我偶然发现了“自闭症”的另一个定义。毛利人将自闭症称为“takiwatanga”，意思是“处在自己的时间和空间之中”。这与我耳熟能详的医学定义截然不同，我非常喜欢这样的解释。我、库珀和我们的家庭都在自己的时间和空间里适应了自闭症的存在。

过去的我害怕永远，但现在的我再也不怕了。我心怀感激，因为我会和我的儿子永远在一起。

参考文献

图　书

Colson, Emily. *Dancing with Max: A Mother and Son Who Broke Free*. Grand Rapids, Michigan: Zondervan, 2012.

Hague, Jason. *Aching Joy: Following God through the Land of Unanswered Prayer*. *Colorado Spring*: NavPress, 2018.

Hall, Valerie. *Immersed: Our Experience with Autism*. Visual Summit Media and Publishing, 2016.

Hampton, Kelle. *Bloom: Finding Beauty in the Unexpected*. New York: William Morrow Paperbacks, 2013.

TerKeurst, Lysa. *It's Not Supposed to Be This Way: Finding Unexpected Strength When Disappointments Leave You Shattered*. Tennessee: Thomas Nelson, 2018.

博　客

Cariello, Carrie. *What Color is Monday?* https://carriecariello.com/

Dunn, Jennifer. *Keeping Up With Kya — #OnWeGo*. https://keepingupwithkya.com.

Hoogerwerf, Leasa. *Cody Speaks*. Facebook. https://www.facebook.com/Cody-Speaks-308385252995386/.

Magro, Kerry. Kerry Magro. http://kerrymagro.com.

Shaklee, Eileen Carmody. *Autism with a Side of Fries*. https://autismwithasideoffries.blogspot.com/

文　章

Bombeck, Erma. "The Special Mother." *Today*, September 4, 1993.

Kingsley, Emily Perl. "Welcome to Holland," Down Syndrome Association of Simcoe County. 1987. http://www.dsasc.ca/uploads/8/5/3/9/8539131/welcome_to_holland.pdf.

视　频

Beckham, Ash. "We're all hiding something. Let's find the courage to open up," TEDxBoulder. 2013. https://www.ted.

com/talks/ash_beckham_we_re_all_hiding_something_let_s_find_the_courage_to_open_up/transcript?langua.

"Father and Son with Autism," Upworthy. 2016. Facebook. https://www.facebook.com/Upworthy/videos/for-this-proudfather-and-his-son-with-autism-patience-love-and-compassioncan-o/1236055726435283/.

致谢

在我创作这本书的过程中，我感谢许多启发、鼓励和支持我的人。就我个人而言，我没有料到会有一场全球性的流行病封闭了整个世界，也没有料到孩子们必须面对居家上学的局面，更没有料到我会第四次怀孕。所有的事件都是在我努力讲述我们家庭的故事时发生的，所以我非常感谢每一个给予我写作机会的人。

我衷心感谢罗斯玛丽·利伯曼，她喜爱我的家庭，鼓励和帮助我写成了这本书。

詹尼弗·韦斯，感谢你从一开始就那么信任我。

埃里卡·伊姆兰伊，谢谢你在整个过程中一直与我站在一起。

感谢我的新老朋友，感谢你们接受我们独一无二的家庭，给予我们急需的帮助。

库珀，谢谢你耐心地等待我成为你需要我成为的那个好妈妈，感谢你赐予我光明。你教会了我放下其他执念，看清这个世界上真正重要的是什么。

索耶，谢谢你所做的一切。感谢你在颠三倒四的世界里一直陪伴着我。小家伙，你对我的需要拯救了我。

哈珀，谢谢你这个小男孩治愈了我们的家庭，给我们的家庭带来了如此多的欢乐。你成了两个世界和两个哥哥之间的桥梁。

感谢你，杰米，我的丈夫。你知道那种想要回家的感觉，因为你在。你就像我的家一样。谢谢你一直张开双臂等着我。

感谢我的家人：妈妈、爸爸、道格和戴安，感谢你们一路支持我们这个小家庭。这段旅程时常是孤独的，但能来看望你们，能与你们通话，拯救了我们很多很多次。

感谢每一个在黑暗中陪伴我的人，你们没有强迫我匆匆熬过痛苦的时光，也没有强迫我有这样或那样的感受。你们让我知道倾听的重要性，教导了我不要一味试图解决问题。谢谢你们！

最后，感谢那些有勇气分享人生故事的人。不管你们的分享是否与自闭症有关，坦诚地表现脆弱的一面都是一份弥足珍贵的礼物。你们激励着我变得更好，做得更好。

仅靠我一个人，是无法做到这一切的。

特别篇

听见库珀的声音

“凯特，你真的在这本书里把什么都交代了。”

这是我的丈夫杰米在书写完大约3个月后对我说的原话。我的圈内好友在拿到书的几天内就读完了，但杰米即使以1.5倍的速度听书，也用了整整3个月的时间，才听完了我的原声朗读。而且，他必须签署一份免责声明，这本书才能出版。这一环节真的很有意思。

只要我上了他的车，音响里传出的声音都会让我苦苦煎熬，最后每次只能以关闭音响收场。没有什么比听到自己的声音更糟糕的了。随着新书发布会日期的临近，我提醒他很可能会有人向他提问，希望借此催促他赶紧听完我的书。在活动开始前的一个小时，他告诉我已经听完了这本回忆录。我怀着激动的心情，很期待听听他的感想，甚至准备好和他深入探讨一番。这不仅仅是我的故事或库珀的故事，更是我和他之间的故事。他会谈起拉斯维加斯那晚的事吗？他会谈谈我在离婚时的那些情绪吗？

但他居然问道："你那天是在谁的床上醒来的？"我不禁开怀大笑。他在这3个月来一直在听我倾诉衷肠，而这竟是他提出的第一个问题，也是他最大的听后感。他只在书中捕捉到了一句关于我单身生活的描绘。

分享自己的生活，感受自己的情绪，尤其是大声分享出来，是一种勇敢的行为。至少在我写这本书时，我是这样告诉自己的。我的目标真的很简单，我想帮助其他的妈妈，让她们不再像我刚刚启程时那样感到孤独。我相信我的书能做到这一点。我的故事起初是对一些问题的解答，但接下来发生的事情可远不止这些。

成年残障子女的父母分享了他们的收获：这本书帮助他们治愈了所有起初无法承认的部分。新近确诊儿童的父母告诉我，他们觉得自己终于得到了关注。教师、护士和治疗师都表示，这本书使他们在工作中做得更好。一位残障青年的手足告诉我："现在的我才了解妈妈到底经历了什么，以前的我对此一无所知。"一位朋友哭着对我说，这本书说出了她以前无法说出的话，她现在和自己的父亲重新建立了关系。还有一位女士说:“凯特，你让我可以不必心怀歉意地分享自己的生活。感谢你。”

我热爱帮助那些承受着这种独特悲伤的母亲，因为我也同样经历过，而且我将永远如此。我了解她们的恐惧，了解她们的挣扎。我与她们一同坐在黑暗中前行，我们曾躺在不同的浴室地板上思考:“为什么会是我的孩子?”我们攀登过相同的山峰，身负共同的伤疤也不失为一件美好之事。我们由此而走到一起，缔结了一种心照不宣却毋庸置疑的纽带。我们骄傲地穿戴起铠甲，尽力助人的心愿正是改变我们最大的节点。

我很快就意识到，这本书——我们的故事——正在救助他人，也帮助我找到了自己的人生目标。在2021年，我与我的商业伙伴阿曼达共同创办了一个名为“超越计划”(The More Than Project)的非营利组织，旨在帮助有困难的照料者。每年，我们都会为女性看护人举办多次一对一的静修活动，很多参与者都认为这些活动“改变了自己的人生”。

我为家长们开办了一个一对一的互助小组，大家聚在一起学习、分享和交流。这样一来，像我们这样的家庭每个月都会私下会面。即使库珀的泳裤当场从水滑梯上飞了下来，也不会有人抬眼一看。我会发表公开演讲，分享我们的故事，以及关于逆境和希望的启示。我的媒体平台账号“寻找库珀的声音”甚至有了一百万名粉丝。我知道，这在现实世界中可能算不上什么大不了的事情。但是多年前，我们一家人不能去教堂，不能去公园，甚至不能去学校，那时的我有一种非理性却又合理的恐惧：我害怕没有人会认识我的儿子，我感觉我们好像正在变成透明人。然而，库珀证明了我是错的，因为我的孩子正在改变世界，而他仅仅通过做自己就实现了这一点。

我从来没有想过自己会写一本书，成为一名作家并不在我的愿望清单上。所以，当我在2020年3月的一个星期五与纽约的一家出版社签署书籍出版合同时，我的心情与其说是兴奋，不如说是恐惧。人们经常问我是否喜欢自己通往出版之路的旅程，我的回答是否定的。

我猜他们想象的画面是，我在壁炉旁一边喝着咖啡，一边写着回忆录。但事实绝非如此，因为在我签署合同的两天后，整个世界就因为全球性流行病而停摆了。工作转为虚拟，学校也不例外，我们的托儿所也停工了。库珀的治疗计划也终止了——这是我从未预料过的事情。每一个有特殊需求的家庭长期以来所熟知的孤独感，现在成了每个人都不得不面对的现实。对于那些有残障儿童的家庭来说，那是一段恐怖的时期。我们一家仅能获得的一点点服务和支持都消失得无影无踪。虽然索耶还能骑自行车，在线上学习，与朋友视频聊天，但库珀什么也不能做。

我尽最大的努力为我的家人维持积极乐观的心态，但有时我感觉库珀正在我的眼前消失。他的退化是不可否认的事实。在疫情暴发的几个月后，我突然意识到，库珀在八岁时张口说出了第一个词，并且在疫情之前掌握了三十个词；而他现在除了两个词外，已经遗忘了其余所有的词汇。

请注意，那个当初被告知很可能永远不会说话的男孩已经会说三十个单词了：家、爸爸、纸、索耶、哈珀、饼干、停、更多和帮助等。他为了这三十个词付出了那么多努力：无数个小时的语言治疗，和妈妈一起练习，比任何孩子在任何事情上都要努力。每学会一个词都值得庆祝和欢呼。当他的词汇量到达第三十个时，我告诉自己：我不在乎他能不能再多学一个词，因为我早已为他感到无比骄傲。三十个已经足够了。然而，"噗"的一声，所有的词都消失了，只剩下了两个词：妈妈和零食。

这两个词每天会出现几次，但其余的都消失了。这就是退化。他失去了服务和支持，告别了先前茁壮成长的生活。我每天都告诉自己，他会重新说出来的。外表上，我看起来信心满满；但在内心深处，我一无所知。

忽然之间，我发现自己要在六个月的时间里，居家写作六万字；而家人们都在门外，还有一个逐渐消失的儿子。我记得和杰米吵过好多次架。有一次，他大声吼道："写就完事了！"而我大叫着回应道："我没有灵感！"他那保险经纪人的脑袋认为写作就像报价一样轻松。但对于我来说，并非如此。我需要安静和时间来解开那些艰难的情绪。儿子们赤裸着身体，贴在书房玻璃门上，要求我为他们打开果干零食。我不想因此被打扰，但这就是一位母亲的生活方式。

我们慢慢适应了疫情之后的新生活，距离《寻找库珀的声音》出版仅有一年的时间，生活也有一些意外之喜。我在38岁时再次怀孕了，医学界称为"高龄妊娠"。这么说吧，在疫情期间生孩子……很有趣。我们家的新成员——一个女孩——于2021年5月25日出生。她的头发洁白如雪，于是我们给她取名叫温特（Wynter）。我从没想过我还能有一个女儿。在有了三个儿子之后，我认为我们的家庭已经完整了，我从来没有想过要再生个女儿。当护士在电话那端通知我结果时，我确信我将第四次也是最后一次听到“男孩”这个词。但恰恰相反，她兴奋地尖叫着，分享了这条出乎我意料的好消息。我既震惊又兴奋，还有点害怕——是个女儿。索耶和哈珀一下子就爱上了自己的小妹妹。库珀就像对待生活中的大多事情一样，不慌不忙，从容不迫。我们回家后的第二天，我把女儿的照片发给了库珀和索耶的老师们，这样他们就可以向同学们炫耀刚出生的小妹妹了。我知道库珀可能并不在乎，但无论如何我还是想这么做。他老师的反馈正是我所需要的，能让我知道这一切都会顺利进行下去。

“恭喜你们一家人！她太完美了。”

我刚刚拿出这张照片给库珀看，他倒吸了一口气，然后引起了一个又一个同学的注意，请他们也来看。他是个骄傲的哥哥。

在接下来的日子里，库珀又以另一种方式给我们带来了惊喜。他开始用他最喜欢的电视节目中的角色与我们交流。他展示了朵拉和布茨在棒球日打出本垒打的场景，在生气时发出巨人怪“呼噜噜”的吼声。还有《小猪佩奇》的一集：佩奇的小弟弟乔治一难过，就会哭；巴尼为了表达关爱，唱起了“我爱你”。我们万万没想到库珀也跟着唱出了口——这是最好的礼物，没有之一。

后来有一天早上，我告诉他吃早饭得再等几分钟，因为我正抱着他睡着的小妹妹。于是，他打开了《北极特快车》，接着把列车员大喊大叫“醒醒！”的场景调到最大的音量。我禁不住大笑起来。

当妹妹出生七天后，库珀第一次抱了她，而且向我保证不会有事的。当他抱着她时，用手指表演了从一数到十，一个也不少，一个也不多。然后，他带着胜利的微笑，将女儿交还给我，还为自己鼓了掌。我的心先是充盈着喜悦，然后又破碎了。这提醒我，自闭症的生活往往是一把双刃剑，喜悦和悲伤不断交织，相互矛盾。这两种情绪没有对错之分。这是我迄今为止在生活中学到的最重要的一课。悲伤、喜悦、爱和心痛都可以在同一瞬间感受到。这些情绪没有一个是错误的。

虽然一个十二岁，一个两岁，但兄妹俩仍然刚刚开始相处。不过，我观察到他对她的喜爱：当她爬到他的身上，拿起他的宝贝时，他有着源源不断的耐心。

在自闭症群体中，有一个现象被我们称为“越级提升”，指的是弟弟或妹妹超过了哥哥或姐姐。我们已经从语言层面见证了这一点。温特可以轻而易举地说话，聊天，逗乐，鼓劲，叫库珀“哥哥”。她就像一个“小妈妈”：在离开时会小心地帮他穿鞋，走路时会牵着他的手。

这简直就是一个奇迹。要知道，他们相差了整整十岁。在这些矛盾的时刻，我既为她的成长而欢欣鼓舞，也为本可以发生的事情而默默悲伤。我让心痛和爱同时冲击着我，因为我真的相信逃避这些强烈的情绪只会伤害到我自己。我需要感受这一切。所以，我闭上眼睛，做好心理准备，坐在难堪的地带，把脚指头探进狂澜里。

有时，悲伤会持续几天，甚至几周；还有时，悲伤很快就会过去。但每一次，我都屹立不倒，比上一次更加坚强。

当我年轻时，对生活还持有天真的幻想。我以为幸福就像一份份礼物，会被慷慨地赠予每一个人。那些看似快乐的人们拥有大房子、完美的配偶、漂亮的孩子和花不完的钱，走遍了世界上的每一个角落。

我嘲笑过去那个单纯的自己。幸福并不是被赠予的，而是我们主动选择的结果。选择不总是容易的，生活可以将我们嚼碎，然后再吐出来。每一天，我都在努力追求幸福。当精彩的片段集锦足够丰富的时候，日子就会好过一些。但其他日子，就没那么容易了。这是一种有意识的选择，我主动选择幸福。

我们最终搬到了一个安静的社区，那里有足够的空间供孩子们成长。这很有意思，因为我在第十二章中说过："2018年4月，我们家第六次搬家（也是最后一次）。"我还说过杰米只能把我的身体拖出房子，因为我再也不会搬家了。好吧，我食言了。现在，我们终于到家了，我保证。

我也快四十岁了。我从来没有想过自己会为变老而苦恼，因为在内心深处，我明白衰老的礼物并不是每个人都能得到的。但是，我陷入了苦苦的挣扎。这感觉几乎像是一场身份危机。我现在将会成为谁？这不是因为每张照片上我眼睛周围的皱纹，也不是因为我已经好多年都不必出示身份证去喝酒了。这些情况我都能应对，但超声检查时的兴奋，胎儿的颤动和踢动，新生儿发出的咕噜声，还有婴儿蜷缩的模样……这些都让我难以割舍。

因此，当我的丈夫在女儿出生后对我说他准备去做结扎手术时，我崩溃了。我们的生活一团乱麻，绝对不能再多生一个孩子了。但是，即使我们的家庭早已圆满，但就此结束一切的感觉是如此持久。母爱就是这样奇怪，各种矛盾的情绪都纠结在身心之中。

迈入40岁也迫使我去思考50岁、60岁和70岁。但更重要的是，衰老意味着库珀有一天会来到22岁、32岁和42岁。那会是什么样子呢？

最近，我可以帮他淋浴了，这可是一项巨大的成就。多年来，他一直害怕淋浴，而我也为在浴缸里给一个十几岁的孩子洗澡发愁。但当然了，库珀就像他经常做的那样，在某一天给了我一个惊喜，他毫不犹豫地跳进了淋浴间，就好像已经这么做了很多年似的。虽然他目前仍然需要我的帮助来清洗身体和头发，但我只需要伸出一只手臂，就可以顺利完成任务。

正是在那些最脆弱的时刻，我最能感觉到我们的年龄。有时候，每当我想到未来有谁会温柔地给他洗澡，确保在他睁开眼睛之前肥皂水不会滴落下来时，眼泪就从我的眼中流淌出来。这是一份礼物，而不是一份工作。这是一项荣誉，而不是一种负担。如果我放任自流，恐惧就会吞噬我。但无论如何，我都要确保在他睁开眼睛对我微笑之前，已经把自己的眼泪擦干了。我变老了，这意味着他长大了。总有一天，我会离开这个世界。我目前还没有想到所有的答案，甚至还未知晓所有的问题。就像我平常说的那样，过一天算一天。

如今，孩子们正茁壮成长，每个孩子都会以各自不同的方式成长。他们分别是十二岁、十岁、四岁和两岁。我并不是我想象中的那种母亲，但我可以自信满满地说，我是他们每个人都需要的那个母亲。索耶聪明、善良、活泼，讨人喜欢。在我所有的孩子中，他有着最宽广的胸怀。毫无疑问，他将与残障人士一起工作。他的眼中有他们。

哈珀是一个早慧的孩子，我担心自己会伤了他的心。“不”“停下来”“小心”，这些话每天都会从我嘴里说出好几次。哈珀也是最快乐的孩子，任何事物都能令他兴奋无比。我只需要看护着他去好好体验万事万物。还有温特，她就像阳光一样。她喜欢动物、婴儿和她的哥哥们。她不仅聪明，还有艺术天赋。我和杰米每周都会说，等她长大成人后，一定会把我们吓坏。但到那时候，我们肯定都已经老得顾不上了这些了。

库珀，我的好伙伴，仍然与我通过一根想象的绳索紧密相连。这根绳是他的生命线，始终将我们联系在一起。随着他年龄的增长，这根绳索开始延伸得更远了。我可以独自在房子里自由走动，他也不再跟随我从一个房间到另一个房间。但他知道一切，他总是知道我在哪里。

我可以到我们新房子的前院去拜访邻居们。现在，库珀不再生气，而是静静地等着我。他通常会站在门廊处，或者就在玻璃防风门里，观察着我。这根绳索似乎会自动拉长和收缩。我也可以在夜晚时分出门散步，但是当我回来的时候，我知道他会在门廊处一边喘气，一边等着我转过角落，再用手指指向我。我能感觉到绳索的拉力，将我牵引回家。他可以去奶奶家，我也可以离开一两个晚上去演讲和出席活动。但他总是需要我，有时每小时一次，他会站在窗户旁。我知道，不管什么时候，只要我停下车，都会看到一个金发碧眼的小脑袋在等着我。看，他长大了，就快要成为一个小伙子了。

就在去年，他收到了两次生日聚会的邀请。六年级时，他参加了不止一次，而是三次校外旅行。他还交了一个朋友。他们一起乘公交车，这个朋友还在奇迹联盟和他一起跑垒——这曾经是我的职责之一。他在每周治疗的环节中练习骑马，在索耶的棒球比赛中安静坐在椅子上。春假的时候，我们坐火车自驾游，去了树林里的一间小木屋。他取得的进步令人难以置信。

尽管他的诊断结果仍然和三岁时一样——“非语言重度自闭症”——但他现在已经不再需要妈妈时刻都陪在身边了。他可以和兄弟的朋友们一起去蹦床上玩耍，也可以一个人在房间里看卡通。他正在成长，这是像我这样的父母很少触及的事实。库珀长大了。

当然，这根绳索有时候似乎缩到一臂之短。在公共场合的大部分时间里，他都会挨着我，一只手团在我手里或搭在我的肩上，而我会一路牵着他。如果有那么一瞬间他松开了手，我能看出他眼中的恐慌。紧接着，他会再次伸出自己的手。有时候，我感觉自己就是他的眼睛和耳朵。他仿佛蒙上了眼罩，而我负责告诉他该走到哪里，坐在哪里。库珀和其他像他一样的人生活在一个对于他们来说无法理解的世界之中。

我们是联结在一起的——母亲与儿子。我为他翻译他听不懂的语言。

压力是不可避免的，还有担忧、恐惧以及美妙之处。他现在几乎和我一样高了。我们甚至可以穿对方的鞋子和卫衣。我有时候感觉自己像是在指挥一个男人。我知道如何安抚他，让他冷静下来，但如果将来有一天我无能为力了，该怎么办呢？随着青春期的到来，这种担忧是真实存在的。

在自闭症患者之中，青少年和成年人不能像儿童那样，得到那么慷慨的善意。库珀不理解社交规范，不会小声说话，也无法耐心等待。他从不觉得大步冲散走廊中央的人群或者坐在电梯里是不好的事情。他还会从副驾驶探过身子，趴在我的膝盖上，兴高采烈地向递给我们鸡块的快餐店工作人员挥手致意。

全世界看到的是一个大男孩，一头金发，脚踩标志性的方格滑板鞋，他高大英俊，看起来和其他青少年没什么两样。但如果你细心观察，你可能会注意到他的手指是如何在面前的阳光下跳舞的。他不断地挥动着手腕，拇指和食指相互摩擦，仿佛在不停移动着某个想象的球体，而且嘴巴里总会发出各式各样的声音。这些都是我不愿让人发现的细节。

自闭症是我的世界，而不是所有人的世界，我每天都被这一事实提醒着。我不禁去想，当我和儿子的年纪越来越大时，我们之间的绳索究竟能延伸至多远。到那时会是什么样子呢？不过，我告诉自己，我能以这种特殊的方式得到这份专属的礼物是多么弥足珍贵。

我现在知道，在人生的下一个阶段，我将透过其他孩子的眼睛来看待自闭症，将他们视为兄弟姐妹，与他们一起走上各自的旅程。我永远不会了解有一个残障的兄弟姐妹到底是什么感觉。有时候，我感到自己已经做好了准备，能够预料和理解他们的感受。但其他时候，我感到手足无措，不确定自己是否说对了话，做对了事情。

我一直很努力地去认识、理解和照顾那些有特殊需求的孩子所产生的复杂情感，同时也在努力不让这些情绪麻木我。我真心相信，一旦我做到了，我的工作就圆满了。但未知的是，我的其他三个孩子将在他们不同的时间和空间中经历各自的悲痛之旅。

索耶正在进入少年时期。到目前为止，我从未见过他因为哥哥而感到尴尬；他不仅感到自豪，而且对哥哥的保护欲极强。但我知道更加艰难的日子即将来临。四年级结束时，我们多次谈论过学校里有些孩子用“自闭症”这个词来侮辱人，索耶甚至因为哥哥的残障而遭受耻笑。有一次，一个球队队友问索耶为什么他的哥哥看起来那么奇怪。还有一次，在公共汽车上，一个所谓好朋友当着所有人的面宣布：索耶的哥哥在他的眼前换上了泳衣。索耶受到了沉重的打击，再也不和那些男孩一起玩耍了。他太小了，还不能承担这样的重担，而我也无法一直替他承担。

前不久，只有四岁的哈珀跑上楼大声质问道：“妈妈，你知道我哥哥不爱说话吗？”我尽全力憋住不笑，但他问得实在是太可爱了。“说真的，妈妈，我和他在一起那么长时间，他一个字都没说。你知道这件事吗？”

我尽我所能地向他讲解了自闭症，解释了库珀的情况。他睁着大大的眼睛，仔细地听着。在他跑去玩之前，他自豪地说道："妈妈，我会告诉他没关系的。我可以替他说话。"

还有一次，他不停地问我关于幼儿园和五岁生日的问题。他就像索耶一样，想要赶紧长大。每一天，他都会问我他是不是长高了，长大了，跑得更快了。但是，有一天早上，他问我他十二岁的时候会发生什么事。我不太明白，于是想要问清楚，但他的回答让我心碎。

"妈妈，我不想过十二岁生日，因为那样我就会像库珀一样得自闭症了。我不想不能说话。"

最近，两个男孩每天都会问这样的问题，而这些问题几乎让我无法作答。

我没有意识到索耶竟然默默承担了这么多，也没有想到他会为他的哥哥如此担忧。有一个晚上，我让他枕在我的腿上好几个小时。他眼含热泪，不停地问着我"为什么"。

"为什么，妈妈？为什么是我哥哥？如果他将来没结婚，也没孩子，谁还会爱他呢？"

我和杰米祈祷自己做出了正确的选择，我们过度分析，担心自己是否在过程中失败了。但在这种不确定中，索耶给出了一句回应——那是我永远不会忘记的——让我们的嘴角重新浮现了笑容。

“爸爸、妈妈，你们不了解我的感受。我只是太爱他了。”

悲痛。爱。一个完整的循环。

我不再那么频繁地思考自闭症了，至少不会每天都去想了。我的儿子库珀现在已经12岁了，他在我们的家里没有这一标签。我不会花时间把他和他的兄弟姐妹们做比较，也不会指出他的不同之处。

他不是“自闭症库珀”，也不是“不能说话的库珀”。他就是库珀他自己，完美如他所是。库珀比我所认识的任何人都更像他自己。这就是我们的常态生活。

我认为这就是这一切的美妙之处。最初的震惊逐渐消退。你找到了自己的立足点。你继续前进，调整自己的预期，变得更加坚强，也更加睿智，学会了曲而不折，最终迎来痊愈。但最重要的是，你适应了一种与孩子的需求相协调的生活。虽然这种生活可能看起来与你最初设想的有所不同，但“不同”很快就会成为你的“常态”。对我来说，这并非一夜之间发生的。老实说，我的痊愈过程是在这本书出版后才开始的。

我花了好几年的时间，才走上接受之路，承认我的儿子终身残障的事实，接受一个终身无言的生活，接受了这种生活的残酷性。我意识到，我余生都要照顾他，我的其他孩子可能也是如此。而有一天，他将过上没有我的日子，那根连接我们的无形绳索将不得不就此断裂。

当我开始承认这些极其真实的恐惧，直面它们，而不是把它们一一打包，我终于开始痊愈了。对我来说，显而易见的是，过去的我一直让自己处于忙碌的状态，是为了避免感受自己的情绪——直到我跌跌撞撞地直面那些我多年来拒绝提及的部分，那些我们不该谈论的部分。

愤怒。悲伤。恐惧。嫉妒。担忧。内疚。抑郁。

我花了很多年才意识到我所经历的其实是悲痛，甚至更久才意识到悲痛只是爱的一种表达方式。有那么多无处可去的爱，不应该任凭内疚与悲痛相连。

我隐藏了我的悲痛，因为我对自己的情绪感到难堪。但现在，我正在大声地治愈自己，希望其他父母永远不会像早年的我那样孤独无助。

在我的儿子被诊断出患有自闭症的初期，我所能看到和想到的只有他与常人之间的差异。社会要求我弄清楚哪些是库珀本身的特质，哪些是自闭症带来的，这样我们就可以修复、改变，甚至磨钝他的一些棱角，好让他在这个世界上生活。我们本该得到一张通往新生活的入场券，却收到了一份死亡裁决。

但随着时间的推移，我逐渐适应了与自闭症为邻的生活。我停止对于改变库珀的尝试，而是将我的精力投入到改变这个世界上。我接受了我的孩子所处的位置，并让自己和我们的家庭融入他的世界中。库珀成为家庭的核心，我们其他人围绕着他旋转。我们来来往往，去看棒球比赛，一起工作，一起玩耍，他总是等着离开的人回来。我等待着他能加入我们的那一天。不仅仅是我一个人，我们全家都不再与差异做斗争，而是学会了接纳。我们家的每个房间都能看到库珀和自闭症，就像能看到其他孩子的痕迹一样。有些东西是你会期望看到的——楼梯上放着棒球鞋，沙发垫里藏着战士玩具，咖啡桌上摆着玩偶。还有一些意想不到的东西，比如库珀的宝藏：五堆色彩斑斓的DVD盒子在客厅里排列整齐，达到了齐腰的高度，而它们只是空盒子而已；实际的碟片很少使用，都存放在其他地方的一个箱子里。整个房子都铺满了床上用品，为他最喜欢的藏身之处创造了一条小路。有一个日历白板上写满了库珀奇幻的梦想和愿望：去月球旅行，在每个月的25号庆祝圣诞节，还有在阿拉斯加看鲸鱼。而在底部，写着5个名字：妈妈、爸爸、索耶、哈珀和温特。这些是他希望与他一起实现梦想时陪伴在身边的人。我们的世界现在终于与他的世界融为一体了。

当然，非语言重度自闭症在我们的生活中仍然占据着巨大的一部分。说实话，从选择居住在哪个社区到决定是否再生孩子并成为一个六口之家，没有一个决定不受自闭症的影响。库珀和自闭症，必须始终被考虑在内，但如今这更像一种本能。那些我曾经以为刻在我们额头上的标签，现在存放在地下办公室桌子抽屉里的一个绿色文件夹里。每一年，当我需要完成评估时，我会拿出这个文件夹好几次；但每一次，我都会惊叹，一个小男孩怎么会有这么多文件。我通常在将文件夹塞回抽屉之前，会浏览这十二年来的资料，某些词语和短语总是跳入我的眼帘。

语言能力就像六个月大的婴儿一样……

进展不足……

智力障碍……

重度……

终身残障……

这些字眼无法像过去那样击垮我了，我不再给他们那样的权力了。库珀就是他应该成为的那个人，我不需要任何文件来证实这一点。

“我的儿子患有自闭症。”我永远不会忘记第一次大声说出这句话的时刻。那是我在商店里对一个陌生人说的。我花了好几个月的时间才让这些话从我嘴里顺畅地说出来——不是因为难堪，而是因为身为母亲的失职感。如今，我可以毫不犹豫地说，自闭症的诊断只是一种解释，而不是借口。

然而，当库珀在做一些事情时，比如挥动着手臂，表达着兴奋，或者把上百张鲜艳的彩纸排成一行，我时常能察觉到周围人观察的目光。有那么一瞬间，我会想知道为什么。他脸上有什么东西吗？他做错了什么吗？我们不应该出现在这里吗？

接着，我才会后知后觉：噢，这不是正常人的行为。你看，我又忘了。我忘了他的与众不同，也忘了自闭症并非每个人的世界。

几天前，我们一家六口送二儿子去冰球训练场。通常情况下，我会留在车里照顾其他三个孩子，而杰米会带着索耶进场，帮他换衣服。但这次不同，很多家庭都在停车场等候着。小朋友们在空荡荡的停车场里兴高采烈地玩耍，一边欢笑，一边奔跑，一边用水壶洒水。我的孩子们一看到这一幕，立刻要求下车，他们都想加入游戏。短短几秒钟后，哈珀就开始和年龄大得多的男孩们玩起了捉迷藏的游戏。他简直乐在其中，他喜欢二哥的朋友们，梦想着长大后能像二哥一样。库珀虽然没有直接参与，但仍然对这突如其来的混乱感到兴奋不已。我为他解开了安全带，打开了车门，他立刻跳到地上，像往常一样欢快地挥动着手臂，左摇右晃地奔跑，努力赶上其他的男孩们。他的声音充斥在空气中。很快，他就把视频的音量调大了，紫色恐龙巴尼的歌在我们的周围回荡，他也乐在其中。我为了确保他的安全，站得很近，但我也给了他充足的游戏空间，让他可以以自己的方式自由玩耍。后来，有什么东西突然引起了他的注意。只见他把脸颊贴在我们停着的车的后轮胎上，接着用手拨弄卡在橡胶轮胎里的一颗石子。最后，他用手指摸了摸脚边裂缝里的淤泥——他喜欢沙子。我看着他细细观摩了一分钟，仿佛要看清每一颗沙粒，然后迅速地将一个东西塞进了嘴里。

我碰巧抬头看了一眼，注意到有人正在观察他——那些妈妈爸爸们，有些我认识，有些我不认识。他们的脸上没有恶意的表情，也没带着判断的目光，有的只是好奇和紧张。他们一边看着那个大男孩在阳光下舞动手指，一边相互窃窃私语。那一秒钟，我内心感到惊慌失措，心想：难道刚才发生了什么我没注意到的事情吗？但我低头一看，我那金发儿子穿着色彩鲜艳的打底裤，趴在沥青上，下巴靠在地上，专注地观察一排爬行的蚂蚁；而其他男孩们不是在谈论《堡垒之夜》，就是在玩捉迷藏游戏。

我恍然大悟，原来他们在目睹自闭症，也许有些人还是生平第一次。他们看到了我们的儿子和我们的生活。我相信大多数人肯定对索耶的哥哥有很多疑惑，但没有一个人前来询问。即使我微笑着欢迎他们进入我们的世界，他们还是避开了我的目光。

我有时会忘记，忘记我们的世界是如此多彩、喧闹、热烈、快乐和不同，因为这是我唯一知道的世界。我不知道一个没有自闭症的世界是什么样。我走到库珀身边，弯下腰，摸了摸他的头发，默默地宣告他是我的，然后在内心里向他周围的人群默默祈祷。

“请用好奇和善良的眼光看待我们的世界。如果你们中有人想问关于22号哥哥的问题，我希望有人能以优雅的方式提及自闭症这个话题。”

大约九年前，当我的儿子被诊断出患有自闭症时，我的计划从未是成为一名倡导者，也从未设想过改变世界，我只是想帮助我的儿子。但很快我就意识到，当你为一个孩子——一个人——发声时，你其实也在帮助他们所有人。

今天，如果有人问我关于库珀或自闭症的事情，我绝不会回避。我选择坦率而勇敢地谈论他和我们的家庭、色彩与魔力。因为我永远不希望我的儿子或我们的生活成为一个在停车场里被人低声议论的悲伤故事。

多年前，当我抱着我的宝贝儿子时，我希望有人能告诉我，我可以有选择的权利。我可以选择如何看待我的生活，可以选择分享的内容。所以，我来告诉你，看看那个男孩，看看他给你的生活带来的礼物和欢乐，然后把其他的东西都塞进抽屉里。

养育有特殊需求的孩子完全改变了我们，这是不可否认的事实。最初的几年，你将远远地离开过去的自己，以至于你甚至不再认识自己。当你凝视镜子中的自己时，你会发现眼皮底下浮肿的眼袋，感觉身心已经老了一百岁。这如同站在一个拥挤的房间里，感觉自己完全孤立无援，不知道自己是不是隐形的。你会想知道你的世界怎么会如此不同，怎么还能与他人产生共鸣。

这种感受将挑战你所知的一切。你会质疑你自己、你的人生目标和你的力量。你会想知道为什么会发生，又是如何发生的？为什么是我的孩子，而不是别人的孩子？

这种感受将会挑战你的婚姻和身心健康，改变你养育其他孩子的方式，甚至会影响你想要更多孩子的决定。你的职业、财务状况和人际关系（不仅是与他人之间的关系，还包括与上帝之间的关系）也会被波及。

你将会体验到世界上最伟大的爱。同时，你也会一直想知道为什么这份爱总是那么艰难。你会为错过似乎每个其他父母都有的经历而感到悲伤，然后再为自己的悲伤感到羞愧。

你也会看到这个世界所能带来的难以置信的美丽，就像你被授予进入一个特殊俱乐部的资格似的。这个俱乐部永远充满拥抱、携手和微笑。无论你抵达目标时迟到了多久，不管你何时抵达了目标，你都值得为你的惊人成就而欢呼雀跃。

你还会看到难以置信的残酷。当这种事情第一次发生在你和孩子身上时，你会大吃一惊。你认为你已经准备好了，能够回应一些机智、俏皮的评论；但实际上，你很可能难以做到。你会努力保护他们免受邪恶的侵害，然后在接下来的几个月里辗转反侧，思考如何永远活下去并改变这个世界。

起初，你会觉得这是一场与时间的赛跑。你会抗拒他们的诊断结果，会做所有你能做的事。你的希望将受到挑战，然后你会学会接受，拥有更为现实的希望。然后，你会希望时间停止。你想让孩子的身体永远不要长大，因为这个世界对儿童更加友善。

有时候，你会发誓再也不坚持了。你确信生活永远不会变得更容易，永远都是这样充满挑战。你几乎难以想象一个停滞不前的世界，一个你不必为基本权利、包容和孩子的价值而奋斗的世界。然后，你就会拥有最难以置信的时刻，一个让一切都值得的时刻。你的孩子会完成一个个目标，抵达一座座里程碑，创造努力多年的成就。你会知道一切都会好起来的。因为你相信这个小人儿，知道自己的孩子有价值、有能力去完成了不起的事情。

你将和你的家人一起沉浸在残障的秘密世界里，身边围绕着患有相同疾病的同伴。你会结交新朋友，也会适应新的常态。你会融入这种新生活，那些差异不会再那么刺耳地向你吼叫。你将活在希望、接纳和善良之中。你将与坚强和决心紧密相连。你会意识到你的孩子就是他们应该成为的样子；没有任何错误需要被纠正，而你自己才是那个注定要改变、成长和曲而不折的人。

某一天，你会审视自己的生活，回顾孩子的残障所触及的各个环节，转而意识到这是一份上天赐予你的礼物。最终，当你准备好了，你会分享自己的故事。你会意识到你的故事可以帮助他人，因为你很可能拥有其他人未知的答案。你将伸出援手，找到走在同一条道路上的人，给他们指明方向。你将成为一个帮助他人的倡导者。没错，养育有特殊需求的孩子改变了一切，让你上下颠倒，里外翻转。但随着时间的推移，你会领悟一个秘密。你不仅会由此重新振作起来，并且会成为命中注定的那个人。

这就是我们获得好运的源泉。